손녀딸의
부엌에서
글쓰기

손녀딸의 부엌에서 글쓰기

글 · 그림 · 사진 © 차유진 2009

초판 1쇄 발행 2009년 7월 22일

지은이 차유진
펴낸이 김철식
펴낸곳 모요사
출판등록 2009년 3월 11일(제410-2008-000077호)

주소 411-702 경기도 고양시 일산서구 대화동 2199 신동아노블타워 651호
전화 031-915-6777
팩스 031-915-6775
이메일 mojosa7@gmail.com

ISBN 978-89-962537-1-6 03810

손녀딸의 부엌에서 글쓰기

차유진 글·그림·사진

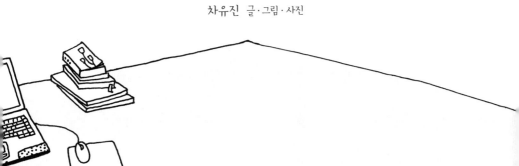

모요사

책과 쌓은 요리의 추억

여러분은 책으로 맞아본 일이 있으세요? 저는 학교 다닐 때 꽤 자주, 책으로 맞았습니다. 수업시간에 책을 읽거나, 점심시간에 등나무 그늘 아래에 앉아 책을 보다가 종소리를 듣고서야 교실로 헐레벌떡 뛰어간 적이 많았거든요. 몇 학년 때인지 기억은 안 나지만, 엄마는 담임선생님께 전화까지 받으셨습니다. 제가 시험시간에 답을 다 쓰고 책을 보다가 들켜 커닝 혐의를 받은 것이지요. 다행히 예전 담임선생님들이 잘 말씀해주셔서 무사히 넘어갈 수 있었어요. 하지만 그 후로 엄마가 매일 아침 제 가방을 검사하는 통에 허리춤에 책을 숨겨가지고 나오거나 등교 길에 만날 친구에게 미리 맡겨두는 일을 반복했습니다. 책을 읽으며 걸어가는 것이 좀 위험한 일이긴 했지만, 학교까지 한 시간이나 걸어가야 하는데 같이 갈 동네친구도 없었던 제게 책은 지금의 아이팟이나 다름없는 존재였답니다.

이상할 정도로 책만 좋아했던 저는 애들하고 함께 노는 방법도 모르는 바보여서 5학년 때 친구를 따라 성당 피정에 갔다가 다방구하는 법을 몰라 놀림을 받기도 했어요. 그렇게 혼자 노는 데 익숙하다보니 나이 들면서 사회적인 인간으로 다시 태어나느라 진통도 많이 겪었지만, 지금은 책과 함께 고독을 즐기는 법을 일찌감치 배울 수 있어서 다행이라고 생각하고 있습니다.

아, 그리고 책 읽는 것만큼 제가 열중했던 다른 일 하나는, 책을 읽다가 이야기 속에 등장하는 인물이나 풍경을 멋대로 상상해서 그려보는 것이었습니다. 아마 제가 그린 인물들이 실제인물로 변신했다면 지구가 인구폭발로 멸망하지 않았을까 싶을 정도로 참 많이 그렸습니다. 아쉽게도 지금은 한 장도 남아 있지 않지만요.

책을 좋아했기 때문에 어렸을 때 선생님들이 시키는 대로 독후감도 많이 썼습니다. 하지만 어린 마음에도 책의 느낌과 감상을 원고지 몇 자 이내로 쓰는 것이 참 의미 없는 일이라는 것을 알았는지, 늘 성의 없이 쓰거나 일부분만 확 부풀려서 시비 걸듯이 썼다가 많이 혼나기도 했답니다. 그랬기에 제가 독후감을 쓸 나이를 훌쩍 넘긴 서른 중반에, 예전에 읽었던 책들을 모두 기억 속에서 불러내어 글로 풀어낼 날이 올 줄은 미처 몰랐습니다.

‘부엌에서 글쓰기’는 앞으로 제가 요리를 하고 책을 읽고 살아가면서 계속 쓸 독후감의 시작이 될 것 같습니다. 책에서 만난 요리와 사람들에 대한 이야기는 예전부터 써보고 싶어한 주제였는데 생각보다 기회가 빨리 주어졌네요. 이 책은 요리와 책에 대한 이야기이긴 하지만 어린 시절의 꿈을 되새기고, 지금까지 꿈꾸고 원하는 대로 잘 살아왔는지 돌아볼 수 있는 계기를 마련해주었기에 제게 무척 소중한 기억으로 오래오래 남을 것 같습니다. 잊어버리고 있었던, 예전에 책과 쌓은 좋은 추억들도 새록새록 생각나게 해주었습니다. 으슥한 이층 방에서 고모들의 책을 꺼내보며 이런저런 상상을 하고, 그림을 그리고, 비오는 날 음악을 틀어놓고 창틀에 걸터앉아 책 한 장 읽고 비오는 풍경 한 번 쳐다보는 것을 반복했던 고요한 시간들을 식탁의자에 앉아 즐겁게 떠올렸습니다. 그때처럼 지금도 책은 제게 친구, 선생님, 애인의 역할을 모두 다 해주는 존재랍니다.

『손녀딸의 부엌에서 글쓰기』는 2008년 8월 22일부터 2009년 5월 1일까지 인터넷서점 예스24의 웹진 채널예스에 격주간으로 연재되었던 것입니다. 책을 내면서 연재된 18회에 여덟 편을 더 실었습니다. 인터넷에 연재한 글들도 새롭게 다듬었으니 연재하는 동안 보았다고 하더라도 새로운 느낌으로 다시 읽어주었으면 좋겠습니다.

그리고 '부엌에서 글쓰기'란 제목은 제가 세상에서 가장 존경하는 우상, 영국의 레시피 디벨로퍼이자 푸드 칼럼니스트이며 지중해의 음식을 전후戰後에 영국에 소개한 엘리자베스 데이비드Elizabeth David의 전기 제목 'Writing at the kitchen table'에서 따온 것입니다. 이 프롤로그를 쓰고 있는 날짜가 마침 엘리자베스의 기일인 5월 22일이군요. 평생 노력해도 그녀가 이룬 것의 십 분의 일도 못 따라갈 것 같지만, 열심히 쓰고 읽고 요리를 만들겠습니다. 지켜봐주세요, 엘리자베스.

연재하는 동안 웹에 원고와 사진을 예쁘게 올려준 채널예스의 김계현, 김지원 씨, 글을 모아 보기 좋은 책으로 만들어준 모요사에 감사의 마음을 전합니다. 하지만 그 누구보다, 공무원의 박봉에 대가족을 이끌며 어려운 살림을 하면서도 저를 위해 할부로 책을 사주는 것만큼은 아끼지 않으셨던 엄마, 그리고 줄기차게 책 보는 시간 말고는 책 속에 나오는 인물들을 그리느라 바빴던 큰딸을 위해 회사에서 이면지를 보자기에 싸서 열심히 가져다주신 아빠께 제일 고맙다는 인사를 드려야 할 것 같네요.

2009년 5월 22일 늦은 밤, 부엌에서
차유진

ㄱ

차 례

Part 03

부엌, 소통과 모험이 시작되는 곳

레시피

Part 01

책꽂이에서
부엌으로

손녀딸의 샌드위치

무라카미 하루키 세계의 끝과 하드보일드 원더랜드

"어때, 샌드위치가 꽤 맛있지?"

"네, 정말 맛있네요" 하고 나는 칭찬했다.

정말 맛있는 샌드위치였다. 나는 소파에 대해서와 마찬가지로 샌드위치에 대해서도 평가가 상당히 인색한 편이지만, 그 샌드위치는 내가 나름대로 정한 맛있는 샌드위치의 기준을 가뿐하게 넘고 있었다.

빵은 신선했고, 부드러웠고, 게다가 잘 드는 청결한 칼로 자른 것이었다. 자칫하면 그냥 넘어가기 쉬운 일이지만 맛있는 샌드위치를 만들려면 좋은 칼을 꼭 준비해야 한다. 아무리 훌륭한 재료를 갖추었다고 해도 칼이 나쁘면 맛있는 샌드위치를 만들 수 없다.

겨자도 고급이었고, 양상추도 싱싱했고, 마요네즈도 직접 만든 것이거나 그것에 가까운 것이었다. 그만큼 잘 만든 샌드위치를 먹어본 것은 꽤 오래전의 일이다.

"그건 내 손녀가 만들었네. 자네한테 고맙다는 마음의 표시라고 하면서 말이네. 그 아이는 샌드위치를 잘 만든다고 자신 있어 하지"라고 노박사가 말했다.

"참 맛있습니다. 아무리 전문가라고 해도 이렇게 맛있게는 만들지 못할 거예요."

— 무라카미 하루키, 『세계의 끝과 하드보일드 원더랜드』, 70쪽

두뇌 속에 집어넣은 정보를 암호화한 다음 다시 풀어내는 계산사인 '나'는 서른다섯의 이혼남이다. 계산사들에게 금지되어 있는 세뇌 방법인 샤프링 시스템을 이용한 작업을 의뢰한 '노박사'의 연구실에서 노박사의 '손녀딸'과 만난다. '나'의 의식 속에 노박사가 실험을 위해 편집해놓은, 완전히 다른 의식의 핵을 삽입한 후, 자신이 소속된 조직과는 다른 '기호사'들의 습격을 받게 된다. 지하세계를 지배하는 '야미쿠로'와의 정보전쟁에 말려들어 노박사의 '손녀딸'과 함께 세계를 구하기 위해 도쿄의 지하와 수로를 넘나든다. 하지만 본래의 의식으로 돌아가는 데 필요한 자료를 도둑맞아 전문가인 노박사도 손쓸 수 없이 30여 시간 뒤에 '나'의 의식은 소멸하고, 완전히 다른 세계, 세계의 끝으로 들어가게 된다. '나'는 남은 시간 동안 자신을 둘러싸고 있는 것들을 정리하고 사람들과 이별한 다음, 세계의 끝으로 의식을 떠나보낸다.

다른 의식으로 바뀌어 자아를 잃게 되는 '하드보일드 원더랜드'와 자아를 잃고 세계의 끝으로 들어간 '나'가 그곳에서 벽을 넘어 밖으로 나가는 것을 꿈꾸는 '세계의 끝', 두 개의 이야기가 얽혀 있는 난해하고 실험적인 소설 『세계의 끝과 하드보일드 원더랜드』(위의 줄거리는 '하드보일드 원더랜드'이다). 베스트셀러 『상실의 시대』나 여러 단편들, 『해변의 카프카』보다 훨씬 중요한 무라카미 하루키의 초기작(1985년)이자, 그의 이후 소설들의 형식이나 자아에 관한 대명제를 잡아놓은 수작이다. 연이어 발표된 하루키의 작품들에서 이 소설이 세워놓은 기준과 표현, 은유들이 반복되는 것을 볼 수 있고, 1990년대 한국 작가들의 작품들도 이 소설의 형식과 주제에서 많은 영감을 받았다.

그리고 난 이 소설에서 나의 다른 이름을 얻었다.

그녀는 멋있는 핑크빛의 투피스에 하얀 스카프를 감고 있었다. 살집이 좋은 양 귓불에는 직사각형의 금 귀고리가 달려 있어, 그녀의 걸음걸이에 따라 마치 등불 신호처럼 반짝반짝 빛났다. 전체적으로 보아, 그녀의 몸놀림은 살이 찐 것치고는 가볍게 보였다. 물론 팽팽한 속옷 혹은 또 다른 무언가로 보기 좋게 조여 매고 있는지도 모르겠지만, 그렇다고 해도 그녀의 율동적인 허리 움직임은 팽팽하고 경쾌했다.

— 앞의 책, 21쪽

1997년, 파란 PC통신에서 만난 '하루키 소모임'에서 난 지금까지 사용하고 있는 손녀딸이란 닉네임을 얻게 됐다. 하루키 소설 속 등장인물들의 이름을 말머리로 붙여 동호회 내의 애칭으로 삼았는데 다들 '쥐' '양사나이' '유키' '제이' '와타나베' '그림자' 등의 이름을 붙였다.

처음에 나는 남자친구에게 언제든지 날렵하게 한 상 차려줄 수 있다며 내 닉네임으로 『상실의 시대』의 '미도리'가 어울리는 것 같다고 넌지시 우겼다. 그런데 그녀의 장점 중 하나가 어린아이처럼 얇은 허리였기 때문인지 모두들 나에게 손녀딸을 추천했다. '분홍 옷을 즐겨 입고 뚱뚱하지만 얼굴이 예쁘고 요리를 잘하며 남자에게 관심 많은 노박사의 손녀딸.'

혼자 요리를 독학한 미도리에 미련이 남긴 했지만, 손녀딸이란 닉네임을 십 년 넘게 사용하는 걸 보면 나도 은근히 마음에 들어 했나보다. 왜 닉네임이 손녀딸인지 그 앞에 생략된 부분을 설명하느라(심지어 몇 가지는 나와 해당이 없다!) 매번 성가셔하면서도 말이다. 그리고 이제 손녀딸은 나 자신을 대표하는 브랜드가 되었다.

십여 년 전, 그저 무라카미 하루키의 글을 좋아한다는 이유로 꽤 많은 사람들이 모여 읽은 책을 이야기하고, 책 이야기를 하는 시간보다 더 많은 시간 동안 술을 마셨다. 다들 되는 일도 없고 할 수 있는

실제 모습보다 50배 날씬하게 그림

전통 파란 두건

언제나 검은색 옷

가방마저 검은색

일도 없고, 무엇을 해야 하는지, 스스로가 어떤 사람인지조차 알지 못한 채 막연히 우울해했다. 여러 사람들을 만나고 가볍게 관계를 맺으면서 느끼는 고독감을 패션처럼 여기던 시절이었다.

모두 하루키처럼 스파게티를 먹고 재즈를 들으면 평범한 삶도 특별하게 느끼게 되고 지루한 일상 속에서 '작지만 확실한 행복'을 발견할 수 있다고 믿었다. 그런 믿음으로 술을 마시고 마구 사랑에 빠졌다. 나 또한 친구와 연인을 죽음으로 이별한 와타나베만큼은 아니더라도 나름대로 하고자 하는 일과 연애 등등이 고통스럽게 뒤틀린 이십대를 보내며, 하루키의 글들을 읽어대는 것으로 살아가는 허무함과 뒤따르는 절망감을 정당화했다. 존재 이유는 있지만 발견하기 힘들고 자아 찾기는 불가능하며 또한 허무하다는 그의 글들에 동감하면서…어쨌든 나와 주변인들의 1990년대 후반은 그랬다. 크기는 조금씩 다르지만 대신해줄 수 없는 아픔과 소외감을 겪으며 어른이 되어가는 과정을 밟아나가야만 했다. 지긋지긋하지만 어쨌든 땅에 발이 닿을 때까지, 중심을 잡고 설 수 있을 때까지 겪어야만 했던 그 진공 상태. 그 안에서 서로에게 위로는커녕 상처만 주고받던 우리들. 그래도 그 시간을 우리들의 청춘이라고 부를 수 있을 것 같다.

하루키의 소설에는 참 많은 음식들이 나온다. 두부와 샐러드, 백화점 도시락, 스파게티나 피자, 햄버거 스테이크, 일본식 반찬들까지…재즈 카페를 운영하고 한때 부인 대신 집안일을 도맡았던 터라 음식에 관한 그의 묘사에는 음식을 만드는 과정과 더불어 '잘 만든 요리'

에 관한 자기 의견이 덧붙여 있기도 하다. 하루키와 요리는 많은 부분에서 연결되어 있다.『내 부엌으로 하루키가 걸어 들어왔다』라는 책이 일본에서 출간되고 국내에도 번역되었다는 사실이 당연하게 느껴질 정도로 많은 사람들이 그의 글 안에 들어 있는 맛있는 음식들을 궁금해하고 먹어보고 싶어한다.

손녀딸이 등장하는 '하드보일드 원더랜드'에도 수많은 음식 이야기가 나온다. '나'가 스스로를 위 확장증이라고 소개하는 엄청난 대식가인 도서관 사서와 나눠 먹는 일본식 밥반찬들과 술안주들을 비롯해, '손녀딸'과 함께 사먹는 치즈버거, 의식이 소멸하기 전에 도서관 사서와 함께 먹는 무시무시한 양의 이탈리아 요리들, 그리고 맥주.

하지만 이 소설에서 가장 인상 깊은 요리는 뭐니 뭐니 해도 '손녀딸'이 '노박사'를 도와 브레인 워시를 하는 '나'를 위해 만든 샌드위치다. 손녀딸은 다른 요리도 곧잘 하지만 샌드위치만큼은 누구보다 잘 만드는 인물로 묘사되어 있다. 그리고 '나'는 샌드위치를 맛있게 자르기 위해서는 아주 잘 드는 칼이 있어야 한다고 주장한다. 그 같은 주장은 1988년 작『댄스 댄스 댄스』에 등장하는, 샌드위치를 아주 잘 만드는 외팔이 시인, 딕 노스의 입으로 다시 한 번 반복된다. 재료의 신선함과 맛을 내기 위한 비율, 게다가 잘 드는 칼을 이용해 말끔하게 썰어내기까지 해야 하는 샌드위치는 결코 쉬운 요리가 아니다. 손쉽게 쓱쓱 만들어낼 순 있지만 제 맛을 내긴 힘들다. 더욱이 내용물이 흐트러지지 않고 빵의 가

장자리가 회처럼 깨끗이 잘려야 완벽에 가까운 샌드위치가 완성되는 법이다.

1985년, 소설이 나오던 해에 열일곱 살이었던 분홍 옷의 '손녀딸'은 지금 마흔하나가 되었다. 그녀가 의식 없는 '나'를 냉동시켰다 다시 살려내, 또다시 샌드위치를 만들어주고 남자와 섹스에 관한 엉뚱한 질문을 연달아 하고 마침내 같이 잤는지, 알 수 없다. 책에서 그녀를 만난 지 십여 년이 지난 서른 중반의 나는 여전히 모든 것이 허무하다는 생각을 하곤 하지만, 미리 절망해봤자 소용없다는 것을 알게 되었고 인간관계(특히 남녀관계)를 잘 해내는 것이 자아를 찾는 것보다 훨씬 더 어렵다는 생각을 하게 되었다. 분홍색 옷은 절대 입지 않고 검은색 옷만 고집하며, 남자에 대한 궁금증은 여전하고, 사람들을 위해 꽤 맛있는 샌드위치를 만들어주곤 한다. 물론 잘 드는 칼로 단칼에 잘라서.

그리고 '내가 들어 있는' 이 복잡하고 매력적인 소설을 가끔씩 꺼내보며 두 가지 세상을 모두 꿈꾼다. 남기고 싶은 지식과 마음을 기호화해 두뇌에 집어넣고 세뇌된 채로 살든가, 자아와 감정, 마음을 잃고 일각수가 지키는 벽 안에서 나오지 않으며 그냥 아름다운 세상을 꿈만 꾸며 살든가 둘 중 하나를 선택해봤으면 좋겠다고… 사실은, 그 두 세계에 모두 발을 걸치고 살고 있으면서 말이다.

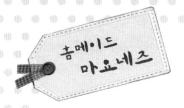

달걀노른자 2개
디종 머스터드 1/2티스푼
올리브 오일 또는 카놀라 오일 300㎖
소금 약간
와인식초 2~3테이블스푼
소금과 흰 후추
(샌드위치 속에만 바른다면 검은 후추도 상관없음)

1 달걀노른자와 디종 머스터드, 흰 후추를 볼bowl에 담고 잘 섞이도록 저어준다.

2 오일을 한 번에 한두 방울씩 넣어주며 계속해서 저어준다. 혼합물이 뻑뻑해지고
   잘 섞이면 오일을 조금 빨리 부어도 좋다. 만약 너무 뻑뻑해서 젓기가 힘들 정도
   라면 식초를 더해준다.

3 오일을 다 섞었으면 식초와 소금을 넣고 저어준다. 맛을 보고 간을 더 한다. 너
   무 진하면 뜨거운 물을 조금 더해주거나 레몬즙을 사용한다.

   ※ 핸드믹서나 핸드블렌더를 이용할 경우 모든 재료를 한꺼번에 넣고 기계를 작동시
      킨다.
   ※ 만들면서 달걀과 오일이 분리되었다면 깨끗한 볼에 뜨거운 물 1테이블스푼을 넣고
      마요네즈를 부어 빨리 저어준다. 또는 물 대신 달걀노른자를 이용한다(식초는 추가
      하지 말 것).

오이 1개
샌드위치용 식빵 4장
소금 약간
마요네즈

1 오이를 씻어서 껍질을 벗긴 다음 Y자 모양의 껍질 깎는 칼로 저며 얇게 만든다. 소금을 뿌려 30분 정도 절인다.

2 식빵에 마요네즈를 약간 넉넉하게 바르고 키친타월로 미리 물기를 최대한 제거한 오이를 겹쳐 깐 다음 마요네즈를 바른 식빵을 한 장 더 덮는다.

3 만든 샌드위치 위에 접시를 얹어놓아 살짝 눌려지도록 5분 정도 둔 다음 세모로 2등분해 썰어낸다.

※ 주의할 점은 절대 빵과 빵이 분리되지 않고 붙어 있어야 하며 식빵 가장자리를 모두 잘 드는 칼로 잘라내야 한다는 것이다. 샌드위치를 한 번 썰고 나면 물행주로 날을 깨끗이 닦은 다음 다시 썬다.

모던 보이의
아침식사

이광수
흙

옷을 다 갈아입으면 숭과 정선은 팔을 끼고 웨딩마치를 휘파람과 입으로 부르면서 팔을 끼고 건넌방으로 간다. 건넌방은 식당으로도 쓰고 숭의 서재로도 쓰는, 양식 세간을 놓은 방이다. 방 한가운데 놓인 둥근 테이블에는 붉은 테이블보 위에 하얗게 빨아 다린 식탁보를 깔고 토스트 브레드, 우유, 삶은 달걀, 과일, 냉수, 커피 등속이 다 상등제上等製 기명에 담겨 기다리고 있을 것이다. 여기서 숭과 정선은 의분이 좋은 때이면 서로 껴안고 행복된 키스와 축복을 하고 아침을 먹을 것이다.

— 이광수, 『흙』, 426~427쪽

식탁을 치는 소리에 보이가 뛰어와서 왜 부르는가 하고 명령을 기다렸다.

숭은,

"커피로 말고 홍차로."

하고 시키고 남은 면보(빵 : 인용자)에다가 버터를 득득 발랐다

'여자에게는 영혼이 없다. 여자에게는 이성이 없다.'

하는 옛사람의 말을 숭은 생각하였다. 정선의 추리 작용의 움직임이 어떻게 비논리적이요, 도덕관념의 연합되는 양이 어떻게 그릇되어 있고 감정의 움직임이 어떻게도 열등임에 숭은 놀라지 아니할 수가 없었다.

'더불어 이치를 말할 수 없다.'

하는 반감까지도 일어나서 숭은 대단한 불쾌를 느꼈다.

고개를 숙이고 앉아서 햄 앤드 에그즈의 달걀을 포크로 찍어서 입에 넣는 정선의 눈에서 눈물이 떨어지는 것이 숭의 눈에 보였다.

— 앞의 책, 445~446쪽

1932년부터 1년 3개월 동안 동아일보에 연재한 춘원 이광수의 대표 작『흙』은 그의 다른 소설『무정』,『유정』,『사랑』과는 성격을 달리해, 그 당시 성행한 농촌 계몽운동을 집중적으로 다루고 있다. 시골에서 태어나 경성과 일본에서 어렵게 엘리트 교육을 받고 변호사가 된 허숭은 갑부 집 딸인 윤정선과 결혼해 경성에서 살면서 뜻을 두었던 농촌운동을 잠시 소홀히 하며 지낸다. 하지만 부패하고 도덕적으로 타락한 상류층의 고만고만한 송사를 변호해주는 것에 진력이 나서, 혼자 고향인 살여울로 돌아간다. 그러던 어느 날 허숭이 경성에 올라왔다 내려가는 기차에 정선이 뛰어들어 한쪽 다리를 잃고 만다. 사고 후 그녀가 자신만의 안위와 쾌락을 좇던 과거를 반성하자 허숭은 그녀와 함께 살여울로 내려가 계몽사업에 전념한다.

이 작품은 주인공인 허숭을 비롯하여 유학을 다녀온 박사, 이화여대를 나온 피아니스트, 여성교육자, 독신주의를 고집하는 여의사, 여자의 돈을 노리는 한량 등 다양한 인물들이 등장하여 유기적으로 얽히고설키며 재미를 배가시킨다. 무엇보다 도시에 대비되는 시골의 삶을 절대적으로 귀하고 옳은 것으로 보는 이상주의자 춘원의 시선이 톨스토이로부터 많은 영향을 받았음을 알게 해주는 소설이기도 하다.

1930년대 경성의 거리 풍경

첫 장을 넘기다보면 '오늘 잠자기는 틀렸구나'라고 생각되는 책이 있다. 이야기를 풀어가는 작가의 솜씨에 잠시도 눈을 돌릴 수가 없어 기어코 다 읽고 마는 것은 물론이고, 책 속에 완전히 빠져들어 그 시대를 살아보고 싶다든가, 배경이 되었던 곳을 가보고 싶다든가 하는 상상으로 며칠 밤을 더 잠 못 들게 만드는 글들… 창작을 하려면 이 정도는 해야 할 터이니, 글을 쓰겠다는 꿈은 아예 접어야겠다고, 어렸을 때 일찌감치 나를 정신 차리게 만들어준 작가들이 서머싯 몸과 나림 이병주, 그리고 춘원 이광수였다. 도대체 그 옛날 이 소설이 연재되던 시절, 춘원이 살았던 그때의 삶은 어땠을까, 『흙』을 단행본으로 읽는 것이 아니라 매일매일 연재소설로 읽던 그때 그 사람들은 다음 이야기를 기다리며 얼마나 안달이 났을까 생각하면서 몇 번이고 읽고 또 읽었다.

탄탄한 관계망을 기본으로 한 글의 재미는 차치하고 무엇보다 소설에 등장하는 경성의 아침식사 이야기가 1980년대 후반 이 책을 처음 읽은 나에겐 충격 그 자체였다. 훗날 요리를 전공하면서 아침식사와 브런치에 유난히 흥미를 가지게 된 것도 이 책에서 묘사한 아침식사 때문이라고 주저 없이 말할 정도로 어린 나에게는 '이해가 되지 않는' 풍경이었다. 학교에서 배운 '일제강점기'는 그런 모습이 아니었기 때문이다. 1980년대 반공만화들이 보여주었던, 북한 사람들은 먹을 것이 없어서 굶어죽는다는 이야기처럼, 일제강점기의 식생활은 쌀을 군수물자로 빼앗기고 쌀겨와 콩기름 짜고 남은 찌꺼기를 불렸다가 밥을 하는 비참한 모습으로 가득 차 있었다. 시골에 살았던 친척들 역시 그런 식으로 끼니를 연명했다고 한다. 대부분의 조선 민초들이 비참한 삶을 사는 동안에 경성에서는 전혀 다른 스타일로 사는 사람들이 있었다는 것을 난 몰랐다.

어렸을 때 재래시장에 따라가 초대형 찜통에서 쪄지던 찐빵들을 보며 들은 얘기들이 있다. 새마을운동 때 베이킹소다를 넣어 찌는 노란 빵 만드는 법을 마을회관에서 강습한다기에 들으러 갔다는 엄마, 가난한 고학생 시절 삼촌 집에 얹혀살며 공부와 일을 병행하던 아빠가 그토록 원 없이 한번 먹어보고 싶었던 결대로 찢어지는 흰 식빵, 구두쇠 삼촌이 빵의 크기까지 재어가며 관리했다는 그야말로 눈물 젖은 빵 이야기… 이것이 어린 시절에 들어본 빵 이야기의 전부였다. 그때부터 빵에 집착한 아버지가 아침엔 무조건 딸이 구워주는 식빵을 드시겠다고 하여 그 바람을 들어드리다보니 지금 이렇게 요리를 전문으로 하게 되었다. 그러나 부모님이 들려주던 60~70년대 빵 이야기를 하려는 게 아니다. 1930년대 후반의 서울역에 빵과 햄 앤드 에그, 그리고 홍차를 파는 식당이 있었다! 서울역에서 산 먹을거리라곤 주황색 그물스타킹을 신은 굴과 버터오징어가 전부였던 나에게 『흙』은 공상과학소설이나 마찬가지였다.

그때 경성역에서 팔았을 아침밥은 다분히 영국식 아침식사였을 가능성이 높다. 소시지나 베이컨은 꽤 고가였을 테고, 경성에 체류하는 외국인들을 위한 식재료를 파는 잡화점인 '고샬기상회'에서는 커피와

잉글리시 브렉퍼스트

건포도, 훈제연어, 캐비아까지 취급했다고 한다. 그러니 기차를 타고 도쿄에서 건너오는 최고 엘리트들이나 유럽으로 건너가는 외국인들을 상대로 정통 영국식 아침밥을 파는 고급 휴게식당 하나쯤은 있었을 법도 하다. 그곳에서는 전통적인 잉글리시 브렉퍼스트처럼 모든 재료를 버터에 기름지게 튀길 순 없는 노릇에다 담백한 음식을 좋아하는 일본인의 입맛에 맞춰야 했을 테니, 삶은 달걀이나 물에 데치거나 살짝 구운 햄, 과일과 빵, 버터가 식단에 곁들여졌을 것이다. 그리고 빳빳하게 다린 테이블보나 부르면 금방 달려오는 보이, 겉멋이 든 지식인들이 이리저리 뱉어내는 일본어와 영어…

한편 그런 반질반질한 묘사와는 극명하게 대비를 이루는, 찢어지게 가난한 농촌의 밥상을 묘사한 대목 또한 보릿고개나 굶주리는 것이 무엇인지 알 턱이 없는 내게 또 다른 충격을 주었다.

(…) 그 그릇에 담은 밥은 불면 날아갈 찐 호좁쌀이요 반찬이라고는 냉수에 간장을 치고 파 한 줄기를 썰어서 띄운 것 한 그릇(이것이 유기점에서 기워 온 고물 대접에 담은 것이다), 그리고는 호박잎 줄거리의 껍질과 실을 벗기고 숭숭 썰어서 된장에 섞어서 호박 잎사귀에 담아서 화롯불에, 글쎄 굽는달까 찐달까 한 찌개 한 그릇뿐이었다. 이 호박잎 찌개에는 두 가지 이유가 있었다. 하나는 찌개를 찔 그릇이 없는 것, 또 하나는 호박잎을 찌노라면 된장에 있던 구더기가 뜨거운 것을 피해서 잎사귀 가장자리로 기어 나오기 때문

에 구더기를 죄다 집어낼 수 있는 편리가 있는 것이었다.

— 앞의 책, 168쪽

아쉽게도 1930년대에 청년이었던 나이 지긋한 친척들을 만나도, 경성에서 망토자락 휘날리며 카페를 드나들던 분은 아무도 안 계신지라, "그때 뭘 드시고 사셨습니까?"라는 내 질문에 "도대체 일제강점기의 식생활이 왜 궁금하냐?"라는 말만 차갑게 되돌아올 뿐이었다. 물론 잊을 수만 있다면 잊어버리고 싶은 비참한 기억들이니, 그걸 꼬치꼬치 물어보는 것이 얄미워 더 퉁명스럽게 대답한 탓도 있을 것이다.

1990년대 들어 근대에 관한 인문학 연구 열풍이 분 이후, 근대와 당시 경성과 관련한 미시사 연구가 활발해지고 관련 책도 쏟아져 나오고 있다. 그리고 대중문화에서도 경성 이야기는 복고 코드로 자리 잡아 한창 재생산되고 있다. 〈모던 보이〉라는 제목으로 영화화된 이지형(본명 : 이지민)의 장편소설 『망하거나 죽지 않고 살 수 있겠니』는 물론, 안종화 감독의 1934년도 영화 〈청춘의 십자로〉의 경우 변사의 해설, 오케스트라 연주까지 곁들이며 재상영되었을 정도다. 바야흐로 충무로는 경성에 올인했다고 해도 과언이 아닐 듯하다. 영화뿐 아니라 경성을 배경으로 한 드라마도 공중파와 케이블에서 여러 편 제작되었다.

하지만 근대의 미시사 연구는 아직 갈 길이 멀다. 일제강점기의 문화를 객관적으로 보존하고 파헤치기에는 식민지시대에 받은 핍박과 서러움이 너무 많아서일까? 게다가 당시 음식문화에 대한 연구는 더

더욱 요원하다. 아직까지 궁중요리 중심으로만 연구가 진행되고 있는 데다 남아 있는 자료 또한 아쉬운 수준이다. 광고나 신문에서 보이는 소비 패턴과 여성의 생활을 연구한 자료들 속에서 요리 이야기가 조금씩 나타나고 있는 정도다. 경성을 다루는 드라마나 영화가 경성의 자극적인 스캔들과 복고 스타일의 볼거리 위주로 전개되는 것도 아쉽다면 아쉽다.

『흙』에는 1936년 즈음에 140여 개 정도나 번창했다는 카페의 모습을 엿볼 수 있는 대목도 많다. 외국인 여급과 기생이 술시중을 들고 일제 위스키를 마시며 방탕한 생활을 하는 엘리트들을 비꼬는 묘사들이 종종 등장한다. 그런데 그때의 모습이 지금도 전혀 낯설지 않은 이유는 무엇일까? 왜 오래전 우리 조상들의 모습이 지금 우리들의 모습과 비슷하게 느껴질까? 백화점을 구경하고 백화점 식당에서 밥 먹는 것을 자랑으로 여겨 다리에 알이 배도록 돌아다녔다는 모던 걸들과, 유행을 좇아 여기저기 우후죽순으로 생겨난 카페와 다방들(그때의 카페는 여종업원이 나오는 술집이었다), 복권이나 경품 행사, 투기로 돈을 벌어보려는 사람들, 영어 교육만이 살 길이라며 영어 과외와 공부를 독려하는 광고로 가득했던 그때의 잡지와 신문들이 이미 지나가버린 일이라고 잘라 말할 수 있을까? 그때의 사회상과

70여 년이 지난 지금의 모습이 어쩌면 이렇게, 거울로 비쳐보듯이 닮아 있는지 놀라울 따름이다.

해방과 한국전쟁이라는 격동의 세월을 겪어내며 그때의 모습을 남김없이 털어내고 다시 시작했다고 말하지만, 혼돈스러웠던 경성의 모던 보이와 모던 걸의 모습은 겉만 달라진 채로 현재도 반복되고 있는게 사실이다. 근대를 벗어나 미래로 가는 지금, 우리는 잠시 멈춰 서서 더없이 혼돈스럽지만 새로운 문물을 받아들이려 애쓰는 옛사람들의 낭만적인 모습을 추억하고 있다. 오래전 경성의 모습에서 우리의 미래에 관한 답을 얻고자 하기 때문에 모두 이렇게 경성에 머무르고 있는 것이 아닐까.

나 또한 당분간, 우리나라 근대의 요리작가, 요리연구가로서 살아간 사람들의 삶을 좇아 그 자취를 찾아 헤맬 듯하다. 우리 고유의 음식을 잘 보존함과 동시에 다른 나라의 음식도 마음을 열고 받아들이는 것, 이 둘 다를 제대로 하지 못하는 지금의 답답한 모습들에 대한 해답도 과거에서 찾을 수 있을지 모른다.

문득 생각해본다. 지금 우리들의 모습을 70여 년 뒤의 후손들은 어떻게 읽고 느낄까? 그들도 우리에게서 자신들의 모습을 찾아낼까? 우리가 지금 이렇게 살아가는 것이, 미래의 누군가에게, 지금 우리들의 경성처럼, 하나의 거울이 되어줄 수 있을까? 정말 궁금해진다.

 베이컨 2~3줄
토마토 1조각
송이버섯 1/2개
기다란 소시지 1~2개
달걀 1개(스크램블일 경우에는 2개)
식빵 2장
토스트에 곁들일 잼이나 버터

1 베이컨은 잘게 자르지 말고, 되도록 길고 기름기 많은 것으로 준비한다. 토마토
는 2cm 정도 두께의 링으로 썰어 준비한다. 물에 씻지 않은 채로 준비하고 소
시지는 칼집을 넣어둔다(포크로 두어 번 콕콕 찍어주어도 좋다. 소시지 안의 수
분이 끓으면서 소시지가 터지는 것을 막기 위해서다).

2 기름을 아주 조금 두른 뜨거운 프라이팬(코팅 팬이 좋다)에 소시지와 베이컨을
먼저 얹는다. 바삭하게 구운 다음 한 번 뒤집었을 때 버섯과 토마토를 얹어준다.
소시지와 베이컨에는 후추만 뿌리고 토마토와 버섯에는 소금과 후추를 뿌려 역
시 굽는 중간에 한 번씩 뒤집어준다.

3 달걀 스크램블로 할 경우에는 다른 팬에 구워 곁들이고 서니 사이드 업*이라면
소시지, 베이컨, 토마토, 버섯 사이에 달걀을 깨어 넣고 팬을 돌려 팬에 구워지
고 있는 다른 재료들이 달걀흰자에 다 붙게 만든다. 불을 약하게 줄이고 뚜껑을
잠시 덮어 달걀 윗부분도 익게 해줄 것.

4 따듯한 접시에 담고 토스트와 잼, 버터를 곁들인다.

* sunny side up 계란을 뒤집지 않고 특히 노른자가 익지 않도록 살짝 익힌 것.

부드럽게
반들거리는,
촉촉한 기름기의
섹시함

무라카미 류 달콤한 악마가 내 안으로 들어왔다
기 드 모파상 비곗덩어리
오에 겐자부로 성적 인간

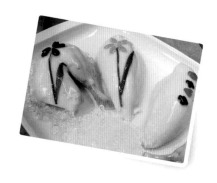

　(…) 그녀는 뜨거운 차가 든 핑거볼에 손가락을 헹구더니, 잘게 썬 숙주나물을 듬뿍 뿌리고 식초를 두세 방울 떨어뜨린 다음, 상어 지느러미 한 조각을 혓바닥 위에 올렸다. 수프는 색깔도 맛도 향기도 짙어서 수프라기보다는 차라리 소스 같았다. 바다 냄새 나는 뜨거운 상어 지느러미와 함께 입에 넣으면, 진득하게 입천장에 달라붙으면서 스르르 녹아 천천히 목구멍 안으로 미끄러져 내린다. 거의 중국인들뿐인 손님들이 우리 테이블을 주목하고 있다. 게와 전복과 장어 요리가 동시에 나왔기 때문이다. 블랙빈 소스를 바른 게, 오리 뒷다리와 함께 삶은 주먹만 한 전복, 꼬챙이에 꿰어 뜨거운 철판 위에서 기름을 튀기고 있는 장어. 그녀는 먼저 게의 등껍질을 뜯어내어 그 속의 노란 알 덩어리를 스푼으로 긁어 입 안에 넣었다. 게 알을 씹으면서 손에 든 은제 도구로 게 다리 껍질을 바수고 살을 꺼내 소스에 적시더니 혀 위에 올리고, 다시 핑거볼에 손가락을 헹구고, 전복을 한복판에서 둘로 잘라 브로콜리와 함께 입에 넣고 씹어 삼킨 다음, 꼬치에 낀 장어를 뜯어먹었다. 갑각류와 어류와 패류의 부드러운 살이 그녀의 이빨에서 으깨지는 소리가 쉴 새 없이 나의 귀를 애무하고, 그 소리는 점점 더 커지는 것 같은 느낌이 들었다.

　　　　　　　　　　　　— 무라카미 류, 『달콤한 악마가 내 안으로 들어왔다』, 102쪽

대학교 3학년 때로 기억한다. 이론 수업과 프로젝트 수업을 겸하는 '오브제 연구'라는 강의를 들었다. 수강생들은 각자의 오브제를 찾아 의미를 부여하고, 그 오브제를 선택한 이유를 다른 이들에게 납득시키는 프레젠테이션 전시를 해야 했다. 수업이 진행되는 동안 모두 스스로의 예술철학을 투영시킨, 평생 동안 고민하며 작업할 오브제를 찾았다면 더할 나위 없이 좋았겠지만, 그저 몇몇 물건들을 고물처럼 가져다가 늘어놓으며 이런저런 장황설을 풀기에 바빴다. 당연히 오브제에 대한 작가적 성찰은 찾아보기 어려웠다. 다들 말을 잘 꾸며서 교수님과 수강생들로 하여금 '그럴 수도 있겠구나'라며 한 번이라도 고개를 끄덕이게 만드는 데에만 급급했다.

그런데 학생들의 터무니없는 설명보다 더 기억에 남는 건 교수님이었다. 학생들이 가져온 오브제가 무엇이건 간에 오로지 성性적인 것으로 연관시키는 교수님의 민망한 돌발 멘트 때문에 참 많이 웃었다. 가마솥은 여자의 자궁이요, 새장은 억압된 처녀성의 상징이라는 둥, 모든 오브제의 포인트를 섹스에 맞추는 기상천외한 해석들에 수강생들 모두 부끄러워 입을 가리고 웃었다(나는 내 웃음소리가 너무 크게 울려 퍼질까봐 입을 가렸다). 하지만 한 학기 내내 그러한 해석을 반복해서 듣다보니, 사실은 우리 모두 무의식중에 그렇게 인식하고 있었으나 미처 자각하지 못한 것을 교수님이 프로이트처럼 짚어준 건 아닐까라는 생각이 들기도 했다.

그 충격적인(?) 수업을 일 년 들은 덕택에, 그 후로는 조금이라도 성적인 대화를 나누거나 은근한 글을 읽는 것만으로도 이런저런 자

극적인 상상을 하게 만드는, 일명 '에로 더
듬이'가 내 이마에서 무럭무럭 자라나게 된
것은 아닐까 생각하며 혼자 피식 웃기도 한
다. 하지만 그 어떤 대화나 오브제보다 강
력한 성적 에너지를 가진 분야가 있으니 다
름 아닌 세상에 널려 있는 식재료와 요리의
세계다.

그 수업에서 한 남학생은 가마솥을 가지
고 와서 자신의 정신과 생각을 솥에 넣어
뒤섞는 것을 표현해보고 싶다고 했다. 교수
님은 솥은 기본적으로 요리에 쓰이는 물건

이니, 요리를 하는 행위란 곧 먹는 일이고 먹는다는 것은 섹스와 연결
된다는 황당한 해석을 내놓았다. 그리고는 가마솥 주인의 독특한 정
신세계를 칭찬했다. 그때 나는 작업실 구석에서 끅끅대며 웃음을 참
지 못했다. 그러나 지나고 보니 먹는 행위와 섹스는 정말 연결되어 있
었다. '먹다'라는 단어는 섹스를 표현하는 말로 자주 쓰인다. 부드럽
다, 쫄깃하다, 촉촉하다와 같은 맛을 표현하는 형용사들도 그렇다. 또
많은 요리 재료의 모양새와 요리 동작도 성적 은유로 사용되고 있다.

섹시한 요리, 성적 매력이 넘치는 요리는 어떤 요리일까? 사람들은
종종 정력에 좋은 음식이 성적 매력이 넘치는 음식이라고 착각한다. 물
론 정력이나 원기보양에 좋은 음식들은 분명 있다. 하지만 그 모두가
섹시한 요리라고는 할 수 없다. 장어나 보신탕의 비주얼은 그리 섹시하

지 않을뿐더러 모든 이들이 기대하는 것처럼 '복용 즉시 효과 24시간 지속'되지도 않는다. 하물며 뱀술이나 기타 여러 동물 추출물들을 음식이라고 할 수도 없으니 섹시한 음식, 성적 상상을 자극하는 음식은 따로 생각해야 한다.

그리고 특별식이 아니면 더 좋다. 성생활은 이벤트가 아니라 생활이니까. 사람들이 쉽게 해볼 만한 요리라면 더 좋지 않을까? 아스파라거스나 굴, 초콜릿, 가재나 새우도 좋지만 재료가 어설프더라도 성적 매력을 살리려면 질감에 초점을 맞추어야 한다. 신체의 일부분을 연상시키거나 형상화한 음식보다는 촉감이나 느낌으로 어필하는 요리가 더 섹시하지 않을까? 적어도 누군가를 요리로 은근히 유혹하기를 바라는 나의 마음은 그렇다. 굴이나 장어보다는 사랑을 불러온다는 카다몬cardamom 한두 알이, 가재와 새우보다는 부드럽게 뒤섞인 두 가지 고기로 만드는 두툼하고 육즙 많은 미트볼이 내게는 더 섹시하게 느껴진다.

둘이 먹을 수 있는 최음 효과가 있는 음식으로는 초콜릿같이 달고 부드러운 것을 생각하기 마련이다. 하지만 섹시하기 위해서는, 성적 매력이 넘치기 위해서는 무언가 수분이 있어야 한다. 그리고 뽀드득한 수분보다는 기름지게 미끄러지는 무언가가 필요하다.

그녀는 먼저 작은 오지 접시와 은으로 만든 얇은 술잔, 그리고 커다란 그릇을 광주리 속에서 끄집어냈다. 그릇 속에는 잘게 칼질이 된 통닭 두 마리가 젤리에 재어 있었다. 그 외에도 여러 가지 맛있는 음식이 많이 들어 있는 것이 보였다. 파이며 과일, 과자 등 요컨대 여관이나 식당 신세를 지지 않고도 사흘 동안의 여행을 충분히 할 수 있는 만큼의 음식이 준비되어 있던 것이다. 게다가 광주리 안에는 네 개나 되는 술병이 그 가느다란 목을 음식물 사이로 내밀고 있었다.

그녀는 닭고기의 가슴살을 뜯더니 노르망디에서 '레장스'라 불리는 작은 빵을 곁들여 맛있게 먹기 시작했다.

— 기 드 모파상, 『비곗덩어리』, 29쪽

"배고프지 않아? 갖고 온 닭을 먹자구. 그러구 난 조금 자겠어."

J의 아내는 아리프렉스 16밀리와 같이 쌓아둔 짐 보따리 속에서 베이크드 치킨의 기름종이 꾸러미와 소스 병을 꺼내왔다. 소스는 J의 누이동생이 레몬과 마늘로 그날 오후 내내 걸려 만든 거였다.

(…)

"그럼, 난 닭이나 먹겠어. 히스테리의 눈에 관해서는 잠시 잊기로 하고." 하고 재즈싱어가 말하며 큰 닭다리 하나를 들어 뜯어먹기 시작했다. 벌거숭이 가슴에 마늘소스가 튕겨서 얼룩졌다.

"응, J에게로 가줘, 나하고는 아무리 애써도 안 돼. 난 지쳤어." 하고 커다란 닭살을 하얀 이로 문 채 재즈 싱어는 재촉을 했다.

— 오에 겐자부로, 『성적 인간』, 366~368쪽

어렸을 때 읽은 두 개의 섹시한 기름기에 관한 이야기다.

모파상의 첫 중편소설이자 출세작인 『비곗덩어리』에 나오는 젤리에 재어진 닭. 모파상의 단편에는 맛있는 프랑스 음식들과 통통한 아가씨와 매춘부들이 자주 등장하는데, 이 첫 중편소설에서 사람들에게 이용만 당하는 살찐 매춘부와 그녀의 반질반질한 닭 조각이 어린 마음에도 참 섹시하게 느껴졌다.

이 소설을 문고판으로 읽었을 때 도대체 젤리에 재어진 닭이란 어떻게 생긴 것인가 고민했다. 가게에서 사먹을 수 있었던 투명하고 찰랑찰랑한 제리뽀나 엄마가 서랍에 숨겨두고 드시던 종합제리라고 쓰인 사탕을 마구 발라놓은 닭이란 말일까. 그게 사실이라면 맛이 너무나 괴상할 텐데 어떻게 먹을 수가 있는 건지 너무나 궁금했다. 나중에 요리를 배우면서 소설에서 젤리로 표현한 건 아마 음식 표면을 말라붙게 하지 않고 맛도 살려주기 위해 쓰는, 콩소메로 만든 젤리인 아스픽 aspic을 말한 것이 아닐까 추측하게 되었다. 요리 수업시간에 반질반질 빛나는 아스픽을 만들어 큰 연어 위에 조심스럽게 뿌리던 날, 소설 속 그녀의 닭요리가 딱 생각났으니까. 그녀가 싸온 여러 가지 음식들과 닭에 얹은 진한 콩소메 젤리, 그녀의 살찐 몸매와 큰 가슴, 별명인 비곗덩어리, 모두 반질반질한 기름기의 섹시함으로 연결된다.

아스픽을 뿌린 연어요리

그리고 지금 읽어도 충격적 소설인 오에 겐자부로의 『성적 인간』. 어떻게 구해서 봤는지 잘 기억나지 않지만 또렷이 떠오르는 것은 소설 속에 유일하게 나오는 요리인, 레몬과 마늘로 만든 소스를 곁들인 로스트 치킨이다.
나이 들어 읽어도 여전히 이해하
기 힘든 주인공의 극단적인 심
리와 관계도, 그리고 조금은 생
뚱맞게 등장하는 레몬 갈릭 치킨.

　모두가 한 곳에서 육체적으로 얽히고설킨 관계를 만들고, 정부情婦
가 남자와 성관계를 가지다가 잘 되지 않자 부인에게 가서 마무리(?)
지으라고 말하는 경악할 순간에 등장하는 닭구이는 충격적이다. 벌
거벗은 가슴 위에 얼룩지는 마늘소스라니… 복잡한 관계의 심각한
분위기를 아무렇지 않은 일로 만드는 일상의 닭구이라니… 마늘소스
는 분명 차갑게 식어 있었을 텐데. 난 지금도 이 문장을 보면 하루 종
일 걸려서 만든 엄청나게 뜨거운 마늘소스가 내 몸에 튀는 것 같아
진저리가 쳐진다.

　요즈음 음식을 맛보며 느끼는 감정이나 감상을 읽는 사람들도 모두
동감할 거라 착각하고 객관적인 양 늘어놓는 글들이 참 많다. 음식을
아주 상세하게 묘사하며 주인공의 심리를 드러내기 위한 오브제로 사
용하는 소설들도 꽤 많이 나오고 있다. 음식과 맛, 혀로 느끼는 질감
은 누구나 다 가지고 있는 감각이기에 보편성을 띠기 쉬울 듯하지만
실은 그렇지 않다. 말하자면 성적 자극과 음식에 관한 맛은 너무나 개
인적인 것이라 글로 객관화하거나 보편적인 문장으로 쓰기가 거의 불
가능한 일같이 느껴지는 것이다. 여자 입장에서는 조금 불편한 글이
긴 해도 여자와 섹스에 음식이라는 은유를 A=B 식으로 사용하지 않

은 무라카미 류의 글들이 개인적으로는 더 현실감 있어 보인다. 철판 위에서 지글대며 기름을 튀겨대는 해산물, 그 위의 기름진 소스들. 쫄깃한 생선살을 씹는 탱탱한 소리. 뼈와 살이 타는 섹시함이란, 이런 것 아닐까?

나이를 먹어가는 보통 여자인 나, 궁금증은 항상 업그레이드되고 경험도 하나둘씩 쌓여간다. 그리고 세상일이나 연애에 대해서도 호기심과 두려움 없이 편하게 받아들일 수 있는 나이가 되었다. 음식으로 마음을 표현하는 방법을 알게 된 뒤부터는 더더욱 편해졌다.

은근한 기름기의 섹시함과 그 음식이 가져다주는 힘을 믿지만 소심한 나는 아무에게도 들키지 않고 혼자 웃으면서 이런저런 기름진 생각들을 해본다. 때로는 음식에 실어 보내는 나의 신호가 성공적으로 전달되기도 하고 때로는 다른 방향으로 오해받기도 한다. 친구들이나 나에게 요리를 배우는 학생들에게(나에게는 아줌마 학생들이 많다) 이러면 어떨까, 라며 음식으로 유혹하는 방법들을 알려주기도 하는데 성공하기도 하지만 실패하는 일도 많다. 그렇다고 민망해하며 접어버리진 말자. 신호는 다음에 또 보내도 된다. 우리는 어쨌든 나누어 먹은 기름진 음식으로 배가 부르고 즐거울 수 있으니까.

다만 사랑을 하기 위해선 퍼석퍼석 건조해지지 않아야 한다는 사실 하나만 기억하자. 가을철의 피부에도, 그리고 연인들이 나누는 사랑에도 기름기가 도는 수분이 필요하다. 마음에도, 그리고 몸에도.

닭 한 마리, 또는 좋아하는 부위로 600g 정도
(통닭은 부위별로 나눈다)
생강가루 2테이블스푼
통마늘 5쪽
꿀 또는 올리고당 1/3컵
소금
레몬즙 6테이블스푼

1 닭은 깨끗이 손질해 물기를 제거한 다음 생강가루를 묻혀 10분 정도 재워놓는
   다. 오븐은 220도로 예열할 것.

2 레몬즙에 꿀(또는 올리고당)과 소금 약간에 잘게 다져놓은 통마늘을 넣고 소스
   를 만들어둔다.

3 예열된 오븐에 닭을 15분 정도 구운 뒤 꺼내어 소스를 2/3쯤 붓고 골고루 뒤적
   거린 다음 다시 오븐에 넣어 20분 정도 더 굽는다. 중간 중간 꺼내어 뒤집어주
   거나 소스를 발라줄 것.

4 오븐에 그릴 모드가 있다면 전환하여 표면을 약간 노릇노릇하게 구워준다.

마지막
만찬

김연수 꾿빠이, 이상

'1937년 4월 17일 새벽, 도쿄제국대학 부속병원 물료과에서 과일을 구해달라고 말한 뒤 이상이 숨을 거두자 유학생 중 한 명이 데드마스크를 떴다.'

(…)

두번째 '과일을 구해달라고 말한 뒤'에 주를 달자. 당대의 추도문들, 즉 박상엽의 「상箱아 상箱아」(『매일신보』에 가장 먼저 발표된 추도문으로 아마도 정인택이 썼을 듯), 박태원의 「이상애사」·「이상의 편모」, 정인택의 「불쌍한 이상」, 김기림의 「고 이상의 추억」 등에는 레몬에 대한 얘기가 나오지 않는다. 레몬이 본격적으로 등장한 것은 50년대. 대표적으로 이어령의 「이상론」은 '레몬을 달라고 하여 그 냄새를 맡아가며 죽어간'이라는 문장으로 시작한다. 임종국 역시 '레몬의 향기가 맡고 싶다면서 마지막 숨을 모으던'이라고 쓴다. 하지만 김향안은 '귀에 가까이 대고 "무엇이 먹고 싶어?" "셈비끼야千疋屋의 멜론"이라고 하는 그 가느다란 목소리를 믿고 나는 철없이 천필옥에 멜론을 사러 나갔다'고 증언해 약간 다르다. 이 시점에서 소설가 이태준이 1936년 5월 1일자 『조선중앙일보』에 쓴 「온실의 자연들」이란 수필의, '꽃뿐 아니라 천필옥 같은 데 가보면 새로 딴 딸기와 포도와 멜론이 그야말로 저자를 이루었다'라는 구절은 음미해볼 만하다. 중요한 것은 이상이 숨을 거두던 시기와 비슷한 계절에 천필옥을 방문한 이태준의 눈에 신기하게 들어오던 과일들이 '딸기와 포도와 멜론'이었다는 사실이다.

— 김연수, 『꿈빠이, 이상』, 32∼34쪽

「데드마스크」, 「잃어버린 꽃」, 「새」라는 세 가지 이야기를 통해 요절한 천재시인 이상(본명 : 김해경)의 데드마스크와 「오감도시 제16호 실화」의 실존 여부를 둘러싼 미스터리, 그리고 그 미스터리에 얽힌 사람들의 이야기를 촘촘히 엮어낸 소설 『꿈빠이, 이상』은 이상의 생애에 대한 상세한 고증과 더불어 진짜와 가짜, 허구와 진실 사이에서 정체성을 잃고 방황하는 인물들의 이야기를 그리고 있다.

이 책은 씨실과 날실이 각기 다른 색이지만, 베틀에서 짜여 나오는 옷감은 그것들과는 전혀 다른 색을 띠고 있다는 인상을 준다. 책을 다 읽고 나서도 한동안 무엇이 진짜이고 무엇이 가짜인지 분간이 안 돼 여러 번 앞뒤를 뒤적거려봤을 정도다. 무엇이 진짜인지 알 수도 없고 믿을 수도 없어 어쩔 줄 몰라하는 소설 속 인물들의 심경을 독자도 같이 느끼게 만드는 것은 분명 작가의 힘일 것이다.

그런데 왜 하필 이상일까? 이 질문을 마음속에 담아두고 책을 읽기 시작했지만, 곧 다른 궁금증이 생겼다. 왜 이상은 숨을 거두기 전에 멜론을 찾았을까? 하필이면 많고 많은 과일 중에 왜 멜론일까? 이상이 멜론이 아니라 레몬을 가져다달라고 했다고 기억하는 사람들도 있었다는데, 도대체 내가 궁금한 건 멜론이고 레몬이고 간에 과연 1930년대 초에 레몬과 멜론을 과일가게에서 쉽게 살 수 있었느냐 하는 것이다. 지금도 멜론은 고가의 과일이고, 레몬은 쉽게 구입할 수 있다 해도 베이킹이나 서양 요리에 취미가 있는 사람이 아니고서는 별로 살 일이 없는 과일이다. 그러니 그 이야기는 그저 '적빈한 가정의 얼굴 하얀 아이 김해경', 시인 이상이 평생 꿈꾸어온 그 무엇을 상

징하거나, 장미꽃 가시에 찔려 죽었다는 릴케나 "좀 더 빛을!"이라고 한마디 남기고 죽은 괴테처럼 시인의 죽음을 신비롭게 만들기 위해서 후대 사람들이 지어낸 것은 아닐는지. 아니면 이 레몬과 멜론 이야기도 작가가 꼼꼼히 짜놓은 수많은 허구 중 하나인 걸까?

1930년대 경성에는 끽다점, 카페들이 유행을 타고 수두룩하게 생겨났고, 수입업체를 통해 들어온 남미 커피와 담배, 홍차와 위스키 등이 메뉴에 올랐다. 이광수의 책에도 각설탕, 우유와 함께 홍차를 마시는 장면이 나오는데, 고급 티하우스에서는 레몬을 몇 조각 잘라서 내놓았을지도 모르겠다. 그리고 우리나라에 과수원이 생겨 본격적으로 과일을 생산하기 시작한 기록은 1920년대부터다. 그런데 과연 온실이 있어야 키울 수 있는 멜론이 당시에 있었을까? 아니면 레몬처럼 전량을 수입에 의존했던 걸까?

레몬이나 멜론이 정말 1930년대에 존재했
는지가 너무나 궁금해 옛날 일간지들을 뒤
져보았더니 놀랍게도 레몬의 사용법이 꽤 많
이 실려 있었다. 요리법이 아닌 사용법을 기
록하고 있는 것으로 봐서는 레몬은 홍차를
마실 때는 물론이고 기타 다른 용도로도 경성
의 부엌에 자리 잡고 있었나보다. 사용법도 아
주 상세하게 기록되어 있다. 1930년 11월 5일
자 『동아일보』의 레몬 관련 기사의 제목은 '레
몬을 물 짤 때'인데 레몬즙을 내기 전에 그냥
반으로 자르지 말고 손으로 꾹꾹 누른 다음 짜

레몬 사용법에 대한 기사가 실린
1930년 11월 5일자 『동아일보』

면 훨씬 즙을 많이 낼 수 있다는 내용이다. 이건 지금도 요리책에 실
리고 있는 중요한 팁이다. 1932년 3월 26일자 『동아일보』 '레몬물 응
용'이라는 기사에서는 남은 껍질을 얼굴과 손에 문지르면 피부가 고
와지고 가구에 문지르면 때가 잘 빠진다는 식으로 레몬을 활용하는
'생활의 지혜'를 소개하고 있다. 그 외에도 레몬으로 알루미늄의 녹
을 없애는 법, 화장수, 피부보습제로서의 역할(그 시절 레몬 활용의 절
대적인 부분을 차지한다), 레몬으로 보이지 않는 잉크 만드는 법까지
정말 다양하게 나와 있다. 우리나라 기후에서는 재배가 불가능한 과
일이라 전량을 수입했을 텐데, 어떻게 이처럼 대중화될 수 있었는지
정말 놀랍다.

멜론은 어떨까? 그냥 먹어도 맛있는 과일이니 레몬처럼 즙을 짜는

방법이나 남은 껍질 이용법 같은 기획기사는 없지만 1934년 1월 27일자 『조선중앙일보』엔 '과실계의 총아 멜론 재배법, 반드시 온실에 하라'는 꽤 자세한 농업 관련 기사가 실려 있다. 그런데 그냥 멜론 재배법도 아니고 과실계의 총아라니. 하긴 당시 경성인들의 눈에는 달콤한 향기에 살살 녹을 듯 부드럽고 꿀처럼 다디단 멜론이 그 어느 과일과도 비교할 수 없을 만큼 훌륭한 과일로 보였을 것 같다. 과연, 생각해보니 레몬이나 멜론은 맛도 맛이지만 그 향으로, 병자의 기분을 좋게 만들어줄 만한 매력을 가진 과일이다. 도쿄에서의 궁핍한 생활 끝에 죽음에 이른 이상에게 길거리에 잘 정리되어 있는 값비싼 멜론의 향기야말로, 죽기 전에 꼭 누려보고 싶은 작은 사치였음이 분명하다.

객지에서 죽어가는 이상을 위해 도쿄에 온 친구들이 멜론을 구하러 나가는 모습을 상상하니, 누군가 죽어가는 그 순간 마지막으로 뭐라도 해줄 수 있다면 떠나는 사람과 남는 사람 모두에게 큰 위로가 되지 않을까 하는 생각이 들었다. 죽음의 순간에 곁을 지키거나 마지막 이야기를 들어주는 것도 좋겠지만, 음식을 해주거나 함께 나누는 것도 마음에 남는 이별 방법이 아닐까.

어머니는 내가 태어나기 한참 전에 돌아가신 큰외삼촌 이야기를 종종 해주셨다. 스무 살 넘게 터울이 진 막냇동생인 엄마가 중학교에 입학했을 때 검은 리본이 달린 고무 구두를 사주었던 일이며, 조용하고 따뜻한 성품의 외삼촌이 남긴 좋은 기억들, 그리고 갑작스럽게 찾아온 이별과 이별 전에 나눈 마지막 만찬에 관해서.

외삼촌은 제법 크게 운영하던 비누공장이 망하고 난 다음, 혼자 서울에서 이곳저곳 떠돌며 일을 했다. 돈이 모이면 다시 고향으로 내려가려고 했지만 식구들이 오히려 외삼촌을 따라 서울로 올라왔다. 하지만 살기 힘들었던 1960년대에 한번 기울어진 가세는 좀처럼 회복될 기미가 보이지 않았다. 게다가 외숙모는 성격이 꽤 강한 분이라, 두 분은 만나기만 하면 싸우기 일쑤여서 외삼촌은 일터와 쪽방을 전전하는 불규칙한 생활을 하다가 폐결핵을 얻고 말았다. 하지만 당시 폐결핵은 흔한 병이라 외삼촌은 별일 아닌 것처럼 생활하다가 어느 날 부모님을 모시던 둘째외삼촌 집을 찾아왔단다. 평소 일터에서 입던 허름한 옷차림이 아니라, 이발도 깨끗이 하고 옷도 잘 차려 입고 비싼 돼지고기도 한 근 사들고 왔다. 그리고는 웃으면서 둘째외숙모에게 맵게 볶아달라고 청하셨다 한다. 둘째외숙모의 말을 빌리자면 그분이 그렇게 뭔가를 맛있게 먹는 모습은 처음 봤다고 한다. 그렇게 상을 물리고 이야기를 나누고 아무렇지도 않게 방에 들어가 잠자리에 든 것이 마지막이었다. 그때 큰외삼촌은 그날이 마지막이라는 것을 알고 식구들과 저녁을 함께하신 걸까. 아무도 모른다. 그저 남은 사람들은 함께 저녁을 먹었다는 것으로 지금 이 순간까지 위안을 삼고 있을 뿐이다.

4월이 되면 2005년에 돌아가신 가장 가까웠던 이모 생각이 어김없이 난다. 서울이 싫다고 군산으로 내려간 뒤로 서울로는 발걸음조차

하지 않았기에 우리 가족이 늘 군산으로 내려가 이모를 만나야 했다. 그런데 5년 전 봄, 갑자기 이모가 서울로 올라와 친척들을 만나고 조카들이 사드리는 맛난 것도 잔뜩 드시고, 노래방에서 밤새 수다까지 떠는 게 아닌가. 당시 나는 이런저런 일을 시작하느라 함께 즐기지는 못했지만, 이모를 위해 아껴두었던 생테밀리옹을 땄다. 이모는 통통한 내 손을 만지며 인절미같이 부드럽다고 하셔서 모두들 얼마나 웃었는지. 나는 또 언제 오시겠냐며 친척들과 사진도 잔뜩 찍어드렸다. 하지만 그때 찍은 이모의 독사진이 두 달 후 영정사진으로 쓰일 줄 내 어찌 알았으랴. 이모와 함께 찍은 사진 속 내 모습이 방정맞게 느껴져 빈소에 앉아 혼자서 많이 울었다. 이모는 잇몸의 염증이 갑자기 심장까지 퍼져 한 달 동안 아무것도 먹지 못하고 말도 못하고 누워만 계시다가 돌아가셨다. 이별의 말도 나누지 못한 갑작스러운 헤어짐에 모두들 괴로워하면서도 마지막 잔치처럼 다 함께 먹고 노래하고 끊임없이 이야기했던 시간들을 작은 위안으로 삼았다.

언제 누군가와 어떻게 헤어질지 모른다는 생각은 내 마음을 조급하게 만든다. 그래서 살아 있는 지금 이 시간을, 이 생을 끊임없이 열렬하게 사랑하며 살려고 노력한다. 늘 죽음을 생각하며 살 필요는 없지만, 만약 생각지도 못한 이별이 갑자기 찾아왔을 때 남은 사람에게 위안이 되는 것은 무언가 마지막으로 함께 나누었다는 기억일 것이다. 아픈 친구를 위해 과일을 구하러 나가면서 더 잘해주지 못한 것을, 딱히 해줄 것이 없었음을 후회하지 않으려면, 아쉬운 마음을 남긴 채로 그냥 떠나보냈다는 생각에 가슴 치지 않으려면, 내가 사랑하는 이들을 더 열심히 나의 식탁으로 초대하고 이야기하고 함께 웃는 수밖에 없다. 같이 밥을 먹고 우정과 사랑을 나눌 시간도 부족하다. 그렇게 사람들과 추억을 쌓다보면, 혹시 내가 갑자기 그들과 이별하더라도 그들이 덜 아쉬워할 수 있겠지.

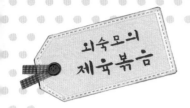

(2인분 기준)
제육용 돼지고기(삼겹살 또는 뒷다리 살) 400g
고추장 5테이블스푼
고춧가루 2테이블스푼
(고춧가루는 각자의 기호에 따라 조금씩 가감한다)
매실청 1테이블스푼
설탕 1/2테이블스푼
간장 1테이블스푼
양파 1개
마늘 다진 것 3테이블스푼
장식용 볶은 통깨
소금과 후추

1 돼지고기는 기름기가 약간 있는 부분으로 준비한다. 소금과 후추를 아주 약간
   만 뿌려 밑간을 한다.

2 양파는 얇게 슬라이스를 하고 양념은 모두 섞어 10분 정도 놓아둔다.

3 고기와 양파, 양념장을 모두 섞는다. 양념이 잘 배도록 손으로 무친 다음 30분
   정도 재워두었다 굽는다. 마지막으로 통깨를 뿌려낸다.

난쟁이,
벤야민 그리고
달걀

빌헬름 하우프 매부리코 난쟁이

발터 벤야민 발터 벤야민의 문예이론

난쟁이 야콥은 코가 양탄자에 닿을 정도로 허리를 숙여 절했다. 요리장은 야콥의 머리 꼭대기에서부터 발끝까지 훑어보더니 한바탕 웃음을 터트렸다.

"뭐라구? 자네가 요리사로? 자넨 주방의 화덕이 자네가 발돋움을 하고 머리를 어깨에서 똑바로 펴야만 겨우 올려다볼 수 있을 정도란 걸 모르는가? 오, 꼬마 양반, 자넬 요리사로 고용하도록 나에게 보낸 사람은 자넬 바보 취급한 거야."

라며 주방장이 미친 듯이 웃자 시종장을 위시해 방 안에 있던 모든 사람들이 웃어댔다. 그러나 난쟁이 야콥은 조금도 당황하지 않았다.

"달걀 한 두어 개, 약간의 시럽과 포도주, 밀가루와 향신료가 충분히 있습니까? 나에게 필요한 재료를 주시고 맛있는 요리를 만들도록 해주십시오. 그러면 여러분들이 보는 앞에서 재빨리 만들어 보이겠습니다. 그걸 보면 나를 정말 훌륭한 요리사라고 말하지 않을 수 없을 것입니다."

— 빌헬름 하우프, 「매부리코 난쟁이」, 『난쟁이 무크』, 212쪽

구두장이인 아버지와 채소를 파는 어머니 사이에서 사랑받는 아들로 자란 야콥은 어느 날 까다롭게 채소를 고르며 불평하는 할머니에 맞서 대든다. 그러자 노파는 많은 양의 야채를 사서 야콥에게 배달시킨다. 배달 나간 야콥은 노파(마녀)의 집에서 사례로 마법의 수프를 얻어 마시게 되는데 그만 난쟁이로 변하고 만다. 그 후 요리와 잔심부름을 하며 오랜 세월을 보낸다. 어느 날 야콥은 꿈에서 깨어나 어리둥절해하며 고향으로 되돌아간다. 하지만 지난 세월 마녀 밑에서 난쟁이로 일한 것이 꿈이 아니라 사실이라는 것을 알게 된다. 고향의 부모님은 몇 년 전 아들을 잃은 슬픔에 여전히 괴로워하고 있고, 동네사람들은 물론 부모마저도 그의 모습을 알아보지 못한다.

슬픔에 잠겨 공작의 성으로 흘러 들어간 야콥은 늙은 마녀 밑에서 갈고 닦은 요리 솜씨를 인정받고 공작의 사랑을 듬뿍 받는다. 그런데 하루는 이웃나라 귀족이 방문해 마련한 만찬에서 '세상에서 가장 맛있는 요리'를 허브 하나 때문에 망치고 말자, 공작은 그에게 요리를 제대로 만들어내지 못하면 사형에 처하겠다고 위협한다. 궁지에 몰린 야콥은 역시 마법에 걸려 거위로 변한 마법사의 딸 미미의 도움으로 허브를 구하고, 그 덕분에 다시 정상인의 모습으로 돌아온다. 하지만 포악한 공작을 위해 다시 요리를 만드는 대신 거위 미미와 함께 그녀의 고향집을 찾기 위해 성을 빠져나온다.

나도 어린 시절에는 여느 아이들과 마찬가지로 동화책을 무척 좋아했다. 예쁜 삽화가 들어 있어 좋았고, 권선징악이 뚜렷해 다 읽고 나

면 왠지 마음이 놓이는 줄거리도 좋았다. 어릴 때는 순수하고 무엇이든 쉽게 믿어 동화의 세계에 깊이 빠져들었지만 어른이 되어 그 동화책들을 다시 들춰보니, 아니 이럴 수가라는 말이 절로 나올 만큼 동화책의 이야기는 슬프고 무섭다 못해 잔인했다.

계모에게 갖은 구박을 받다가 독살의 고비를 넘긴 백설공주와, 남자한테 반해 자신의 혀를 끊어 팔기까지 하지만 결국엔 그 남자와 결혼도 못하고 거품이 되고 만 인어공주 이야기, 마귀할멈이 어린 남매를 과자로 유인해 잡아먹으려고 토실토실 살찌우는 이야기, 그리고 마법에 걸려 백조가 된 오빠들을 위해 사형대로 끌려가면서도 손과 발에 피가 맺히도록 가시풀로 옷을 짜는 공주 이야기… 아, 정말 슬프고 가슴이 답답해서 더 이상 나열하기도 힘들다. 하지만 이보다 더 잔인한 동화들이 쌔고 쌨다. 우리나라 전래동화도 마찬가지다. 벌을 받지 않으려면 착하게 살아야 한다는 교훈을 주기 위해 꼭 그렇게 무섭고 잔인한 이야기들을 만들어내야만 했을까? 어렸을 때 읽은 이야기는 희미하게나마 평생 기억 속에 남게 마련이니 조기교육의 중요성을 옛 동화작가들은 아무래도 따로 교육받지 않았나 싶다.

하우프의 동화집에 수록되어 있는 이야기엔 마법사와 난쟁이, 매부리코와 같은, 그 시절에는 분명 돌팔매질 당했을 법한 외모의 주인공들이 자주 등장한다. 그가 유명한 낭만주의 시인이라는 게 무색할 정도로 그의 동화집엔 무서운 내용이 많다. 그중 「매부리코 난쟁이」는 잠도 못 이룰 정도로 유난히 충격을 받은 작품이다. 사람 머리로 변한 양배추(그때 양배추 인형이 있었던 것 같지는 않다), 마법에 걸려 난쟁이로 변한 후 이슬을 길어 와 마실 물을 마련해야 하는 중노동, 그리고 돌아간 고향에서 쫓겨나는 주인공의 모습까지… 책을 덮고 잠이 들면 나 또한 마녀의 주술에 걸려 평생 이슬을 길어 오고 잡일을 해야 하는 것이 아닌가 하는 악몽에 시달려야 했다.

유일하게 신이 났던 장면은 야콥이 공작의 부엌에서 요리를 만들어 인정을 받는 대목이었다. 나중에 다시 구해본 책에는 좀 다르게 나와 있었지만, 그가 작은 몸으로 자신이 어떤 요리든지 만들 수 있다며 재료를 가져다달라고 하는 말을 나는 20년이 넘도록 이렇게 기억하고 있었다. "달걀과 양파와 소금만 있으면 무슨 요리든지 만들 수 있습니다." 고등학교에 진학할 때 바자회에 넘겨준 예전 동화책에는 아마

멕시칸 스크램블

스카치 에그

크로크 마담

도 그렇게 번역되어 있었나보다. 어쩌면 내가 기억하고 싶은 대로 기억하고 있는 것인지도 모르겠다. 그때 그 문장이 너무나 자신만만하고 멋져서 나는 수학공식이나 진리의 말씀인 양 그 말을 반복해서 중얼거리곤 했다. 달걀과 양파와 소금만 있으면… 혼자서 달걀국을 끓일 때도, 대학교 때 엠티를 가서 달걀말이를 만들 때도, 요리학교에서 오믈렛을 만들 때도 그 문장을 떠올렸다.

달걀이 있으면 뭐든지 만들 수 있다는 것은 사실 맞는 말이다. 달걀은 물과 소금, 생선과 나무열매와 더불어 인류가 선사시대부터 먹어온 식재료다. 문화가 진화함에 따라 더불어 발전하며 다양한 요리법을 파생시켰다. 밀가루와 섞여 여러 가지 빵과 페이스트리로, 때로는 허브와 양념을 넣은 요리로, 그리고 종종 설탕과 꿀, 초콜릿과 섞여 달콤한 디저트로 탄생하기도 한다. 달걀과 소금이 있으면 기본적인 오믈렛은 얼마든지 만들 수 있고 허브, 치즈, 삶은 감자, 햄, 양파 볶은 것, 연어와 아스파라거스를 넣어 오믈렛, 키시*, 프리타타** 등 다양한 이름의 요

*quiche 달걀과 우유, 치즈, 베이컨, 채소 등 여러 가지 재료를 섞어 만든 파이의 일종.
**frittata 재료를 섞어 오븐에 굽는 오믈렛.

리로 변신하기도 한다. 달걀이 있고 주변에서 몇 가지 재료만 찾아낸다면 정말 뭐든지 만들 수 있다.

그리고 대학시절 미술이론 수업 때 읽게 된 한 권의 책에서 난 내 생의 두 번째 달걀요리를 만나게 됐다. 바로 『발터 벤야민의 문예이론』에 나오는 짧지만 묵직한 글 「산딸기 오믈레트」이다.

내용을 요약하면 이렇다. 한 왕이 오랫동안 자신을 위해 요리를 만들었던 요리장에게 젊은 시절 전쟁 중에 도망을 다니다가 우연히 숨어들어간 시골집에서 한 노파에게 대접받은 산딸기 오믈렛을 만들어줄 것을 명령한다. 그리고 똑같은 맛으로 만들어내지 못하면 사형에 처하겠다고 위협한다. 요리장은 자신이 산딸기 오믈렛의 모든 레시피를 알고 있고 들어가는 재료도 훤히 꿰뚫고 있지만, 왕이 젊은 시절 산속을 헤매다 몸을 숨기러 우연히 찾아들어간 시골집, 노파의 소박하지만 진심 어린 마

음 등 그 모든 분위기를 재현한 산딸기 오믈렛은 만들 수 없다고 고백한다.

물론 이 글은 미식가이자, 기계화에 의해 대량생산되는 문화와 예술을 놀라운 통찰력으로 꿰뚫어본 벤야민의 그 유명한 아우라Aura를 비유해놓은 글이다. 공예나 사진, 영화 등 예술에서의 아우라 개념을 토론하고 리포트도 써냈지만, 나는 웬일인지 달걀이 최고라고 외치던

난쟁이가 끊임없이 생각났다. 달걀요리라는 점도 비슷하고, 똑같이 만들지 못하면 죽이고 말겠다는 으름장도 닮았다. 혹시 벤야민이 그 동화책을 패러디한 건 아닐까. 지금 생각해보면 황당하기 그지없는 상상이지만 당시에는 꽤나 진지하게 고민했었다. 야콥의 오믈렛은 아우라와는 아무 상관이 없고, 한 달에 한 번 오래된 나무 밑에서 발견할 수 있는 허브가 하나 모자라서 실패한 것일 뿐인데도 말이다.

오믈렛은 역사적으로도 오래된 음식이다. 고대 페르시아 때부터 오믈렛을 먹었다는 기록이 있고 로마시대에 들어와서는 좀 더 부드럽게 만들기 위해 우유를 섞어 오믈렛을 만들게 되었다고 한다. 로마시대의 오믈렛은 좀 더 납작했는데 그때의 구이그릇이 대부분 진흙으로 만든 편편한 그릇이었기 때문이다. 거의 달걀지단에 가까울 정도로 얇게 부치고 고추와 꿀을 뿌리면 로마풍의 오믈렛이 완성된다(꿀은 거의 대부분의 로마 요리에 들어간다).

오믈렛이라는 이름은 오랜 세월에 걸쳐서 지금의 철자인 'omelette'으로 정착되었다. 프랑스어로 얇은 줄을 뜻하는 'amelle'이 어원이라니 정말 옛날 오믈렛은 우리나라 달걀지단 같은 모습이었나보다. 하긴 그렇게 팬케이크처럼 얇은 오믈렛이라면 산딸기나 꿀도 꽤나 잘 어울리는 조합이 될 수 있을 듯하다. 그 후 오믈렛의 원형이라고 여겨진 레시피는 중간 사이즈의 달걀 여섯 개와 소금, 후추, 우유 한 스푼을 재료로 한 것이다. 프랑스에서는 그 위에 치즈를 갈아 뿌리기도 했다. 이젠 오믈렛이라고 하면 다들 얇고 납작한 지단이 아닌, 속은 반숙으로 촉촉하게 익힌 도톰하게 접힌 모양으로 알고 있다. 디저트로는 달걀흰자를 거품 내 보송보송한 수플레 스타일로 구워 시럽과 과일을 곁들이는 것이 더 잘 어울린다.

최상의 요리사임을 증명하는 재료로, 전쟁통에 길을 잃은 나그네에게 가장 빠르고 맛있는 요리로 뚝딱 만들어낼 수 있는 재료로까지, 달걀은 무궁무진한 변신이 가능하다. 샐러드에도 넣어 먹을 수 있고, 가끔 식구들을 위해 아침에 만드는 햄과 감자를 넣은 오믈렛으로도, 내가 아파서 누워 있을 때 말하지 않아도 엄마가 끓여주는 묽은 달걀찜까지. 달걀은 어떤 요리로도 변신할 수 있는 그야말로 마법 같은 재료다. 달걀은 언제나 옳다.

큰 달걀 3개
버터 15g(올리브 오일로 대체 가능)
자유롭게 선택한 치즈와 허브 약간
버섯 잘게 썰어서 150g
우유 1테이블스푼
소금과 후추
뿌릴 치즈 조금과 타이 칠리소스(옵션)

1 달걀에 우유와 허브, 치즈 버섯을 넣어 잘 풀어둔다

2 달군 코팅 팬에 버터 또는 식용유를 두르고 키친타월로 살짝 닦아낸 뒤, 준비해 둔 달걀을 팬 전체에 부어 넣고, 젓가락을 이용해 밖에서 안으로 긁어가며 익혀 준다.

3 어느 정도 익었을 때 밥주걱이나 스패츌러(크림 등을 덜어 쓸 수 있는 작은 주걱)를 사용하여 가장자리를 조심해서 조금 들어 올리며 익힌다. 안의 덜 익은 달걀이 밖으로 빠져나가지 않도록 조심하면서 주걱을 이용해 조금씩 말아줄 것. 필요하면 오믈렛 바깥쪽으로 15g의 버터를 더 넣어준다.

4 흔들어가며 황갈색이 되도록 익히고 오믈렛을 조금씩 접어간다. 완전히 접은 다음 주걱이나 젓가락으로 모양을 다듬어준 다음 준비된 접시 위에 얹어낸다. 치즈를 조금 뿌려 내거나 칠리소스를 곁들여도 좋다.

아주 아주
까마득한
시절의 식탁

토마스 불빈치 그리스 로마 신화

천상에서 방문한 두 사람의 나그네가 초라한 집에 들어와 머리를 숙이고 얕은 대문을 들어섰을 때, 그 노인은 자리를 만들었고, 노파는 무엇을 찾는 듯이 서성거리더니 자리 위에 클로드를 갖다 펴고 그들에게 앉기를 권하였다. (…) 노인은 갈라진 막대기로 굴뚝에 걸어놓았던 베이컨 덩어리를 끄집어 내렸다. 그리고 그것을 한 조각 베어 채소와 함께 끓이기 위해 냄비 속에 넣고 나머지는 다음에 쓰기 위해서 남겨놓았다. 너도밤나무로 만든 그릇에는 손님들을 위해 더운 세숫물을 떠놓았다. 노인 내외는 이런 준비를 하고 있는 동안에도 서로 여러 가지 이야기를 건네며 손님들이 지루한 시간을 잊게 했다.

손님들을 위해 준비된 의자에는 속에 해초를 넣어서 만든 쿠션이 깔려 있었는데, 그 위에 덮개를 덮어놓았다. 이 덮개는 낡고 초라한 것이었지만 큰일을 치를 때만 특별히 내놓는 것이었다. 앞치마 차림의 노파는 떨리는 손으로 식탁을 날라왔다. 그 식탁의 한 다리가 다른 다리보다 짧았기 때문에 얇은 나무 조각으로 괴어 뒤뚱거리지 않게 했다. 그렇게 한 후, 노파는 좋은 향취가 나는 풀로 식탁을 훔쳤다. 그리고 그 위에 순결한 처녀 아르테미스의 성목聖木인 올리브 나무 열매와 식초에 절인 산딸기를 놓았다. 그밖에 무와 치즈, 그리고 재 속에 넣어 약간 익힌 달걀을 곁들였다. 접시는 다 토기土器였고, 그 옆에는 흙으로 만든 주전자와 나무 컵이 놓여 있었다. 모든 준비가 다 되었을 때 김이 무럭무럭 나는 스튜가 식탁에 올려졌다. 그리 오래된 것은 아니지만, 포도주도 곁들여 나왔다. 디저트는 사과와 꿀이었다. 그밖에 이러한 모든 것 보다도 더 좋은 것은 화기에 넘치는 얼굴과 소박하나 정성스러운 환대였다.

— 토마스 불빈치, 「바우키스와 필레몬」, 『그리스 로마 신화』, 83~84쪽

　그리스 신화를 아무리 꼼꼼히 읽어봐도, 이렇게 음식에 관한 이야기가 자세히 나온 부분은 없다. 빵과 와인을 곁들이고 돼지나 양을 굽는 것이 대부분이지만 『오디세이아』에도 고향으로 돌아가는 길에 대접받은 요리들에 대한 이야기가 나오기는 한다. 하지만 그리스 신화에서는 마녀들이 누군가의 부탁을 받아 가마솥에 요상한 것들을 넣고 끓여 오랫동안 살게 해주는 약을 만든다든가, 지하세계로 시집간 페르세포네가 먹었다는 석류 이야기가 고작이다. 신들의 음료수라는 넥타nectar도 어떤 맛인지 상세히 나와 있지 않다. 구체적인 묘사가 등장하는 것은, 신들을 정성스럽게 대접한 대가로 재앙을 면하고 한날한시에 생을 마감한 이 늙은 노부부의 이야기가 유일하다. 전지전능한 능력을 가지고 있으면서도 항상 인간과 밀접한 관계를 맺는 그리스 신들의 이야기니만큼 파티 이야기나 일상의 먹을거리에 대한 내용이 좀 더 많으면 좋을 텐데, 늘 아쉽다. 신화야말로 고대의 식문화를 짐작케 해주는 중요한 기록이니까…

　인용 글에서 소개한, 손님을 맞는 순박한 노부부와 평범한 나그네의 모습을 하고 지상에 내려온 신(혹은 천사)의 이야기와 유사한 내용이 『구약성서』 창세기에도 나온다. 지나가던 나그네들이 쉬어가기

그리스의 테라코타 그릇

를 청하자, 아브라함은 세숫물을 떠오고 곡물가루를 준비시켜 떡을 굽게 하고 양을 잡아 대접한다. 그러자 인간의 모습을 한 천사들이 아브라함의 늙은 아내에게 아기가 생기게 해주겠다고 약속한다. 이미 폐경기가 훨씬 지나버린 아브라함의 아내 사라는 그들의 말을 웃어넘기지만 정말 임신을 하게 되고 늘그막에 아들 이삭을 얻는다. 뚜렷이 기억하긴 힘들지만, 우리나라 전래동화에도 손님을 정성스럽게 대접해서 복 받은 사람들의 이야기가 꽤 많았던 것 같다.

그리스 신화는 언제 읽어도 재미있을 뿐 아니라 미대입시를 준비할 때 매일같이 들여다본 석고상도 대개 그리스 신화에 나오는 인물들인지라, 내게 그들의 이야기는 더욱더 친숙하게 느껴졌다. 당시 제일 존경하던 선생님이 오이디푸스 신화에서 모티브를 얻어 인간의 발을 오브제 삼아 작업하던 것도 생각난다. 그리고 엄청난 양의 슬라이드를 봐야 했던 서양미술사 시간을 잊을 수가 없다. 입시 준비를 하면서 질리도록 쳐다본 표정 없는 석고상들이 아니라, 그리스 신들과 신화 속에 나오는 이야기들을 주제로 한 생동감 넘치는 조각상과 멋진 그림을 그려 넣은 테라코타 그릇에 홀딱 반해버렸고, 언젠가는 신들과 인간이 함께 살았던 그 환상적인 나라에 가고야 말겠다고 결심했다.

마침내 열심히 돈을 모아 떠난 배낭여행. 그리스는 그 어떤 나라보다 가장 기대했던 곳인데, 마음 아프게도 나의 첫 그리스 여행은 실망

의 연속이었다. 1995년 2월 아테네는 앞이 뿌옇게 보일 정도로 매연이
심했고, 큰돈을 바꾸려고 엽서를 산 작은 가게의 주인은 더 이상 유
통이 안 되는 옛날 화폐로 돈을 거슬러주었다. 겨울인데도 유스호스
텔에서는 온수가 나오지 않았고, 엘리베이터는 항상 덜컹거리며 중간
에 멈춰 섰다. 그땐 정말 이 나라는 다시 올림픽을 개최하지 못할 거
라 생각했다. 아름다운 파르테논과 고고학 박물관마저 없었으면 미련
없이 서둘러 회색의 아테네를 떠났을 것이다.

　하지만 고대 유적들과 더불어 재래시장에서 파는 다양한 먹을거리
들이 내 마음을 달래주었다. 시장에는 마음 따뜻한 사람들이 모여 있
었고 맛있는 음식들이 가득했다. 그때만 해도 생소했던 올리브와 페
타feta 치즈가 종류별로 가득 놓여 있는 가게에서 이것저것 맛을 보
고, 대표적인 길거리 음식인 수블라키 피타 Souvlaki pita도 먹었다. 매일
구경 갔던 허름한 빵집에서는 얇게 구운 마늘 치즈빵과 아몬드가 잔
뜩 들어간 큼직한 과자와 호두케이크를, 그 옆의 과일가게에서는 무화

재래시장의 다양한 음식들

뜨거운 석탄

달궈진 바닥

그 위에 놓고 굽기

과와 흰 건포도를 샀다. 모든 것이 맛있고 값도 무척 쌌다. 매연이 좀 심하고 사기꾼들이 가끔 있지만, 뭐 완벽한 나라는 없으니까…

옛날 그리스 사람들은 무엇을 먹고 살았을까? 그리스에는 일찍부터 빵이 있었다. 주로 밀과 보리를 이용해 만든 거친 빵이었는데 곡물을 밤새 푹 불린 다음 갈아서 사용했다. 포도주에서 얻은 천연 효모를 이용해 빵을 부풀렸고 진흙으로 만든, 인도의 전통 화덕인 탄두리와 같이 다리가 달린 오븐을 이용해 구웠다고 한다. 가끔은 돌로 된 복도에 석탄을 깔아 바닥을 달군 다음, 석탄을 쓸어버리고 뜨거워진 바닥에 빵 반죽을 놓고 뚜껑을 덮어 굽기도 했다니, 정말 기가 막힌 오븐 아이디어가 아닐 수 없다. 하지만 보편적으로는 납작한 플랫 브레드를 진흙 오븐에 구웠다고 한다. 지금도 그리스인들의 주식으로 애용되는 피타pita 빵의 조상인 셈이다. 빵 위엔 주로 치즈와 꿀을 뿌리거나 수프 안에 빵을 넣어 먹기도 했다.

빵에 곁들이는 반찬으로 사용된 야채로는 양배추, 양파와 함께 렌틸, 완두, 병아리, 잠두 같은 다양한 종류의 콩이 사용되었다. 콩은 국물과 함께 수프의 건더기로 먹거나 삶아 으깨어 올리브 오일과 허

브, 식초로 간을 해 빵에 발라먹기 좋은 페이스트 상태
로 만들었다. 지금도 그리스와 터키를 비롯한 중동 지역에
서 빵에도 발라 먹고 야채를 찍어 먹는 소스로도 쓰는 후
머스hummus의 기원이 되는 요리였음에 분명하다.

여자와 노예가 모든 부엌일을 해야 했던 그리스에서 고기
를 다루는 일, 가축을 잡는 일은 신에게 바치는 제사와 연
결된 탓에 항상 남자들이 맡았다. 고기와 야채는 늘 비쌌
고 생선은 섬 지역을 제외하고는 신선한 것을 구경하기 힘
들었다. 냉장고가 없던 시대이니 당연하다. 안초비나 정어
리를 소금에 절인 것이 아테네의 시장에 가끔 등장하곤
했지만 그리스인들의 주된 단백질 공급원은 되지 못했다.

▲ 후머스
▼ 무화과

도축한 후 부패를 막기 위해 서둘러 팔아치우느라 그
랬는지 돼지고기는 항상 저렴했다. 신화에 나오는 가난하고 늙
은 노부부가 베이컨 덩어리를 사용할 수 있었던 것도 다른 재료들
보다 돼지고기가 쌌기 때문이 아닐까. 돼지고기를 베이컨으로 만
들려면 염장과 훈제, 건조라는 과정을 거쳐야 한다. 하지만 내 생각
에 고대 그리스에서는 훈제보다 염장한 후 건조시키는 방법을 택하
지 않았을까 싶다. 소시지도 같은 방법으로 만들었을 것이다. 흔한
허브였던 타임과 마늘을 넣어 맛을 내지 않았을까. 야채는 너무 비
싸서 주로 말린 것을 사용하거나 적당히 먹을 만큼만 정원에서 키
워서 먹었고, 부족한 비타민은 과일로 섭취했다. 지금은 바클라바*
를 비롯해 수많은 과자와 사탕이 제과점에 가득하지만 옛날 그리스

사람들의 식후 디저트는 무화과, 건포도, 석류 같은 과일이 전부였다. 그리스 사람들에겐 요거트에 꿀과 과일을 곁들이는 것이 최고의 디저트였는데, 현대에 살고 있는 내게도 최고의 디저트는 꿀이나 과일주스로 맛을 낸 요거트와 제철 과일이다.

지금도 지중해 연안과 중동지방이 그렇듯 고대 그리스인들도 유제품을 굉장히 즐겨 먹었다. 마시는 요거트처럼 진하고 뻑뻑한 우유를 즐겨 마시고 염소젖 치즈를 늘 상에 올렸다. 치즈는 그리스인들의 주요 단백질원이었는데 좋은 재료건 맛없는 재료건 요리에 치즈를 첨가해 먹는 것을 즐겼다. 생선이나 고기에도 치즈를 양념 삼아 넣어보곤 했다. 그리스인들에게 치즈는 언제나 옳은 식재료였던 것이다.

에피타이저로 절인 올리브 몇 개를 먹어 입맛을 돋우고, 피타 빵을 구워 양젖으로 만든 진한 치즈와 꿀, 후머스를 발라 먹은 다음 과일로 입가심을 하는 것이 그리스인들의 가장 평범한 메뉴였다. 치즈와 콩이 주를 이루고 있어, 지금 보아도 건강한 지중해성 식단이다. 여기에 올리브 오일을 뿌린 샐러드와 와인이 곁들여지면 맛과 영양의 조화가 더더욱 완벽해질 듯하다.

앞의 인용 글의 "그리 오래된 것은 아니지만, 포도주도 곁들여 나왔다"는 대목에서 알 수 있듯이 고대 그리스에는 이미 빈티지vintage 개념이 있었다. 더 나아가 품질보증제도를 시행했는데 지역마다 생산되

---

*Baklava 얇은 페이스트리 사이에 견과류와 항신료를 층층이 쌓은 뒤 구워 꿀에 흠뻑 적신 과자. 그리스, 터키 지역에서 흔히 볼 수 있다.

는 포도주의 등급을 매기고 생산자와 품질관리사가 품질을 보증하는 도장을 병 위에 찍었다고 한다. 지금의 농산품과 식료품 품질관리 시스템인 AOC Appellation d'Origine Contrôlée 제도가 고대 그리스에서 먼저 시작되었다니, 신기하고 놀라울 따름이다.

늙은 노부부가 타임 다발로 상을 닦고(향도 좋지만 타임에는 소독 기능이 있다), 베이컨을 넣어 끓인 야채 스튜와 치즈, 올리브, 와인, 그리고 과일과 꿀까지 내놓은 것은 상당히 특별한 대접이었다. 옛날 그리스 사람들은 치즈와 올리브로 간단히 끼니를 때우기도 했고, 지금의 스무디와 같은 갈아 만든 음료인 키케온 kykeon을 식사 대용으로 즐겨 마셨다. 키케온은 『오디세이아』에서도 키르케가 손님들을 돼지로 만들기 위해 마법의 약을 탄 음료로 등장한다. 주로 찌거나 구운 보리, 허브와 물, 치즈를 갈아 만들었다고 하는데, 이를 현대식으로 바꾸어 신선한 허브 대신에 건강에 좋은 밀싹 wheatgrass으로, 보릿가루 대신에 오트나 현미가루로, 미네랄워터와 치즈 대신에 단백질 파우더로 만들면 현대인을 위한 키케온이라고 할 수 있을 것 같다.

지식을 섭취하는 것과 새로운 언어를 습득하는 것의 은유로 음식과 먹는 행위가 종종 쓰인다는 것을 기본으로 해 철학자들의 사상을 알기 쉽고 유머러스하게 풀어낸 프란체스카 리고티의 『부엌의 철학』* 을 보면, 그리스 철학자들이 자신들의 사상을 현실에서 어떻게 실천했는지―이 책에서는 주로 먹는 데 중점을 두었다―알 수 있다. 먹

* 원제는 La filsofia in cucina―Piccola critica della ragion culinaria. 권세훈 옮김, 향연, 2003.

고 토하고 또 먹었다는 탐식가들로 잘 알려진 로마인들과 비교해보면, 그리스인들은 미식보다는 철학적인 대화에 더 열을 올렸던 것 같다. 먹는 행위를 자신의 철학적 믿음과 실천적 행동을 보여주는 것이라 여겨, 학파마다 자신들을 표현하는 상징적인 식재료를 선택했다.

대표적으로 플라톤과 소크라테스의 먹을거리에 대한 철학을 살펴보자. 플라톤은 요리사라는 직업이 쓸모없다고 생각할 만큼 요리에 관한 한 과격한 금욕주의자였다. 정치가나 의사는 정신과 육체의 행복을 위해 튼튼한 이론을 바탕으로 움직이지만, 요리사는 기술을 부리긴 해도 사실은 입 안의 쾌락만 좇는 가벼운 인물이라고 판단했던 것이다. 요리를 할 때 쓸데없이 잔재주 부리는 것을 극도로 혐오한 그는 되도록 조리하지 않아도 되는 식품인 올리브와 말린 과일들을 선호했다. 반면 소크라테스는 요리가 쾌락을 위한 기술이라는 것을 인정하고 플라톤처럼 지나치게 엄격하지는 않았다. 하지만 정작 그 자신은 먹는 데 무심했던 듯하다. 즐거움을 위해서가 아니라 살기 위해 먹는 것처럼 그냥 끼니를 때우는 정도에 그치지 않았을까. 집안 살림이 어떻게 돌아가는지, 오늘 먹을 것을 살 돈은 있는지 따위는 외면한 채 제자들과 술 마시고 토론하는 데 정신이 팔려 식사하라고 아무리 악을 써도 무심하기만 한 소크라테스 뒤로 잔뜩 약이 오른 크산티페가 양동이를 들고 다가가는 장면이 떠올라 웃음이 난다.

내가 한 번도 살아본 적 없는, 까마득한 옛날 사람들의 식탁을 상상해보는 것은 언제나 즐겁다. 여행을 떠나 직접 눈으로 볼 수 있는 것도 아니어서 더욱 흥미진진하다. 여기에는 오래전 일이지만 현재와 거울을 마주보듯 꼭 닮은 듯한, 재미있고 놀라운 이야기들이 너무나 많다. 신선한 재료를 가장 맛있게 먹고자 하는 사람들의 욕망은 시간을 초월해 통하기 때문일까. 그래서 많은 사람들이 과거를 통해 현재와 미래에 대한 답을 찾으려고 역사를 공부하는 데 많은 시간을 쓰고 있는지도 모르겠다.

그렇게 아주 오래된 음식과, 그것을 만들고 먹은 사람들의 기록을 보면서 나도 더욱 지혜로워지고 싶다. 오래된 책들을 들여다보고 옛날 레시피대로 요리를 만들어보면서 공통분모를 찾는 작업, 방대하지만 무척 즐거울 것 같다. 언제인지도 모르는 오래된 신화 속에 나온 음식들이 지금 우리가 먹고 있는 것과 과히 다르지 않다는 것에 용기가 난다. 탐식의 시대인 로마와 먹을 것이 없던 시절의 유럽, 그리고 우리나라 삼국시대와 고려, 경성시대의 먹을거리와 음식 풍속을 탐구해가는 일은 힘들지만 아주 즐거운 일이 되지 않을까?

우유 2*l*
생크림 240*ml*
레몬주스 8테이블스푼
소금 1/2티스푼

1 우유와 생크림을 냄비에 담고 냄비 가장자리에 거품이 살짝 오를 때까지 끓인다(김이 나면서 주변에 카푸치노 거품 같은 모양으로 끓어오르는 정도로).

2 불을 끄고 미리 준비해둔 레몬주스와 소금을 뿌린 다음 엉기도록 1시간 정도 놓아둔다.

3 볼에 체를 받히고 고운 가제를 깐 다음 엉긴 치즈를 붓는다. 주걱으로 저어가며 물이 빠지도록 한 다음 계속 물이 빠지도록 두어 시간 더 둔다.

4 물이 충분히 빠진 치즈 위를 도자기 그릇 같은 무거운 것으로 눌러 하룻밤 정도 둔다. 냉장고에서 물이 빠지도록 둬도 좋다(특히 여름철에).

✲ 생크림이 없으면 생크림의 양만큼 우유를 더해서 만든다.

권태라는 이름의 부드러움

미시마 유키오
사랑의 갈증

야키치는 말랑말랑한 것이면 뭐든지 맛있다고 하고 딱딱한 것은 뭐든지 맛없다고 했다. 에쓰코의 요리를 칭찬하는 것은 맛의 문제가 아니라 말랑말랑함의 문제였다.

마루의 덧문이 닫힌 비오는 날 에쓰코는 부엌으로 나가 요리를 했다. 미요가 지은 밥은 식지 않도록 밥통에 퍼 담지 않고 솥째 놓여 있었다. 밥을 다 지은 미요는 여기에 없었다. 숯불은 이미 꺼져 있었다. 치에코한테서 받아온 불씨로 풍로에 불을 붙이려다 에쓰코는 가운뎃손가락에 화상을 입었다.

(…)

다섯 평 남짓한 부엌 봉당 한쪽에는 흘러 들어온 빗물이 고여 있었는데, 유리문의 회색 광선을 나태하게 되풀이하고 있는 그 반사를, 맨발에 들러붙는 축축한 나막신을 신은 에쓰코는 불에 덴 가운뎃손가락을 혀끝으로 핥으면서 멍하니 바라보고 있었다. 그녀의 머릿속은 빗소리로 가득했다…

그렇다고 해도 일상이란 우스꽝스러운 법이다. 그녀의 손은 풀려버린 것처럼 움직이기 시작하여 냄비를 불에 올려놓았다. 물을 부었다. 설탕을 넣었다. 썬 고구마를 넣었다. …오늘 점심 메뉴는 달게 조린 고구마와 오카마치에서 사온 저민 고기 그리고 버터로 볶은 나팔버섯, 마 요리, …에쓰코는 멍한 열의로 그것들을 만들었다.

그렇게 있으면서도 그녀는 그칠 줄 모르고 부엌데기처럼 몽상 속을 헤맸다.

— 미시마 유키오, 『사랑의 갈증』, 169~171쪽

에쓰코는 스키모토 집안의 차남인 남편이 죽은 뒤, 오사카 외곽의 시골에 위치한 시댁으로 들어가 시아버지의 여자가 된다. 뻔뻔한 바람둥이였던 남편이 죽고 나서 얼마든지 자유로워질 수 있었는데도 다른 사람들이 차마 상상하기 힘든 삶을 택한 에쓰코는, 겉보기에는 무신경할 정도로 생활에 잘 적응하는 듯 보인다. 하지만 속에서는 감정 변화가 많고, 가질 수 없는 것에 대한 막연한 욕망을 키워나가며, 일상에서 스스로 컨트롤할 수 있는 무엇인가를 찾는 복잡한 인물이다. 장티푸스에 걸려 죽어가는 남편의 무기력하고 짧은 투병기간이 그녀에겐 오히려 살아 있음을 느끼게 하는 나날이었고, 하루하루 이어지는 지루한 시골생활에서 그녀가 다시 집중하고 끌릴 수 있는 대상은 자신과는 상반된 인물인 하인 사부로였다. 원시적이고 남성적인 그를 자신이 백퍼센트 컨트롤할 수 있을 거라 믿었기 때문이다.

변화를 꿈꾸며 일상에서 탈출하고자 꿈틀대는 몇몇 인물이 등장하긴 하지만, 소설의 전반적인 전개는 에쓰코와 그녀가 맹목적으로 바라보는, 실제로 그녀와는 감정적으로 전혀 통하는 데가 없는 무식한 사부로를 중심으로 흘러간다. 수많은 상상과 오해와 감정이 쌓여 드디어 그녀와 그가 만나 둘 사이에 어떠한 공감대도 없다는 것을 확인하는 순간, 혼자 키워온 사랑이 그토록 애타게 간직할 만한 것이 아니라는 사실을 깨닫는 순간, 에쓰코는 그 누구도 생각하지 못한 방법으로 따분하고 거짓으로 점철된 그 순간을 끝내버린다.

미시마 유키오의 1950년 작인 『사랑의 갈증』의 줄거리를 요약하기

미시마 유키오

는 무척 버겁다(그리고 결말이 너무 충격적이어서 혹 이 책을 읽을 사람들을 위해 자세한 내용은 생략한다). 한 여인의 복잡한 감정의 흐름을 일상생활 속에서 섬세하게 얽어놓은 줄거리 때문에 읽은 지 15년이 지난 지금 다시 읽어봐도 새롭게 느껴지고 마음 아픈 곳이 다르다. 앞으로도 과연 몇 번이나 더 이 책을 펼쳐보게 될지, 그 겹겹이 쌓여 있는 에쓰코의 마음을 얼마나 다르게 바라볼지 짐작하기 어렵다.

미시마 유키오의 글들은 아주 화려하게 수놓아졌으나 칼을 대면 당장 날카로운 소리를 내며 찢어질 것같이 팽팽히 당겨진 비단 같은 느낌을 준다. 또 끊어지기 일보직전의 고무줄이 탱탱하게 떨리는 모습 같기도 하다. 화려하고 섬세한 문장, 머릿속이 하얗게 빌 정도로 강렬한 등장인물들의 갈등과 운명… 처음 그의 소설을 읽었을 때, 그를 바짝 마르고 신경질적이며 여성적인 남성으로 상상했다. 그런데 소설을 읽은 지 한참 지난 뒤에 본 한 장의 사진에는 금방이라도 반팔셔츠가 찢겨나갈 듯한 이두박근에, 극우주의자를 표방하며 자살했다는 설명이 붙어 있었다. 이런 비단 같은 글을 짜내는 사람이 어떻게 스스로 배를 가른 군국주의자일 수 있는지 오랫동안 이해하기 어려웠다.

나중에야 그가 태어나면서부터 할머니 슬하에서 자라 여자아이들과 종이접기와 인형놀이를 하며 병약하게 자란 탓에, 콤플렉스를 극복하고자 자신의 몸을 더더욱 남성적으로 만들었다는 것을 알게 되었다. 그는 동성애적 성향을 부정하기 위해 더욱 근육을 키웠고, 자신이 진정 원하는 것이 무엇인지 알지 못한 채 스스로가 만든 이미지와 사상을 증명하기 위해 할복자살을 선택했다. 그러한 단호하고 거친 그의 삶과 섬세하기 이를 데 없는 그의 초기작들을 연결시키기는 확실히 쉬운 일이 아니다.

정계 인사들을 상대하는 최고급 요정을 배경으로 한 1960년 작 『잔치가 끝나고』에서 그의 여성적인 섬세한 묘사는 극에 달한다. 요정 주인이 계절마다, 새로운 손님을 맞을 때마다 갈아입는 기모노의 무늬와 감촉에 대한 묘사는 손에 잡힐 듯 상세하고, 글의 일부분이 되어버린 고급 요정의 가이세키 요리들은 화려하기 그지없다. 손님의 기호에 맞게 메뉴를 짜 소설에 정치하게 끼워 넣은 솜씨에서 여자아이 같았던 어린 시절의 모습과 부잣집 도련님의 생활태도를 동시에 엿볼 수 있다.

그러나 이 작품의 화려한 묘사들보다 『사랑의 갈증』의 한 대목이 훨씬 더 오래 나의 뇌리에 남아 있다. 사부로가 같이 일하는 하녀 미요를 임신시켰다는 사실을 알게 된 에쓰코가 반쯤 넋을 놓은 채 손가락이 데는지도 모르고 시아버지의 씹는 능력에 맞춰 기계적으로 반찬을 준비하는 장면… 그녀의 답답한 심정을 묘사한 문장들이 어찌나 가슴 저미던지. 머릿속엔·온통 다른 생각으로 가득한데, 기계적으로 일상을 이어가는 수단으로서의 반찬 만들기, 그 살인적인 권태… 도대체 여자의 일상과 마음과 부엌에 대해 미시마 유키오는 어떻게 이토록 잘 알고 있었을까?

예전에 읽은 세계문학전집의 번역에는 감자를 달게 조렸다고 되어 있었는데 나중에 다시 읽은 다른 책에는 고구마로 되어 있었다. 하지만 처음 읽은 판본이 항상 기억에 오래 남는 법이다. 감자와 감자조림은 내게 따분함, 뭔지 모를 초조함과 권태의 상징으로 자리 잡아버렸다. 하지만 세월이 지나, 요리학교에서 거의 매일같이 감자요리를 만들고 기계적으로 수없이 감자껍질을 벗기는 따분한 일상 속에서 미시마와 에쓰코, 감자와 권태의 이미지를 연결시키던 기억도 어느새 희미해지고 말았다.

탕트 마리 요리학교의 수업시간

달짝지근하게 조려진 일본식 고기감자, 니쿠쟈가(肉じゃが)를 떠올릴 때마다 같은 반에서 수업을 받았던 일본 여자아이, 토시미가 떠오른다. 달콤한 감자조림과 『사랑의 갈증』, 그리고 토시미. 웃고 있지만 무슨 생각을 하는지 도통 알 수 없던 그녀는 누구하고도 사이가 나쁘지도 좋지도 않았지만 항상 우울한 표정으로 쉬는 시간에는 뜨개질을 하며 구석자리에 앉아 있었다. 공부 외에도 펍이나 레스토랑에서 아르바이트를 하느라 늘 피곤해했다. 그래도 퉁명스러움의 뒤에는 주목받고 싶어하는 또 다른 욕망이 숨어 있었던 것 같다. 파악하기 어려운 그녀의 심리 때문에 가뜩이나 나이 어린 영국 아이들은 물론이고 몇 안 되는 일본 친구들도 그녀를 상대하기 버거워했다.

마지막 학기에 그녀와 파트너가 되어 공동 작업할 일이 생겼다. 과연 그녀는 소문대로 까다로웠다. 자신이 원하는 대로 완벽하게 컨트롤하고 싶어한 탓에, 작업을 시작하기 전 충분히 대화하고 싶어하는 나에게 다 알고 있다는 말로 기선을 제압했다. 물론 '코르동 블루'*를 졸업하고 프렌치 레스토랑을 운영하는 아버지의 식당에서 아르바이트부터 했다는 그녀의 칼질과 손놀림은 놀라울 정도로 빨랐지만 완성된 요리에는 항상 무언가 빠져 있었다. 남들보다 잘해야 한다는 생각에, 어쩌면 일등으로 해야 한다는 생각에 빨리 계량하고 능숙하게 칼질은 하지만, 요리란 매 단계를 밟을 때마다 천천히 신중하게 보살펴주는 것이 필요하다는 것을 그녀는 간과한 것 같다. 나는 서두르지 않고 모든 것을 숙지한 다음 재빠르게 움직이는 타입이어서 그녀와는 종종 부딪혔고, 그때마다 그녀는 요리사답지 않은 모습을 보여주곤 했다. 공동 작업임에도 칼질을 대충 하거나 시간을 들여야 하는 요리인데도 성급히 마무리하고는 혼자 밖으로 나가버리곤 했다. 화려한 테크닉 뒤에 무언가 하나가 빠진 듯한 맛, 시큰둥한 표정에서 보이는 거만함… 그녀는 요리사로서 치명적인 결점을 가지고 있었다. 난 그녀보다 나이가 많았기에 언니가 참아야지 하는 심정으로 견뎌내며 작업을 끝내긴 했지만, 부엌의 열기와 쫓기는 시간 앞에서 선생님들은 마냥 부드러워지진 못했다. 나에겐 요리가 마음의 치료약인데, 그녀에겐 왜 그렇지 못했을까.

솔업이 얼마 남지 않은 어느 날, 정해진 메뉴 없이 주어진 재료로

---

* Le Cordon Bleu 1895년 프랑스 파리에 설립된 세계 최고 수준의 요리학교. 본원이 있는 파리 외에도 런던, 시드니, 도쿄 등 세계 11개국 주요 도시에 18개의 요리학교를 운영하고 있다.

각자 레시피를 창작하는 수업이 있었다. 모두들 그동안 배운 기술을 이용해 고심해서 메뉴를 짜고 원하는 재료를 가져와 요리를 만들었다. 누구든 선생님들로부터 인정받을 수 있는 요리를 만들어내야 하는 다급한 상황이었기에, 한구석의 가스레인지에 냄비 하나 올려놓고 말없이 간장 향기를 풍기고 있는 그녀를 아무도 주목하지 않았다. 나 역시 그녀가 요리에 사용할 소스를 만들려고 간장을 넣는다고 생각하며 내 요리에만 몰두했다. 그런데 그녀가 심사를 받기 위해 요리를 내놓는 순간 주위에서 술렁거림이 일었다. 접시 위에 예쁘게 플레이팅하지 않고 야채와 감자를 담는 사이드디시 용 투박한 그릇에 수북이 담아서 차려낸 요리, 바로 니쿠쟈가였다. 그게 일본식 감자조림인지 그땐 알지 못했던 내 귀에 다른 일본인 동기인 리사코가 당혹스러운 말투로 속삭이는 소리가 들려왔다. "토시미, 반찬을 왜 한 거야?"

모두가 자신의 요리에 대해 설명하고 선생님의 평가를 듣는 시간에 토시미는 시큰둥하게 앉아 있었다. 곧이어 자기 차례가 되자 "일본에서 많이 먹는 요리"라는 딱 한마디를 내뱉었다. 매사가 지겹다는 듯한 그녀의 목소리와 더 이상 아무것도 묻지 않는 선생님과 학생들의 침묵, 그리고 창 밖에 내리는 빗소리에 난 그만 오래전 읽은 에쓰코의 부엌과 감자 이야기가 생각나버렸다. 푹 익은 감자, 모든 재료가 퍼져 엉겨 있는 수북한 니쿠쟈가의 무거움. 그 순간 감자와 감자조림, 권태로 이어지는, 『사랑의 갈증』이 만들어준 하나의 이미지 다발에 그녀의 뚱하게 부어 있던 얼굴도 추가되었다, 영원히.

졸업 후에도 일본에 돌아가서 일할 바에는 그냥 펍에서 감자를 까는 것이 낫다며 영국에 남기로 결정한 그녀. 가업을 잇기 위해 요리를 배우러 온 것이 아니니 다시 일본으로 돌아가지 않겠다면서도 수업시간에 일본의 밥반찬을 만든 그 괴팍함. 나중에 니쿠쟈가가 비프스튜를 일본식으로 변형해 영양식으로 개발되었다는 것을 알게 되어, 혹시 그녀가 니쿠쟈가를 스튜로 선보이고 싶었던 것은 아닐까 이해해보려고 했다. 하지만 그런 이유로 성의 없는 고기감자를 내놓았던 것 같지는 않다. 레시피를 써내라는 선생님의 지시에 그녀는 자신의 파일에 있던 니쿠쟈가 요리법을 대충대충 영어로 옮겨 제출했을 뿐이니까.

영국에서 일상적으로 내리는, 분무기에서 뿜는 듯한 가는 비가 오는 날이면, 정신없는 부엌의 열기를 뚫고 가득 퍼지던 그날의 간장 냄새가 어김없이 떠오른다. 내리는 비에 감정이 들쑥날쑥하거나 누군가에 대한 알 수 없는  미련을 곱씹고 싶은 날엔 8년 전 급하게 베껴 쓴 그녀의 레시피로 니쿠쟈가를 만든다. 일상적인 반찬을 만드는 것은 따분한 일이다. 하지만 덤덤하게 감자를 깎고 약한 불로 조리는 일상적인 동작을 이어가는 동안, 어느새 불안정한 마음이 가라앉고 편안해지는 기분을 느끼게 된다. 일상은 늘 우리를 치료해준다.

우리가 졸업할 당시는 외국인이 취업비자를 얻기가 거의 불가능한 때였다. 영국에 남기로 한 그녀가 과연 일자리는 잘 구했는지, 학교의 울타리를 넘어선 험난한 사회에서 와르르 무너지지 않고 스스로를 잘 다독이고 있는지, 아니면 그녀를 달래줄 어떤 좋은 사람을 만났는지 궁금하다. 이젠 세월도 많이 지났으니 부디 요리가 그녀에게 둘도 없는 치료제가 되어 있다면 좋겠다. 자신의 어두운 그림자가 자기가 만드는 요리도 물들인다는 사실을 깨달았다면 그것을 극복하는 방법 또한 찾았기를 기도해본다. 자신을 팽팽히 당기고 있는 뭔지 모를 증오의 딱딱한 껍질과 푹 무른 감자처럼 풀어진 모습 전부, 부드럽게 다시 다듬어냈기를, 적어도 무너지는 자신의 모습을 접시 안에 무심하게 담아내지는 않기를.

소고기 불고깃감으로 얇게 썬 것 200g
감자 4개
양파 큰 것 1개
간장 2테이블스푼
미림 4테이블스푼
청주 2테이블스푼
설탕 1테이블스푼
혼다시 1티스푼
물 2컵(240㎖)
식용유 약간과 소금, 후추
장식용 파 파란 부분으로 조금

1 감자와 당근은 한입 크기, 양파는 굵게 슬라이스한다. 감자는 5분 정도 찬물에 담가 표면의 전분을 빼준다.

2 물과 간장, 청주, 미림, 설탕, 혼다시를 한데 모두 섞어놓는다.

3 소고기는 팬에 기름을 조금만 두르고 바짝 볶는다. 볶은 고기는 잠시 접시에 담아둘 것.

4 고기를 볶은 팬에 기름을 조금 더 두르고 양파와 당근을 넣어 1~2분 정도 볶는다. 양파가 조금 물러지면 감자를 물에서 건져내어 같이 볶는다. 소금과 후추를 약간 뿌려줄 것.

5 감자 표면이 조금 익으면 조림냄비에 물에 섞어놓은 양념과 볶아놓은 고기를 넣는다. 끓기 시작하면 조림용 덮개 또는 쿠킹 호일에 구멍을 몇 개 뚫어 감자를 잘 덮은 다음 불을 약하게 줄여 양념이 반으로 줄어들 때까지 졸인다.

6 마지막으로 어슷하게 썬 파를 얹어 마무리한다.

※ 야채를 볶은 다음에 졸여야 모양이 뭉그러지지 않고 감자 표면에서 전분이 빠져나
  오지 않아 국물이 깔끔하게 완성된다. 같은 이유로 소고기도 바짝 볶아야 고기 냄
  새도 안 나고 구수한 맛이 나며 고기가 익는 과정에서 나오는 육즙 부스러기가 야
  채에 붙지 않아 깨끗하다.
※ 실곤약을 넣을 경우에는 식초를 조금 푼 뜨거운 물에 데쳐서 넣는다. 파 대신 완두
  콩도 색을 맞추기 위한 재료로 많이 사용된다.
※ 혼다시가 없으면 다시마나 멸치 다시를 우려 물 대신 사용해도 좋다. 돼지고기로
  만들 경우에는 뒷다리 살을 불고깃감으로 준비해서 만든다. 돼지고기를 사용하는
  경우에는 청주 대신 생강술(생강즙과 청주 섞은 것)을 넣으면 산뜻하다.

결혼,
한순간의
꿈일지라도

윌리엄 스타이론 어둠 속에 누워
서머싯 몸 달과 6펜스

여섯시. 케이크의 최초의 한 조각이 잘라진 지 5분이 지났다. 향연에 잠시 동안의 소강상태가 찾아든다. 케이크는 위스키와 샴페인과는 어울리지 않으며 손님들은 케이크를 먹고 싶지 않지만, 그래도 얼마쯤 먹지 않으면 안 될 의무가 있다. 정말 먹고 싶다고 생각하는 사람은 거의 없지만 이제까지 몇 번씩 결혼식에 초대를 받고 있는 동안에 케이크는 무엇인가를 상징하게끔 되어 있었다. 참고 먹지 않으면 안 된다. 그리고 또 이 큰 것을 그냥 버린다는 것은 아깝다. 페이튼과 해리는 최초의 한 조각을 먹었다. 엘라는 흑인 보이의 손을 빌어서 그 나머지를 자르고 있다. 손님들은 주위에 서서 샴페인을 잠시 놓고서 접시를 내민다. 케이크의 황금색 내부가 드러나고, 하얀 설탕입힘이 부드럽게 가장자리부터 부서지면 케이크는 눈이 쌓인 큰 산이 한쪽 비탈면만이 다이너마이트로 폭파된 것만 같아 보인다. 그 정상에 마치 에베레스트의 산정에 서는 것처럼 핑크색 설탕의 장미꽃에 포위되어 꼬마 신혼부부가 서서 진열장의 마네킹처럼 태연히 얼빠진 얼굴을 하고 있다.

(…)

음악과 웃음소리를 뚫고 교회의 종이 여섯시를 치기 시작한다. 손님이 하나씩 둘씩 시계를 들여다보고서 이젠 슬슬 돌아갈 시각이라고 생각한다. 그러나 아직 돌아가지 않는다. 아직 이르다. 케이크를 먹어야 하고 좀 더 샴페인을 마실 여유가 있다. 케이크를 담은 접시와 새로 따른 잔을 들고서 그들은 방 한 구석으로 흩어져 간다. 잠시 담화는 두절된다. 손님들의 입은 케이크로 가득 찬 것이다. 조용히 생각에 젖을 시각이다. 이야기보다도 생각 쪽이 많다. (…) 이렇듯 꼭꼭 씹고 잠시 반추하여 그들은 페이튼의 결혼을 신성하게 하려고 생각한다. 샴페인은 그 신비로운 피며, 케이크는 그 살이다.

— 윌리엄 스타이론, 『어둠 속에 누워』, 397~399쪽

미국 남부 버지니아의 한 상류층 가정, 아버지 밀튼과 어머니 헬린, 몸이 아픈 큰딸 모디와 아름다운 둘째딸 페이튼이 가족의 구성원이다. 밀튼과 헬린 부부는 별거에 다름없는 생활을 하고 있지만 두 딸에 대한 책임감만큼은 여느 부모 못지않다. 특히 둘째딸 페이튼에 대한 애정은 절대적이어서, 가족의 틀을 유지해나가는 중심축을 이룬다.

무엇이든지 자신이 완벽하게 컨트롤해야 직성이 풀리는 피해망상 환자인 헬린은 남편에 대한 애정이 식은 것과 자기 외모가 하루하루 늙어가는 것, 심지어 큰딸이 아픈 것까지 거의 모든 상황에 증오심을 가지고 있는데, 자신과 달리 자유롭고 아름다우며 남편의 사랑을 듬뿍 받는 페이튼에게 모든 화살을 돌린다. 사랑받아야 할 엄마에게 오히려 증오의 대상이 되어버린 페이튼은 자신도 깨닫지 못하는 사이에 남에게 사랑을 줄 수도, 한 군데에 정착할 수도 없는 불안정한 사람이 된다. 결국 무분별한 음주와 소비벽, 문란한 생활로 남편을 비롯한 주변인들에게 상처를 주고 자기 자신도 버림받는다. 스스로 더 이상 버틸 수 없다고 생각한 순간 그녀는 자살하고, 거짓으로 점철된 그녀의 가족은 비로소 완벽하게 파괴된다.

페이튼은 내가 읽은 소설의 주인공 중 가장 불행한 여자라고 생각한다. 미모와 재산, 자신을 사랑해주는 사람들을 가졌지만, 엄마의 사랑을 받지 못한 페이튼. 하지만 정말 마음이 아팠던 것은 그녀가 가지지 못한 것보다 가진 것이 더 많음에도 스스로를 극복하지 못하고 마음속 깊이 병들어갔다는 사실이다. 나는 아무래도 자신도 모르는 새에 마음이 병들어 그 상처를 주변인들에게까지 옮기고 마는 캐릭터에게 연민을 느끼는 것 같다. 그런 탓에 이 책을 읽는 내내 마음이 아프면서도 책에서 손을 뗄 수가 없었다. 주변인들과의 소통이 불가능하고 돌아갈 집마저 없을 때 다시 씩씩하게 일어서는 사람들도 있지만 그러기에 페이튼은 너무 곱고 연약하게 자랐다. 책을 읽는 중에 나 역시도, 페이튼이 더 고통받기보다는 생을 끝내기를 바랐다. 자살은 극단적 선택이긴 하지만, 괴로움에서 완전히 해방되고 싶어한 페이튼의 심정만큼은 이해할 수 있었다. 그래서 마지막으로 남편을 찾아간 그녀가 문전박대를 당한 뒤 병든 몸을 이끌고 건물을 올라가 마침내 알몸으로 뛰어내릴 때 차라리 후련함을 느꼈다. 분명 비극적인 종말이지만, 마음이 놓였다.

처음 이 책을 읽었을 때는 아직 어렸기에 스스로를 걷잡을 수 없는 극한까지 몰아가는 페이튼을 완전히 이해하기 힘들었다. 그녀의 불안과 스스로를 갉아먹는 행동을 수긍하지 못한 그녀의 주변인들처럼 내게도 그녀의 행동은 어리광이나 방종으로만 느껴졌다. 하지만 좀더 세상을 살고 나니, 이젠 적어도 그녀가 왜 그래야만 했는지 이해할 수 있을 것 같다. 사랑은 필수영양소와 같아서 하나라도 빠지면 결핍이

온다. 인간은 아빠, 엄마, 친구, 연인, 누구랄 것 없이 조금씩 골고루 사랑을 받아야 제대로 성장하는 나약한 존재니까.

가장 아름답고 행복해야 하는 날인 페이튼과 해리의 결혼식도 살 얼음판이다. 병약한 언니가 죽은 후 밀튼과 헬린이 서로 위로하며 재 결합하자, 홀로 가족을 떠나 있던 페이튼도 결혼과 귀향을 통해 다시 가족을 이루고 싶어한다. 수많은 하객과 화려한 결혼식, 오랫동안 가 족처럼 일해온 메이드들이 정성을 다해 만든 완벽한 케이크까지 준비 되어 있지만 실제로 달라진 것은 아무것도 없다. 엄마 헬린은 여전히 딸을 미워하고 그녀를 가족으로 받아들이기를 거부한다.

이 가슴 조이는 결혼식 날 유일하게 평화로운 시간은 페이튼과 해 리를 비롯한 모든 이들이 말없이 케이크를 먹는 장면이다. 곧 일어날 딸과 엄마의 난투극으로 끝나기 전의 가장 평화로운 순간. 모든 이들 이 웃으며 사진을 찍고 케이크를 잘라 먹는 시간은 잔치에 참여한 모 두가 공모자가 되는 순간이다. 위선과 거짓이 가득한 가족이지만 그 래도 결혼을 통해 페이튼이 행복 해지기를 바라는 손님들의 진실 한 기원이 깃드는 시간이기도 하 다. 웨딩케이크에 대한 자세한 묘 사는 그야말로 페이튼 집안의 분 위기를 표현하는 완벽한 은유다. 달콤하고 구름같이 흰 아이싱을 입힌, 겉으로는 완벽해 보이는 케

크로캉부슈

이크. 하지만 자르면 다이너마이트가 폭파할 것처럼 무너지기 일보직전이며 그 참담한 케이크 앞에 신혼부부가 위태롭게 서 있다.

웨딩케이크는 결혼반지만큼이나 결혼식을 상징하는 중요한 존재이다. 물론 지구상에 수많은 결혼 풍습이 있어 결혼식에 케이크를 올리지 않는 지역도 많지만, 결혼 음식에 신혼의 달콤함을 상징하는 달콤한 요리가 등장하는 것은 공통적이다. 중국의 결혼식에는 식탁마다 사탕과 담배를 놓아두고, 유럽에서는 지역마다 가정마다 색다른 케이크가 등장하며, 중동과 중앙아시아, 지중해 지역에서는 깨와 세몰리나*를 이용한 누가** 타입의 캔디인 할바halva가 놓이는 것으로 유명하다. 그중 세상에서 가장 유명한 웨딩케이크는 프랑스의 전통 웨딩케이크인 크로캉부슈croquenbouche가 아닐까? 이 케이크는 페이스트리 크림이 들어 있는 동그란 슈chou인 프로피테롤profiterole을 탑처럼 쌓아 꽃으로 장식한 것이다. 중간에 아몬드나 헤이즐넛으로 만든 프랄린praline이나 리본과 꽃으로 원하는 대로 장식하면 된다. 크로캉부슈는 그 이름처럼 입 안에서 바삭하게 부서져야Croque en bouche 하니, 미리 만들지 않고 피로연 시간에 맞춰 서빙 시간을 계산한 다음 만들어야 한다. 눅눅해진 슈크림과 캐러멜만큼 우울한 것은 없으니까. 그야말로 마지막까지 신경써야 하는 케이크이기 때문에 최고의 웨딩케이크가 아닌가 싶다.

* semolina 양질의 거친 밀가루.
** nougat 설탕 결정체가 형성되지 않게 만든 캔디의 일종.

이 우울한 주인공의 비정상적인 결혼식 말고 내가 바라는 가장 이상적인 결혼식, 즉 이런 결혼식이라면 인생에서 한 번쯤은 해보고 싶은 결혼식이 등장하는 소설도 물론 있다.

내가 가장 좋아하는 소설 중 하나인 서머싯 몸의 『달과 6펜스』. 그림을 그리기 위해 가족과 안정적인 회사원의 삶을 버리고 홀로 떠돌아다니는 주인공 스트릭랜드는 이해할 수 없으면서도 이해하고 싶은 묘한 캐릭터다. 소설에서 스트릭랜드의 주변 인물들은 냉정하고 이기적인 그의 모습을 받아들이려고 노력하면서 크고 작은 도움을 주고 그의 타고난 예술가의 소질을 인정한다. 하지만 나는 자기에게 잘해주려고 하는 사람을 오히려 이용만 하는 듯한 그의 행태를 보면서, 아마도 이 소설은 스트릭랜드가 평생 어디에서도, 누구와도 함께 어울리지 못하는 떠돌이 예술가로 살다가 사라지는 것으로 끝을 맺겠구나 하고 예상했다. 그런데 그토록 냉정하고 이기적인 스트릭랜드도 얼굴 근육을 느슨하게 풀고, 넋을 잃고 풍경을 바라볼 만큼 아름다운 곳을 발견했으니, 바로 남태평양의 섬 타히티다. 스트릭랜드는 타히티 섬에서 여생을 보내기로 결심하는데, 그렇게 진정한 고향을 찾은 그에게 더 놀라운 일이 일어난다. 바로 누군가와 다시 결혼해 가정을 꾸리는 일이었다.

꿈꾸던 낙원에서 단란한 가정을 이루고, 그리고 싶은 그림을 마음껏 그리며 살 수 있는 그의 행복한 시간이 펼쳐지는 순간은 소박하고 아름다운 결혼식으로 시작된다. 원주민 처녀 아타를 그에게 소개해준 호텔 여주인이 열어준 웨딩파티는, 내겐 참으로 아름답고 완벽해

보였다.

남십자성이 반짝이는 아름다운 섬의 작은 호텔에서 인심 좋은 여주인이 직접 친구들을 부르고 요리를 만든다. 파티가 벌어지는 장소는 호텔의 조그마한 응접실. 소형 피아노와 벨벳 덮개를 씌운 마호가니 가구 한 세트가 벽을 따라 단정하게 놓여 있다. 메뉴는 완두콩 수프와 포르투갈식 바다가재요리. 포르투갈도 지역에 따라 정말 다양한 요리가 존재하기 때문에 섣불리 단정하기 어렵지만, 여주인이 준비한 바다가재요리는 아마도 프랑스식으로 찌고 양념해 다시 굽는 복잡한 스타일은 아닌 것 같다. 재료의 맛을 살릴 수 있도록 간단하게 찌고, 감자와 허브, 토마토 등을 곁들이는 소박한 스타일이 아닐까. 여기에 커리와 코코넛 샐러드가 곁들여진다. 최음제 효과가 있는 향신료들이 듬뿍 들어간 해산물 커리와 매운맛을 중화시켜주는 신선하고 달콤한 코코넛 샐러드는 정말 잘 어울리는 조합이다. 음식을 먹고 나면 여주인이 직접 만든 아이스크림이 등장하고, 결혼을 축하하는 술 샴페인이 한 순배 돈다. 그리고는 사람들의 흥을 돋워주는 달짝지근한 리큐어가 제공되면서 흥겨운 댄스가 시작된다.

맛있는 음식과 한 잔의 술, 사랑하는 사람들과 친구들. 이보다 더 완벽한 파티가 있을 수 있을까? 한번 향을 맡으면 다시 타히티에 돌아오게 만든다는 티아레 꽃의 향이 가득한 정원으로 직직거리는 축음기에서 퍼져 나오는 음악소리와 반짝이는 별과 춤추는 이들의 웃

음소리. 소설 속 이 장면은 내가 결혼, 아니 결혼식에 대해 꿈을 꾸게 한 대목이다. 나는 적어도 결혼식만큼은 일생에서 가장 행복한 순간이어야 한다고 믿는다. 앞으로 다가올 결혼생활에 대한 두려움은 잠시 떨쳐버리고 일단 즐겁게 보내야 한다고. 너무 말랑말랑한 환상에 빠져 있는 걸까? 꼭 나의 결혼식이 아니더라도 누군가에게 이런 결혼 파티를 열어줄 수 있다면 행복할 것 같다. 번잡한 예식장에서 1시간 간격으로 허둥지둥 끝내는 결혼식보다는 역시 내가 직접 만든 요리와 케이크가 있는 결혼식이 좋겠다. 별이 보이는 곳에서, 오래된 탱고나 스윙을 틀어놓고 친구들과 밤새도록 춤을 추면 정말 행복하겠지…

하지만 아직은 누군가와 삶을 함께하고 싶다거나 가정을 꾸리고 싶다는 생각은 해보지 않았다. 그저 『달과 6펜스』의 주인공 스트릭랜드처럼 무심하고 차가운 사람도 자신을 무장해제하고 편안하게 함께할 존재가 있음을 받아들이는 순간이 온다면 그 순간이 바로 결혼이 이루어지는 때라고 믿고 있을 뿐이다. 존재 자체만으로도 수많은 이들에게 상처를 주는 이기적인 스트릭랜드도 힘든 떠돌이생활 끝에 도착한 아름다운 섬에서 비로소 주변을 돌아볼 마음의 여유가 생기고 동시에 옆에 있어줄 누군가가 필요했는지 모르겠다. 어쩌면 마음의 여유가 생긴 그때, 옆에 있는 사람이 비로소 눈에 들어왔는지도… 시간이 좀 더 지나 내게도 그런 여유가 생겼을 때, 생을 함께할 누군가를 발견하게 될까?

혼자 여행을 다닐 때, 말과 글로 표현 못할 만큼 아름다운 곳에서, 비현실적으로 반짝이는 남십자성을 바라본 적이 있다. 그런 아름다운 풍경을 보러 떠날 수 있고, 즐겁게 열중할 수 있는 일이 있다면, 비록 혼자일지라도 풍요로운 인생이라고 믿는다. 아주 멀리 떨어져 있는 낯선 곳이라도 나 자신의 닫혀 있는 마음을 풀고 누군가의 손을 편안히 잡을 수 있다면, 모든 것을 뒤로하고 미련 없이 떠나버리는 것도 나쁘지 않으리라.

언젠가, 내 인생에 한 번쯤은 내가 지금까지 아무에게도 보여주지 못했던 행복한 눈길로 누군가를 바라보며 미래를 약속할 수 있으면 좋겠다. 비록 그 순간이 금방 깨어날 한순간의 꿈이라 할지라도.

스펀지
중력분 225g
베이킹파우더 1과 1/2티스푼
백설탕 175g
중간 크기의 달걀 3개
실온 상태의 부드러운 버터 175g
우유 3테이블스푼
레몬껍질 절임(레몬필) 50g
호두 50g

아이싱
무염버터 25g
꿀 2테이블스푼
레몬주스 1테이블스푼
아이싱 슈거 100g
장식용 호두 약간

1 오븐을 180도로 예열한다.

2 22cm의 원형 스펀지 틀에 기름칠을 해둔다.

3 호두와 레몬필을 제외한 모든 재료들을 믹싱 볼에 넣고 부드러워질 때까지 3~4분 정도 핸드믹서로 잘 저어준다. 반죽에 호두와 레몬필을 넣어 부드럽게 저어준다.

4 반죽을 케이크 틀에 담고 예열된 오븐에 넣어 50분에서 한 시간 정도, 케이크 표면을 가볍게 눌렀을 때 탄력이 느껴질 때까지 구워 철망에서 식힌다.

5 작은 소스팬에 무염버터와 레몬주스, 꿀을 넣고 버터가 녹을 때까지 저어주며 약한 불에서 데운다.

6 믹싱 볼 하나에 아이싱 설탕을 체쳐놓고 그 위에 녹인 버터 혼합물을 부어 잘 섞이도록 저어준다.

7 케이크 윗면에 아이싱을 펴 발라준다. 반으로 나눈 호두를 이용해 장식한다.

※ 웨딩케이크로 만들 때는 위에 마지팬*과 로열 아이싱**을 더해야 하지만 나눠 먹
기 좋도록 머핀으로 만들어도 좋다. 위를 흰 하트로 장식하면 웨딩케이크 분위기
가 난다.

※ 웨딩케이크는 계절과 행사의 데커레이션에 따라 많이 달라지는데 봄과 여름에는
꽃이나 깔끔하게 생크림으로 장식한 케이크가 어울린다. 케이크 스펀지도 과일이
나 버터가 많이 들어간 파운드케이크 종류보다는 가벼운 제누아즈***를 사용한다.
가을과 겨울에는 과일이 듬뿍 들어간 과일 케이크나 초콜릿이 들어간 케이크를 마
지팬이나 버터크림으로 장식한 묵직한 케이크가 잘 어울린다. 레시피의 허니 월넛
케이크는 봄과 가을에 적당한 웨딩케이크.

* marzipan 아몬드 가루, 설탕, 달걀흰자로 만든 아몬드 페이스트.
** royal icing 슈거 파우더, 달걀흰자, 레몬주스로 만든 아이싱.
*** génoise 작은 디저트부터 여러 가지 아이싱을 얹은 다양한 케이크의 베이스로 사용되는 스펀
지. 달걀과 설탕을 공기가 많이 들어가도록 충분히 저어 굽기 때문에 진한 맛이 나면서도 질감은
가볍고 부드럽다.

인력거꾼
아내의 비극–
형벌을
부른 식탐

현진건 운수 좋은 날
라오서 루어투어 시앙쯔

첫 번째 삼십 전, 둘째 번에 오십 전—아침 댓바
람에 그리 흉치 않은 일이었다. 그야말로 재수가 옴
붙어서 근 열흘 동안 돈 구경도 못한 김첨지는 십전
짜리 백통화 서 푼, 또는 다섯 푼이 찰깍 하고 손바닥에 떨
어질 제 거의 눈물을 흘릴 만큼 기뻤었다. 더구나 이날 이때에 이 팔십 전이
라는 돈이 그에게 얼마나 유용한지 몰랐다. 킬킬한 목에 모주 한 잔도 적실
수 있거니와 그보다도 앓는 아내에게 설렁탕 한 그릇도 사다줄 수 있음이다.

그의 아내가 기침으로 쿨럭거리기는 벌써 달포가 넘었다. 조밥도 굶기를
먹다시피 하는 형편이니 물론 약 한 첩 써본 일이 없다. (…) 병이 이대도록
심해지기는 열흘 전에 조밥을 먹고 체한 때문이다. 그때도 김첨지가 오래간
만에 돈을 얻어서 좁쌀 한 되와 십전짜리 나무 한 단을 사다주었더니 김첨지
의 말에 의지하면 그 오라질 년이 천방지축天方地軸으로 남비에 대고 끓였다.
마음은 급하고 불길은 달지 않은 채 익지도 않은 것을 그 오라질 년이 숟가락
은 고만두고 손으로 움켜서 두 뺨에 주먹덩이 같은 혹이 불거지도록 누가 빼
앗을 듯이 처박질하더니만 그날 저녁부터 가슴이 땅긴다. 배가 켕긴다고 눈
을 홉뜨고 지랄병을 하였다. 그때 김첨지는 열화와 같이 성을 내며,

"에이, 오라질 년, 조롱복은 할 수가 없어, 못 먹어 병, 먹어서 병, 어쩌란
말이야? 왜 눈을 바루 뜨지 못해!"

하고 김첨지는 앓는 이의 뺨을 한번 후려갈겼다. 홉뜬 눈은 조금 바루어졌
건만 이슬이 맺히었다. 김첨지의 눈시울도 뜨끈뜨끈하였다.

이 환자가 그러고도 먹는 데는 물리지 않았다. 사흘 전부터 설렁탕 국물이 마시고 싶다고 남편을 졸랐다.

— 현진건, 「운수 좋은 날」, 『적도·운수 좋은 날·환희·물레방아 외』

(한국현대문학전집4), 217~218쪽

　　예전부터 현진건의 글을 읽을 때마다, 다양하면서도 탄탄한 스토리의 단편들을 재미있어하면서도 내내 마음 한켠이 불편했다. 그의 소설 속에는 그 시대의 여러 분야를 대표하는 인물들이 골고루 등장하는데, 대부분 빈부 차나 남녀 차를 극복하지 못해 절망하거나 일탈을 통해 자신이 속한 세계로부터 벗어나보려 하지만 결국에는 원점으로 돌아와 파멸하거나 죽음에 이른다. 그리고 파멸에 이르게 되는 계기나 일탈의 수단으로서 가장 중요한 메타포가 바로 음식이다. 왜, 음식을 탐하는 이들에겐 죽음과 같은 형벌이 기다리고 있는 걸까?

　　그의 소설들에서 가난한 이들이 평소에는 꿈도 꿀 수 없는 음식을 바라거나 먹는 것은 본인은 물론이고 주변인들까지 파국에 이르는 죄가 된다. 빈곤과 공복이 일상사인 가난한 김첨지의 아내도 좁쌀 밥을 욕심내 익지도 않은 것을 볼이 터지도록 탐식한 탓에 병약한 몸에 속병까지 얻었다. 그리고 다음날 평소와 달리 돈이 잘 벌려 기분이 좋아진 김첨지가 추어탕에 빈대떡, 막걸리를 잔뜩 시켜놓고 식사를 한 것도 가난한 이들이 해서는 안 되는 일탈이었다. 하루 동안 인력거를 끌어 벌면 먹고 아니면 굶는, '굶기를 먹다시피 하는' 이들이, 평소에는 구경도 하기 힘든 기름진 음식과 술을 탐닉한 벌은 아내의 죽음으로 나타난다. 공복을 채우기 위한 절박한 식탐이건, 갑자기 생긴 넉넉한 돈으로 한 끼 배부르게 먹는 일이건 결국 누군가의 죽음으로 대가를 치러야 하는 것이다.

그에 비해 공부하는 남편을 위해 저고리까지 저당 잡혀가며 묵묵히 뒷바라지하는 아내의 이야기 「빈처」에서는 모든 물질적인 욕망을 억누르고 남편을 돕는 아내에게 최고의 찬사를 보내는 것은 물론이고 남편의 사랑으로 보답까지 받게 해준다.

우리나라 근대문학에서는 생활력이 전혀 없는 무능한 남편과 밥을 굶는 열악한 상황을 못 견디고 윤리적으로 타락하거나 따로 살길을 찾은 여인들의 이야기를 정말 많이 볼 수 있다. 김동리의 「감자」도 그렇고 나도향의 「뽕」도 그렇다. 결국 음식이든 옷이든, 없는 것을 욕심내는 이들에게는 사랑도 칭찬도 없이 벌만 기다린다. 탐욕과 소화불량, 매식과 매춘, 쾌락과 죽음이라는 공식. 물론 지나친 욕심은 벌을 받을 수 있지만, 인간이 가난에서 벗어나 배불리 먹고 싶어하는 기본적인 욕망마저도 그렇게 혹독하게 벌을 받아야만 하는 것인지는 모르겠다. 단지 소설가들의 관습적인 은유로 생각해야 하는 걸까, 아니면 그땐 정말 그랬던 걸까?

"먹어도 병, 못 먹어도 병." 이 한 문장에 현진건은 벗어날 수 없는 가난과 빈곤의 악순환을 이야기하고 싶었던 것 같다. 하지만 나에겐 음식에 대한 탐닉이 형벌의 복선이 되는 것도, 이 '어쩔 수 없는, 벗어날 수 없는' 운명론도 모두 불편하다. 억울하다. 물론 그 시대에 대한 이해가 부족해서 그럴지도 모른다. 하지
만 그의 소설에 사실적으로 묘사되고 있는,
목을 축 늘어뜨린 채 어쩔 수 없이 자신의 운
명을 받아들이는 당대 인물들에게 화가 난
다. 과연 옛날 사람들은 '송충이는 솔잎을 먹
고 살아야 한다'는 자조 섞인 말을 위안 삼아
원래 정해진 계급과 가난에 순응했던 것일까? 운명이라는 이름으로
그렇게 지독한 삶을 살아야만 했던 것일까. 그런 불평등에 대해 아예
불만조차 가지지 못했던 시대가 있었다는 것, 그 어두웠던 시대가 그
렇게 까마득한 옛날이 아니라는 것이 더 놀랍다.

인력거를 끌며 하루하루 벌어먹고 사는 가난한 천민—특히 여
자—이 지나치게 식탐을 부렸을 때 어떤 재앙이 오는지 경고하는 글
은 현진건 말고 중국 작가 라오서老舍의 글에서도 만날 수 있다.

대보름 전후하여 후니우는 시앙쯔에게 가서 산파를 불러오도록 했다. 더
이상 지탱할 수가 없었던 것이다. 산파가 와서 보고는 아직 때가 안 되었다고
말해주었으며, 애가 곧 나오려고 할 때의 징후를 설명해주었다. 그녀는 이틀
을 참다가 또다시 아우성을 쳤다. 산파를 다시 청해왔지만 아직도 때가 안 되
었다고 했다. 그녀는 울며불며 더 이상 이러한 고통은 견딜 수 없다며 차라리
죽여 달라고 외쳐댔으나, 시앙쯔로서는 아무런 해결책도 없었다. 가지가 성의
를 다하고 있다는 것을 보여주려고 그녀의 요구대로 잠시 인력거끌이를 중단
하는 수밖에 없었다.

이러한 상태가 계속하여 월말이 되자 시앙쯔의 눈에도 이제는 정말 때가 된 것같이 보였다. 그녀는 이미 사람 모습이 아니었다. 산파가 다시 왔고, 시앙쯔에게 난산의 가능성이 크다는 암시를 주었다. 후니우의 나이에다가 또 초산이며, 평소에 운동부족에다가 임신기간 동안 기름기 있는 음식을 너무 많이 먹어 태아가 너무 커졌다는 등 몇 가지 조건을 생각해보건대, 순산할 생각은 바라지도 말라고 했다. 더구나 의사가 한 번도 검진해본 적이 없어서 태아의 위치도 교정해보지 않았다. 산파로서는 난산을 취급하는 데는 한계가 있다. 그러나 볼 줄은 안다. 모르면 몰랐지 십중팔구는 횡산이나 역산이 될 것이다라고 했다.

이 셋집 울타리 안에서 어린애가 태어남과 산모의 죽음을 함께 놓고 이야기하는 것은 이미 모두들에게 익숙해진 터이다. 그러나 후니우는 다른 사람보다도 더욱 큰 위험을 안고 있었다. 다른 부인네들은 모두 몸을 푸는 그날까지 일하며 움직인다. 그리고 먹는 것이 부족하니 태아가 작을 수밖에 없었고, 그러므로 오히려 쉽게 낳을 수 있다. 그녀들의 위험은 산후에 조리섭생을 못하는 것이지만, 후니우는 그녀들과는 정반대이다. 후니우의 우월함은 바로 그녀의 재앙이었던 것이다.

— 라오서, 『루어투어 시앙쯔』, 504~505쪽

시앙쯔는 인력거를 끌면서 하루하루 열심히 살아가는 청년이다. 소원은 자신의 인력거를 소유해 임대료 낼 필요 없이 차곡차곡 돈을 모으는 것이다. 너무나 열심히 일해 낙타라는 별명이 붙을 정도로 성실한 그지만 자신의 인력거를 살 돈을 모으기는 쉽지 않다. 그러던 중

인력거 대여회사 사장의 나이 많은 딸 후니우와 술에 취해 하룻밤을 보내게 되고 그를 마음에 들어한 그녀의 거짓임신 소동으로 결혼까지 한다. 지참금으로 작은 방을 얻고 인력거도 사지만 임신한 후니우가 난산으로 죽자 다시 인력거를 팔아버린다. 그 후 홀로 힘든 생활을 이어가다가 예전에 좋아했던 착한 이웃집 처녀를 다시 찾아갔을 때 그녀가 이미 오래전에 사창가로 흘러들어 갔다가 자살했다는 사실을 알게 된다. 아무리 노력해봐야 자신의 뜻대로 이루어지는 일이 아무 것도 없다는 것을 깨닫는 순간 시앙쯔는 인생을 포기한다. 아무런 의욕이 없어진 그는 스스로 그토록 경멸했던, 숨이 붙어 있는 한 아무 일이나 하고 사람을 밀고해 받은 돈으로 하루하루 연명하며 오로지 죽음을 향해 마구잡이로 살아가는 쓸모없는 인간이 되고 만다.

이 소설에서 부잣집 딸 후니우는 마음껏 먹을 수 있다는 것을 가장 큰 자랑거리로 여기는데 결국 그것이 목숨을 앗아가는 재앙이 되었다. 그녀의 식탐은 그녀 자신과 뱃속 아이의 목숨을 앗아가고 남편 시앙쯔의 밥줄까지 끊어버린다. 시앙쯔에게 잘못이 있다면 마음속의 희망조차 거둬들일 정도로 인생이 꼬이고 뒤틀리게 내버려둔 것뿐이다. 그가 부지런하지 않아서도 무기력해서도 아니다. 닥쳐오는 현실에 어쩔 수 없이 무너질 수밖에 없었다. 희망만 있으면 어떻게든 헤쳐 나갈 수 있을 거라고 생각한 사람에게 연달아 닥치는 불행은 희망은 물론이고 희망을 품은 이의 인생까지 파멸시키고 만다.

먹고 싶은 것을 마음껏 먹을 수 있다는 우월함이 재앙이 되는 가난한 곳에서 그곳 사람들과 다른 이질적인 삶을 살면 어떤 식으로든 벌이 주어진다. 하루하루 힘들게 일하는 이들에게 후니우의 풍족함은 부러움의 대상이지만 한편으로는 순리를 거스르는 일이었다. 그리고 시앙쯔에게도 신분이 다른 여인과 결혼해서 별다른 노력 없이 인력거를 소유한다는 것 또한 파멸로 가는 길의 시작이었다. 남의 인력거를 끌며 하루하루 진흙저금통에 동전을 모으고 시장통에서 뜨거운 두부를 사먹는 것이 그의 신분에 알맞은 즐거움이었던 것이다.

나는 요리를 하는 사람이지만 지금까지 음식에도 서열이 존재한다는 것을 생각조차 해본 적이 없다. 가난한 자가 누릴 수 있는 것과 부자가 누릴 수 있는 것으로 음식에 등급이 나뉜다니 가당키나 한 말인가. 분명 시장 좌판에서 파는 음식과 호텔의 최고급 요리는 다른 종류의 요리지만, 계급에 따라 요리가 정해진다는 말은 결코 용납하고 싶지 않다. 호화로운 미식과 그로 인한 귀족의 착취, 음식으로 계급이 구분되는 것은 아무래도 역시 돈 때문인 것 같다. 물론 예술적인 쉐프의 솜씨를 맛보려면 돈이 있어야 한다. 하지만 돈이 그 음식을 먹을 수 있는 권리나 자격까지 정해주는 것은 아니다. 현실적인 문제 때문에 소비하지 못할 뿐이지, 원래부터 특정한 소비자가 정해져 있는 것은 아니라는 것이 나의 믿음이다.

예전에 베이징 올림픽을 앞두고 농촌에서 올라와 건물 짓는 일에 동원된 일꾼들을 취재한 다큐멘터리를 보고 충격을 받은 적이 있다. 베이징에 일하러 온 가난한 농민들은 보기에도 맛없어 보이는 찐빵과 짠지, 멀건 국을 막노동하는 중간 중간에 배급받았다. 그들은 공

이렇게 나뉘어 있다니
슬프다

서민은 테이크아웃　　　평민의 식당요리　　　부자들을 위한
코스 요리

신분별 북경오리 요리

사감독관들이 식사하는 간이식당을 부러운 눈길로 바라보며 언젠가
저런 식당에서 볶음요리 한번 먹어보는 게 소원이라고 말했다. 그러
나 더 놀라운 것은, 공사감독관들이 드나드는 식당과 사장이 드나드
는 식당, 그리고 그보다 더 최상류층이 이용하는 식당이 다 다르다는
것이었다. 같은 메뉴라도 신분에 따라 식당이 다르고 가격도 달랐다.
북경오리도 비싼 요릿집에서 파는 것부터 부위별로 잘라 파는 시장통
의 저렴한 것까지(이 역시 가난한 이들은 며칠씩 돈을 모아야 사먹을 수 있
다) 층층이 나뉘어 있었다. 내가 세상물정을 모르는 철딱서니라서 그
런지, 그 모습을 보자 안타까움인지 억울함인지 모를 눈물이 흘렀다.
　하지만 음식이 사람의 신분을 드러내는 상징이 되고 주체하지 못
하는 식욕을 지나친 탐욕으로 규정하는 식의 레퍼토리는 지금 우리
세대에서도 그 양상만 조금 바뀌었을 뿐 여전히 반복되고 있는 듯하
다. 이를테면 '몸짱' 'S라인 신드롬' 등 몸에 대한 지나친 사회적 관심

이 대표적이다. 더 날씬해지기를 원해 지나치게 음식을 거부하고 간혹 폭식을 한 다음에는 돌아서 바로 토하는 행위를 반복하면서 자신에게 벌을 내리는 사람들이 많다. 식이장애를 앓고 있는 사람들을 굳이 거론하지 않더라도 음식과 몸에 대해 잘못된 생각을 하고 있는 사람들이 넘쳐난다. 물론 사회적 규범은 필요하지만 자신의 몸을 파괴하면서까지 사회가 만들어놓은 틀을 좇아야 하는지는 의문이다. 그 틀을 만든 것은 우리 자신이지 않은가.

식탁에 앉아 음식을 먹을 때는 누구든지 평등해야 하고 즐거워야 한다. 음식에 계급을 매겨 격이 높고 천한 것을 구분하고, 사회가 정해놓은 틀에 갇혀 음식을 죄악시하면서 스스로를 벌주거나 식욕을 마치 악인 양 잔인하게 평가하는 일이 없었으면 좋겠다. 이 세상 그 무엇보다도, 밥은 공평하고 선한 것이다.

Part 02

음식이 할 수 있는
가장 좋은 일

위로받고
싶은

모든 이를 위한 그곳

———

아베 야로 심야식당

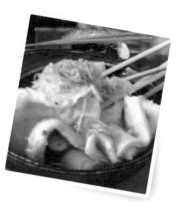

영업시간은 밤 12시부터 아침 7시경까지.
사람들은 '심야식당'이라고 부른다.
　메뉴는〔술과 돼지고기 된장국 정식뿐〕,
나머지는 알아서들 주문하면 만들 수 있
는 한 만든다.

— 아베 야로, 『심야식당』 1권, 11~12쪽

　밤에 여는 작은 식당 겸 술집이 있다. 이 식당의 특이한 점은 다른
가게들이 문을 닫는 시간인 밤 12시에 영업을 시작한다는 것. 그리고
일인당 마실 수 있는 술의 양은 정해져 있지만 메뉴는 딱히 정해져 있
지 않다. 마스터라고 불리는 주인은 가게에 재료가 있다면 만들 수 있
는 한 무슨 요리든 만들어준다. 저녁의 유흥가 골목 모퉁이에 있는
이 식당에는 자정부터 새벽까지, 수많은 사연만큼 음식에 관한 수많
은 추억을 가진 사람들이 모여 자신들의 이야기를 들려주거나 술집에
서 만나는 사람들과 새로운 이야기를 만들어나간다. 늦은 밤에 여는
식당이라서 그럴까, 스트립 걸에서부터 야쿠자와 게이바 호스트, 성
전환수술을 한 남자와 여자 프로레슬러, 성인비디오 배우까지, 모여
드는 사람들 모두 그 누구보다 고단한 삶을 살아가는 이들이다. 이곳
심야식당에서 보통사람으로서 편히 한 끼 밥과 한 잔 술을 마시며 위
로받기를 바라는 그들의 마음을 반영하듯, 메뉴도 가츠오부시를 뿌

린 밥, 오차즈케, 칼집을 내어 볶은 비엔나소 시지, 포테이토 샐러드와 오이절임 같은 평범한 음식들이다.

비엔나소시지 볶음

홀딱 빠진 건 아니지만, 난 요리책만큼 요리만 화도 즐겨 보는 편이다. 요리를 전공하기 훨씬 전 부터 보아온 『맛의 달인』이나 『초밥왕』, 『아빠 는 요리사』, 그리고 『식객』과 영화화된 『앤티크(서양골동 양과자점)』의 작가인 요시나가 후미의 『사랑이 없어도 먹고살 수 있습니다』, 전권을 소장하고 있는 『대사 각하의 요리사』와 요리만화라고 하기엔 좀 그렇 지만 『신의 물방울』까지… 다루는 종류와 소재도 다양하게 요리만화 들은 지금도 쉴 없이 쏟아져 나오고 있다. 과연 음식에 대한 사람들의 욕망과 흥미는 결코 식지 않는 것인가보다.

만화를 통해 요리에 대한 정보와 지식을 쉽고 흥미롭게 얻는 것이 바람직한 일이긴 하지만 한편으로는 약간 걱정도 된다. 만화로만 얻는 지식에는 한계가 있기 때문이다. 게다가 많은 요리만화들이 일본 만화 인 것을 고려할 때, 전통 일본 요리라면 모를까 서양 요리의 경우 일본 화한 것이 대다수인데다 번역 자체도 정확하지 않은 게 많다. 그리고 요리의 맛을 과장되게 표현하고 있어 가끔은 집중하기 힘들기도 하다. 초밥을 먹으면 밥알과 생선이 바다 위로 솟구치면서 태풍을 일으키고 천둥번개가 치면서 모든 사람들을 감동의 도가니로 빠트리고, 와인 한 모금에 삼라만상 전 세계의 아름다운 풍경과 사랑하는 사람들의 얼굴이 떠오른다니, 아무리 만화라지만 지나치다 싶다. 몰입하기도 전에 피식피식 웃음이 먼저 터져나온다.

그리고 음식을 두고 끊임없이 경쟁하는 것도 내 취향에는 맞지 않다. 음식은 단지 즐기는 것이고 음식 맛을 좋다 나쁘다 하는 것은 지극히 개인적인 문제다. 어느 것이 더 낫다는 식의 가치평가를 한다는 것 자체가 불편하고 불쾌하다. 음식이란, 맛 자체로써 감동을 줄 수도 있고 맛이 떠올려주는 여러 느낌이나 추억으로 인해 더욱 맛있게 느껴질 수도 있기 때문이다. 바로 이 심야식당의 이야기처럼.

아베 야로의 만화『심야식당』은 내가 읽은 어떤 요리만화보다 내 마음을 많이 흔들어놓았다. 소박하고 간단한 메뉴를 주제로 풀어나가는 짧은 단편 안에 그 음식을 먹고 나누는 사람들의 이야기가 계속해서 이어진다. 가게주인과 단골들의 얼굴이 에피소드를 통해 겹치며 새롭게 등장하는 것을 보면 작은 가게에서 벌어질 이야기가 아직도 무궁무진함을 알 수 있다. 눈에 칼자국이 있는 주인 마스터의 인생 이야기는 얼마나 기다려야 나오려나.

이 만화가 다른 요리만화와 다른 점은, 음식의 맛을 찾아 떠난다거나 특별한 인물들의 선악 대결구도로 치닫지 않고 한 공간에서 소박한 요리 안에 담긴 평범한 사람들의 평범하지 않은 이야기를 다루고 있다는 것이다. 무뚝뚝한 마스터는 늘 같은 시간에 가게를 열어 사람들이 원하는 음식이면 '가능한 한' 무엇이든 만들어준다. 겉보기엔 무심한 듯한 그의 섬세한 보살핌이 힘든 이들에겐 무엇보다 힘이 된다.

슬플 때나 괴로울 때나 찾아가서 지친 마음을 익숙한 음식으로 달랠 수 있는 장소가 존재한 다는 것이 얼마나 큰 행운인지 심야식당의 단 골들은 잘 알고 있다. 그림 속의 그들의 모습 을 들여다보노라면 조동익, 이병우 듀엣 '어떤 날'의 명곡, 〈초승달〉의 한 구절이 자동적으로 떠오른다.

언젠가 잃어버렸던 내 마음 한구석

그 자릴 채우려 내가 또 찾아가는 곳

아무 약속 없이 만날 수 있는 사람들

그를 위해 따뜻한 밥을 지어주고 그의 고민과 하소연을 들어주는 것, 위로의 말을 하거나 어깨를 다독여주는 것 대신에 말없이 음식 한 그릇을 내어줌으로써 그가 스스로 기운을 되찾고 자신을 치유해 나갈 수 있게 하는 것, 이것이야말로 요리하는 사람의 커다란 행복이 자 특권이다. 심야식당의 손님들과 마스터는 음식을 통해서 그야말로 완벽한 소통을 하는 행복한 사람들이다.

이 만화책을 읽고 있으면 나와 요리와 주변 사람들, 그리고 나의 가 게에 대해 곰곰이 생각해보게 된다. 지금은 그만두었지만 한때 요리 를 가르치며 운영했던 스튜디오인 '테스트키친'과, 아직 가져보진 못 했지만 언젠가는 가지고 싶은 심야식당 같은 가게에 대해서 말이다.

테스트키친은 요리학교였지만 사람들이 밤이고 낮이고 찾아와 이런 저런 삶의 이야기를 나누는 사랑방이기도 했다. 찾아오는 이유도 배우고 싶은 메뉴도 각자 다르고 나 또한 그 모두에게 해주고 싶은 이야기도 메뉴도 달랐지만 열린 마음과 상호 이해가 충만했다.

익숙한 메뉴를 주로 요리했지만, 때로는 아파하는 누군가를 위해 전혀 새로운 레시피를 만들어내기도 했다. 키친 식탁에서 수다를 떨다 지칠 때 간편하게 뚝딱 구워내곤 했던 토르티야 피자와 닭고기, 포테이토 웨지, 우울한 아가씨들을 위한 에스프레소 시럽이 들어간 초콜릿 브리오슈, 늘 준비해놓았던 홈메이드 가든 피클, 술 마신 후에 함께 끓여 먹었던 해장라면까지, 그 모든 시간이 보람 있고 행복했다.

그런데 그렇게 많은 사람들과 이야기하고 술을 마시고 요리를 만들면서도, 왜 내 마음 한켠에서는 그토록 허전함을 느꼈을까? 시간이 지나고 보니, 친구 같은 주인과 손님의 관계가 아닌, 예의를 지켜야 하는 학생과 선생님의 관계였기 때문이 아니었을까 하는 생각이 든다. 편하게 요리를 즐기기보다는 배우는 일에 초점을 맞춘 관계여서 친한 듯하지만 마음을 툭 터놓기는 어려운 사이로 남게 된 것이 아닌지, 조금 아쉽다.

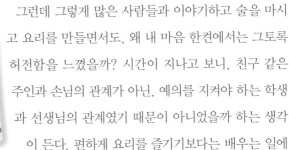

▲ 포테이토 웨지
▼ 야키 소바

사람들을 좀 더 편하게 대하고 묵묵히 받아줄 수 있게 될 때 동네 한구석에 작고 조용한 가게를 열고 싶다. 메뉴는 제철 재료에 따라 그때그때 달라지지만 손님이 원하는 것은 가능하면 다 만들어주는 그런 곳. 입을 굳게 다문 채 눈물 한줄기 툭 하고 흘리거나 아무 말 없이 한숨만 쉬어도 그가 필요한 요리가 무엇인지 알아채 만들어주는 그런 치료사가 되고 싶다.

혼자 술을 마시기에도 부담스럽지 않은, 음악이 조용히 흐르는 따듯하고 소박한 공간. 그 안에서 사람들이 만나고 요리를 먹고 친구가 되는 것을 바라보며 다음날 메뉴를 고민하는 단순한 주인으로 하루하루를 보내는 것도 무척이나 행복할 듯싶다. 언젠가는 그런 가게, 열 수 있겠지?

월계수 잎 4장
통후추 15알
피클링 스파이스 1티스푼
물 720㎖
레몬 또는 사과식초 480㎖
백설탕 290g
소금 1과 1/2테이블스푼
오이, 콜리플라워, 파프리카, 빨간 양파, 홍고추,
마늘, 양배추, 셀러리 등등
모두 다해 3㎏ 정도

1 유리병은 끓는 물 또는 식기세척기에 소독해 물기를 완전히 빼 준비한다.

2 오이를 비롯한 모든 야채들을 먹기 좋은 크기로 썰어 깨끗이 씻어놓는다.

3 냄비에 야채를 제외한 모든 재료를 넣고 팔팔 끓인다. 끓기 시작하면 1~2분
   더 끓이다가 불을 끈다.

4 병에 야채를 담고 끓인 단촛물을 붓는다. 3분쯤 후에 양배추를 더한다.

5 하루가 지나면 물만 따라내어 다시 끓여 차갑게 식힌 뒤 냉장고에 보관해
   두고 먹는다.

   ※ 양파를 넣은 피클은 되도록 빨리 먹을 것. 야채는 한 가지로만 해도 맛있다.
   ※ 여러 가지 야채를 넣는 피클일 경우 양배추는 끓인 단촛물을 부은 다음 조금
      있다 넣어줄 것. 잎이 얇아서 같이 넣으면 너무 물러진다.
   ※ 물을 끓여 다시 부을 시간이 없다면 단촛물을 끓인 다음 미지근하게 식혀 야
      채에 붓고 실온에 하루 정도 두면 다음날 바로 먹을 수 있다.

파티는
계속되어야
한다

찰스 디킨스 크리스마스 캐럴

　(…) 크랫칫 부인은 (미리 소스 냄비
에 준비해두었던) 그레이비소스를 따
뜻하게 데웠다. 피터 도령은 믿어지지
않을 만큼 힘차게 감자를 으깼고, 벨
린다 양은 사과소스에 설탕을 넣어 달콤하게 만들었다. 밥은
꼬마 팀을 데려와 자기 곁, 식탁 가장자리에 앉혔다. (…) 마침내 음식들이
다 차려졌고 식전 감사 기도가 끝났다. (…) 크랫칫 부인이 거위의 가슴을 푹
찔러 오랫동안 고대했던 거위 배 속을 채운 소가 앞으로 주르르 흘러내리자
모두가 기쁨에 차서 술렁거렸다. (…)

　이런 거위는 처음이었다. 밥은 거위가 이렇게 맛있게 요리된 것은 처음이라
고 단언했다. 거위의 부드러운 고기와 향과 크기와 그 저렴한 가격이라니, 모
두가 경탄해 마지않았다. 사과소스와 으깬 감자를 보태니 온 식구가 먹고도
남을 정도로 충분한 성찬이었다. (…) 이제 벨린다 양이 새 접시들로 바꾸는
동안 크랫칫 부인은—아무에게도 들키지 않도록 신경을 쓰면서—슬며시 크
리스마스 푸딩을 가지러 갔다.

　아직 익지 않았으면 어떻게 하지! (…)

　만세! 엄청나게 피어오르는 저 김 좀 봐! 푸딩이 솥 밖으로 나왔다. 빨래하
는 날 같은 냄새가 퍼졌다! 푸딩을 덮었던 면포에서 나는 냄새였다. 식당과
빵집과 세탁소가 나란히 있을 때 나는 냄새 같았다! 그것이 그 푸딩이었다.
삼십 초도 안 되어 얼굴에 홍조를 띠고 자랑스러운 미소를 지은 크랫칫 부인

이 맨 꼭대기에는 크리스마스 호랑가시나무 장식을 꽂고 브랜디를 반 파운드 넣어 불을 붙인, 작은 반점들로 덮인 대포알처럼 생긴 굳고 단단한 푸딩을 들고 방으로 들어왔다.

우와, 정말이지 굉장한 푸딩이었다! 크랫칫 부인이 결혼한 이래 거둔 가장 대단한 성공작이라고 밥이 태연하게 말했다. 크랫칫 부인은 이제야 한시름 덜었다고 말하면서 사실은 밀가루 양이 제대로 들어갔는지 불안했다고 고백했다. (…)

— 찰스 디킨스, 『크리스마스 캐럴』, 89~91쪽

책을 읽지 않았더라도 교회에서 상연한 연극이나 교과서에 실린 내용을 통해 웬만한 사람이면 다 알고 있는 스쿠루지 영감 이야기. 나는 디킨스의 작품 중 『크리스마스 캐럴』을 가장 나중에 읽었다. 먼저 읽은 『올리버 트위스트』와 『데이비드 코퍼필드』는 비록 해피엔딩으로 끝나긴 하지만 어린아이가 읽기에는 진저리가 쳐질 만큼 불행하고 고통스러운 내용이었다.

영화 〈올리버 트위스트〉를 무척이나 좋아하는 아버지 손에 이끌려 어렸을 때 세종문화회관에서 뮤지컬을 본 적이 있다. 물론 나를 생각해서 데리고 갔겠지만 어째 당신이 좋아하는 영화라서 고른 게 아닌가 싶다(내 입으로는 보고 싶다고 절대 말한 적이 없으니까!). 그 후 아버지는 아예 비디오를 구입해서 생각날 때마다 꺼내보곤 하는데, 음악이며 영화적 구성이 볼 만하긴 하지만 어린 내 눈에는 우울함의 극치인 영화일 뿐이었다. 고아원에서 밥 더 달라고 조르다가 고아원장에게 감히 밥을 더 달라고 할 수 있냐며 혼쭐이 나 쫓겨나고, 소매치기로 전락하고, 유일하게 보살펴주던 여자가 애인한테 살해되고… 올리버 트위스트라는 아이가 나올 뿐이지, 내용은 아이들이 보기에는 너무 잔인하고 끔찍하지 않은가? 특히 밥 좀 더 달라고 조르다가 그 난리를 겪다니. 나도 그렇게 되는 게 아닐까 하는 생각에 자다가 가끔 가위에 눌리기도 했다.

어린 나이에 구두약 공장에서 일해야 했던 디킨스의 자전적 소설인 『데이비드 코퍼필드』의 우울함 역시 말해 무엇할까. 아무리 캐릭터들이 살아 있고 스토리가 재미있다지만, 그 지긋지긋한 고생담이란! 책을 다 읽어낸 것만으로도 몇십 년은 늙어버린 기분이었다. 게다가 분량도 그의 소설 중에서 가장 길었다!

『크리스마스 캐럴』도 마냥 밝지만은 않다. 스크루지 영감은 구두쇠의 고유명사가 되어버린 지독한 캐릭터이고, 그가 부리는 조카와 일꾼들은 힘겨운 삶을 겨우겨우 꾸려가는 힘없는 사람들이다. 작품 속

에 빅토리아 시대 노동자들의 고달픈 삶과 귀족과 자본주의자들의 인색함과 속물근성을 지속적으로 묘사해온 디킨스이니 낯설 것도 없다. 그렇더라도 『크리스마스 캐럴』은 누구나 즐겁게 읽을 수 있게 신경 써서 쓴 작품이라는 것이 역력히 느껴진다. 착한 일 하고 베풀며 살면 좋은 데 간다는 교훈은 실존 인물이 아닌 유령의 힘을 빌려 더욱 강하게 전달된다. 실제 삶의 고

난을 더 지긋지긋하고 참혹하게 표현한 이전의 작품들과는 달리 꿈과 희망을 전해주는 아름다운 한 편의 동화다.

마음이 푹 놓이는 해피엔딩 때문에 이 작품이 발랄하고 즐겁게 느껴진 게 사실이지만 더 큰 이유는 음식에 관한 묘사가 많아서였다. 유령과 함께 자신의 조카와 직원들의 집을 둘러보는 스크루지의 눈에 띈 풍경 중에는 가족끼리 음식을 준비하고 함께 나누어 먹는 장면이 많다. 크리스마스 정찬을 나누는 직원 가족들의 단란한 식탁은 모두가 행복을 느끼는 진정한 크리스마스 풍경으로 묘사되어 있다. 더불어 크리스마스를 기다리며 쇼핑을 즐기는 사람들의 들뜬 모습도 잘 그려져 있다.

(…) 식료품 가게는 거의 문을 닫으려는 중이었다. 덧문이 한두 개 정도 닫혀 있긴 했지만 그 틈새로 들여다본 그 멋진 광경이라니! 저울을 계산대로 내릴 때마다 나는 유쾌한 소리에다 포장용 노끈이 롤러에서 기분 좋게 풀리는 소리와 저글링을 하는 것처럼 왈칵달칵 소리를 내며 위아래로 오르내리는 깡통, 혹은 코끝에 와 닿는 차와 커피가 뒤섞인 아주 기분 좋은 냄새, 혹은 풍부하게 쌓여 있는 최고급 건포도와 하얗디하얀 아몬드, 길고 쭉 뻗은 계피, 아주 향이 좋은 다른 향신료들, 녹인 설탕으로 장식을 해서 아무리 시큰둥한 구경꾼이라도 정신이 혼미해지고 곧 신경질이 나게 만들 만한 설탕에 절여 굳힌 과일뿐만이 아니었다. 촉촉하고 연한 무화과나 예쁘게 장식된 상자에 담겨 볼을 붉히고 있는 적당히 새콤한 프랑스 자두, 혹은 크리스마스 장식을 한 먹음직스러워 보이는 모든 음식뿐인 것도 아니었다. 손님들도 모두

서두르고 크리스마스의 희망찬 기대에 부풀어서 문에서 서로 부딪혀 넘어지기도 하고, 손에 손에 들고 있던 고리버들 세공의 바구니들이 거칠게 부딪히기도 하고, 지갑을 계산대에 두고 갔다가 찾으러 달려오기도 하는 등 너무 들떠서 비슷한 실수들을 수백 번이나 저질렀다. (⋯)

— 앞의 책, 81~82쪽

크롬웰의 엄격한 청교도적 정책 아래에서 오랫동안 인간적인 쾌락을 짓눌린 채 살아온 영국인들에게 이 소설의 크리스마스 묘사는 크리스마스의 즐거움과 먹고 마시고 신나게 노래하는 인간다운 삶을 다시 되찾는 데 아주 큰 영향을 미쳤다. 빅토리아 시대의 경제 부흥과 맞물려 향신료와 열대과일을 비롯한 식민지의 진귀한 식재료들이 들어오고, 엄격히 금지되어 있던 트리 장식이나 파티도 왕족과 귀족들이 앞 다투어 다시 시작하게 되었다. 오븐과 같은 조리 기구나 계량 도구도 하나둘씩 생기고, 전설적인 인물인 미시즈 비튼Mrs Beeton이 살림하는 법을 세계 최초로 안내한 책자 *Mrs Beeton's Book of Household Management*도 이 시대에 발간되었다.

『크리스마스 캐럴』에는 평민과 노동자들이 비록 착취당하며 고통스러운 생활을 이어갈지라도 크리스마스만큼은 맛좋은 음식을 나누어 먹으며 행복하게 보내야 한다는 디킨스의 바람이 담겨 있다. 이 소설 속 맛있는 묘사들은 사람들의 마음을 들뜨게 했고 사람들로 하여금 크리스마스만은 즐겁게 보낼 수 있도록 노력하게 만들었다. 디킨스야말로 진정 사람들의 의식과 행동에 깊은 영향을 미친 위대한 작가

임에 틀림없다.

크리스마스 푸딩을 비롯한 칠면조와 닭, 거위와 각종 과일 등 그 시대의 식품 잡화점에 대한 묘사와 크리스마스 식탁의 풍경은 흥미로우면서도 아주 낯설었다. 특히 동화책에서나 읽었지 한 번도 직접 본 적이 없었던 거위가 먹을 수 있는 새라는 사실은 당혹스러웠다. 게다가 익은 거위의 옆구리를 푹 찌르자 속이 주르르 흘러나왔다는 표현은 끔찍하기까지 했다. 당시 나는 이 말이 내장이 들어 있는 채로 구워 먹었다는 뜻으로 알았기 때문이다. 지금은 그 '속'이 마른 빵과 각종 허브와 야채를 새의 몸속에 채워 넣어 굽는 스터핑stuffing이라는 것을 알고 있지만 말이다. 그리고 그 요리법은 로마시대 초기부터 이어져 내려왔다는 것도.

그런데 엄청난 크기의 푸딩이라니! 뒤집으면 바닥에 깔린 캐러멜소스가 주르륵 흘러내리는 노랗고 찰랑찰랑한 커스터드푸딩이 내가 알고 있는 푸딩의 전부였다. 그런데 대포알만 한 굳고 단단한 푸딩이라니, 도대체 머릿속에 그려지지가 않았다. 게다가 '불을 붙이고, 나무로 장식하며, 만들 때 식당과 빵집과 세탁소가 나란히 있을 때 나는 냄새'의 음식이란 정말 상상하기 어려웠다. 물론 지금은 거위 굽는 법과 금귤을 스터핑에 섞어 구우면 향과 맛이 더 좋아진다는 것도 알고, 도자기 그릇에 반죽해 넣고 천으로 덮어 찌는 데 6시간 넘게 걸리는 단단한 크리스마스

민스파이

푸딩을 여러 가지 버전으로 만들 줄도 안다.

요리학교에서 배운 영국식 크리스마스 메뉴에는 크리스마스가 정말로 별식을 맛볼 수 있는, 일 년 내내 기다릴 수밖에 없는 명절이라는 것을 보여주는 음식들로 채워져 있어 더욱 흥미진진했다. 크리스마스에 푸딩만큼 많이 먹는 디저트인 민스파이mince pie에 들어가는 민스미트mincemeat는 파이를 만들 때 동시에 만들지 않는다. 각종 마른 과일에 버터와 술 맛이 흠뻑 배도록 최소한 사흘은 숙성시켜야 한다. 길게는 일 년 이상 숙성시키기도 한다. 크리스마스 케이크는 검은 당밀과 향신료를 넣어 낮은 온도에서 최대한 단단하게 굽고 럼을 잔뜩 부어 보존하기 좋도록 한 다음 아몬드로 만든 마지팬과 로열 아이싱을 씌우고 장식을 한다. 학교에서 크리스마스 케이크를 만드는 데 든 총 시간은 석 달가량이었다. 그런데 선생님들은 서늘한 곳에 두었다가 내년 크리스마스 때 먹으면 더 좋다고 웃음기 없는 표정으로 아무렇지 않게 말했다. 찌는 푸딩을 알려준 선생님도 크리스마스 때마다 푸딩을 만들지만 이번 크리스마스가 아니라 내년 크리스마스를 위한 거라고 했다. "작년에 만든 것은 이번 크리스마스 때 먹고 이번에 만든 건 내년에 먹어야 제 맛이지." 정말 일 년 내내 크리스마스를 기다릴 수밖에 없지 않을까? 식료품 잡화점에서 이리저리 부딪혀가며 서둘러 물건을 사는 사람들의 기대에 찬 모습이 이해가 갔다. 냉장고를 가득 채울 때나 때밀이 목욕을 다녀올 때 같은 든든한 행복을 영국 사람들은 일 년 후의 크리스마스를 위한 푸딩과 과일조림을 만들면서 느끼는 게 분명하다.

요리를 좋아하는 사람 중에 파티를 하거나 사람들과
음식을 나누어 먹는 것을 싫어하는 이가 있을까? 나는
파티를 하다가 요리를 더 깊이 배워봐야겠다고 결
심했었다. 신데렐라처럼 흰 장갑에 드레스 입고
벌이는 화려한 파티가 아니라 파스타 한 접시에
와인 한 잔만 있어도 내겐 파티였다. 친구를 초대
하고, 간단하지만 신중하게 짠 메뉴를 이메일로
보내주고 파티를 준비한다. 크리스마스건 생일이

테스트키친
스튜디오의 파티

건 그날에 맞는 메뉴를 정하고 상대방의 기호를 감안하면서 집중해
준비하는 모든 단계가 너무나도 즐겁다. 힘과 시간을 소비하는데도
오히려 나 자신이 더 채워지는 듯한 충만함, 완전한 몰입의 순간, 그
리고 덤으로 주어지는 지인들과의 즐거운 시간… 어떻게 내가 파티를
안 좋아할 수 있을까?

내가 준비한 많은 크리스마스 파티 중 가장 기억에 남는 것은 영국
유학시절 겨울방학 때 잠시 서울에 들어와 연 파티다. 크리스마스 특
강 때 학교에서 아르바이트로 번 얼마 안 되는 돈으로 이런저런 재료
를 사서 2주간의 크리스마스 방학 동안 줄기차게 요리만 하다 갔다.
학교에서 배운 요리들을 친구들과 가족들에게 직접 만들어주지 않고
서는 못 배겨서였다. 이건 지금도 마찬가지다.

좋은 요리를 알게 되거나 새로운 요리를 떠올리게 되면 파티를 열

고 싶어 온몸이 근질근질해진다. 나만의 부엌이 없고 책상 앞에 앉아 있는 시간이 더 잦은 요즈음은 그러기가 쉽지 않다. 하지만 새로운 레시피를 개발하거나 기존의 레시피를 더 맛있게 하는 방법을 발견해내면 무슨 핑계를 대서라도 파티를 열고 마는 버릇은 여전하다. 없앨 수 없는 오랜 지병이다.

그동안 정말 열심히 파티를 열고 음식을 만들었다. 크리스마스와 새해는 물론이고 친구들의 생일이나 상업적인 케이터링에서까지, 슬프거나 기쁜 일이 있을 때마다 사람들을 위로해주고 행복하게 해주고자 식단을 짜고 요리를 했다. 식탁 주변에 둘러앉은 모든 사람들이 행복해지기를 간절히 소망하면서. 그렇게 식탁에서 만난 사람들 중에는 지금도 무시로 만나는 사람도 있고, 얼굴도 쳐다보지 않는 사이가 된 사람도 있다. 정성스럽게 준비한 요리와 파티는 거의 대부분 내가 원하는 방향으로 마법을 부려줬지만 가끔은 통하지 않은 때도 있었던 것이다. 뭐, 그럴 수도 있다. 전설적인 코미디언 루실 볼 Lucille Ball이 말하지 않았던가. "인생은 하나의 파티다." 나쁠 때도 있고 좋을 때도 있다. 그렇다고 마음대로 때려치울 수도 없고 각본대로 되지도 않는다. 인생이란 그런 거다.

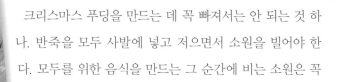

크리스마스 푸딩을 만드는 데 꼭 빠져서는 안 되는 것 하나. 반죽을 모두 사발에 넣고 저으면서 소원을 빌어야 한다. 모두를 위한 음식을 만드는 그 순간에 비는 소원은 꼭

이루어진다나? 각박하고 여유 없는 하루하루를 살아가면서 마음이 외롭고 허전할 때는 더욱더 누군가를 위해, 자신을 위해 요리를 하고 소원을 빌고 마음이 담긴 파티를 열어야겠다. Party must go on. 파티는 계속되어야 한다. 하루하루가 즐거운 파티 같기를, 그 파티 안에서 부디 모두 가난하지 않은 예술가가 되기를 빌어본다.

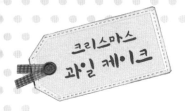

박력분 280g
베이킹파우더 1티스푼
시나몬파우더 2티스푼
버터 250g
황설탕 200g
달걀 4개
건포도 또는 각종 마른 과일 300g
브랜디 또는 럼 100㎖

1 건포도와 과일은 밤새 불려 물기를 뺀다. 유리그릇에 담아 브랜디를 살짝 뿌려 전자레인지에서 40초간 데운다. 남은 브랜디를 더해 상온에 놓아둔다(적어도 이틀 전에 준비한다).

2 볼에 버터와 설탕을 넣고 고루 섞이도록 핸드믹서로 2분 정도 충분히 저어준다.

3 버터와 설탕 반죽에 달걀을 조금씩 넣어가며 핸드믹서로 저어준다.

4 체에 내려둔 박력분과 베이킹파우더의 혼합물의 반을 넣어 고무주걱으로 섞는다.

5 박력분을 묻힌 건포도를 반죽에 섞은 뒤 나머지 가루를 넣고 잘 섞는다. 단 케이크의 부드러운 질감을 위해 너무 많이 젓지는 말 것.

6 틀에 반죽을 넣고 고무주걱으로 표면을 평평하게 정리한다. 170도로 예열한 오븐에서 60분간 굽는다.

 ※ 브랜디에 담가두었던 건포도(또는 민스미트)에 박력분을 살짝 묻히면, 건포도가 뭉치지 않고 반죽에 고루 섞인다. 건포도에 물기가 많으면 과일케이크를 굽는 동안 과일들이 모두 바닥에 가라앉게 되므로 꼭 필요한 과정이다.

점점
무덤덤해지는
날,
생일

무라카미 하루키 그러나 즐겁게 살고 싶다

(…) 나이를 먹어서 재미없어진 것은 밸런

타인데이뿐만이 아니다. 생일날도 무척 재미가 없다. 자랑할 일도 못 되지만,

최근의 내 생일만 하더라도 무엇 하나 재미있는 일이 없다.

(…)

그래서 올해의 생일은 슬그머니 넘어가버리려고 했다. 긴자에서 레코드 한

장을 산 뒤(내가 직접 샀다), 니혼바시에 있는 다카시마야 식당에 가서 점심

을 먹는 것으로 끝내기로 했다. 그 정도라면 분수에 맞을 것 같았다. 그래서

니혼바시까지 걸어갔는데 다카시마야는 정기 휴일이었다. 이럴 수가. 나는

다카시마야에 가면 나름대로 은밀하게 생일 축하를 할 수 있지 않을까 해서

일부러 니혼바시까지 걸어왔던 것이다. 결국 그날은 버럭버럭 화를 내며 맥

주를 마시고 배가 터지도록 회를 먹어 돈을 잔뜩 쓰고 말았다.

그 이튿날, 나는 출판 담당 여자 편집자와 만나 식사를 했다. 그녀는 나보

다 세 살 연하로, 나와 혈액형도 같고 생일도 같다.

"생일이라 해봤자 좋은 일은 하나도 없어요"라고 그녀도 말했다. 나이를

먹으면 이런 식으로 생일이 같은 사람들끼리 모여서 "너나 할 것 없이 좋은

일이라곤 없군요" 하고 서로를 위로하면서 실컷 먹고 마시는 게 생일을 보내

는 가장 타당한 방법이 아닐까 하는 기분이 든다.

— 무라카미 하루키, 『그러나 즐겁게 살고 싶다』, 131~132쪽

2008년이 끝나고 2009년이 시작되는 연말과 연초 사이, 묵은해를 시원하게 날려 보내고 정말 새해에는 좋은 일만 있으려고 액땜을 하느라 그랬는지 많이 아팠다. 새해를 골골대며 시작하는 마음이란 뭐라 표현할 수 없이 뒤숭숭했는데, 일상생활로 돌아오니 일은 더더욱 꼬이고 일 년 내내 의욕상실에 빠질 만한 일들까지 겹쳐 있었다. 설마 이 기운이 나의 올 한 해를 지배하는 것은 아니겠지?

안정을 취하는 동안 머리를 식힐 겸 되는대로 집어든 하루키의 수필집을 뒤적거리다가 생일이 재미없어졌다는 그의 투덜거림이 갑자기 강하게 다가왔다. 자기 자신에게 선물을 하고, 먹고 싶은 것을 소심하게 사먹는 중년 아저씨의 권태로움… 나이를 먹는 것이 좋거나 싫은 것도 아닌 재미없어지는 단계라니, 참 서럽게 들린다.

나이 먹어서 좋은 일은 아무것도 없구나, 생일이 갈수록 재미없어지는구나… 라는 생각을 정말 오랜만에 곰곰이 해봤다. 어서 나이 들고 싶어, 라고 초조하게 생각한 때도 있었는데 지금은 초조함을 살짝 숨긴 무덤덤함이 대세라고나 할까. 아프기나 하고 사람들과의 관계에서 생각지도 못한 것에서 충돌하는 것을 보면 나이 먹어가며 이런 일들을 더 겪어야 하는 건지, 두려움을 무덤덤함으로 가려보고 싶기도 하다.

나의 생일날, 과연 무엇이 가장 먹고 싶을까 고민하며(물론 맥주는 기본 사양) 생일날 먹는 음식에 대해 생각해봤다.

생일날 먹는 대표적인 음식은 역시 케이크가 아닐까? 우리나라는 미역국에, 어린아이들에게는 다치지 말고 건강하라고 수수팥떡도 해주지만, 전 세계적으로 생일날 먹는 주된 음식은 케이크이고, 나머지 음식들은 '생일 주인공이 먹고 싶은 것'으로 폭이 넓다. 가톨릭이나 정교회에서는 생일보다 세례명을 붙이는 명명축일을 더 큰 잔치로 여기는데, 그때도 케이크가 나오고 사람들이 모여 잔치를 벌이는 것은 똑같다. 빵을 나눠 먹는다는 것 자체가 종교적인 상징일뿐더러 달콤한 음식처럼 사람을 둥글게 묶어주는 먹을거리도 드물 테니까 말이다.

우리나라에서는 생일 음식으로 미역국을 많이 먹는데, 사실은 생일을 맞은 사람보다 산모를 위한 음식이 아닌가 싶다. 산모가 먹을 미역은 가장 좋은 것으로 고르되 절대 값을 흥정하지 말고 제값을 줘야 한다고 한다. 한겨울에 나를 낳고 한여름에 동생을 낳느라(그것도 노산으로!) 골병이 들었다는 어머니께 매년은 아니지만 가끔씩 미역국이나 미역죽을 끓여드린다. 요즈음은 미역국을 드시면서 네가 언제 결혼해서 애를 낳아 자식이 끓여주는 미역국을 먹겠냐고 구박하셔서 좀 피곤하긴 하지만 말이다.

생일케이크의 기원은 로마시대까지 거슬러 올라간다. 개개인의 생일을 축하하기보다 황제나 원로元老, 특별한 공인公人의 생일 때 케이크로 추정되는 음식이 나왔다고 한다. 지금같이 베이킹파우더를 이용해 부풀리고 크림이나 아이싱으로 장식한 것이 아니라, 이스트로 약간 부풀려서 굽고 로마시대답게 살구와 포도, 아몬드, 꿀을 뿌려 장식했다. 오늘날의 케이크처럼 둥글게 모양을 갖추는 데는 꽤 오랜 시

간이 걸렸고, 생일케이크 위에 초를 꽂은 것은 1700년대 독일에서 처음 시작되었다. 흔하지 않은 비싼 재료를 이용해 굽고 장식하기 때문에 특권층만 누릴 수 있는 사치 중의 사치로 여겨진 케이크가 기술의 발달로 1920년대 처음으로 대량생산되어 종이상자 안에 넣어 팔리게 된 것을 두고 사회가 점점 프롤레타리아화 되어간 것이라고 해석하는 의견도 있었다고 한다. 어쨌든 누구나 일 년에 한 번 생일케이크를 먹을 수 있는 세상은 그래도 공평한 세상이 아닐까 싶다.

생일날은 케이크 말고도 작정하고 술을 마시는 날이기도 하다. 영국에서 유학할 때 종종 18세 생일파티에 초대받곤 했다. 자식이 성인으로 대접받는 18세가 되면 부모는 차를 사주거나 DJ와 케이터링까지 부르는 제법 큰 파티를 열어준다. 장난기가 발동하면 나이 많은 친구들이 돈을 모아 소방관 아저씨를 불러주기도 한다(생일날의 소방관 아저씨는 불을 끄러 오는 분이 아니라는 것쯤은 다들 아시겠지). 무엇보다 다들 집에서 술을 두어 병씩 가지고 와 부어라 마셔라 하는데 간에 구

코스모폴리탄

멍이 나지 않을까 걱정될 정도로 퍼마신다. 하긴 부모의 보호 아래 있다가 독립하여 자기 일을 찾고 심장 찢어지는 연애도 하며 이래저래 괴로워할 앞날을 생각한다면 성인이 되는 그날만큼은 한껏 취해 있어도 탓할 수 없을 것 같긴 하다.

축하하면서 취할 때까지 마실 수 있는 술은 무엇이 있을까? 생일날 마시는 술로는 칵테일이 알맞다. 너무 독하지 않아 잘 넘어가고, 여러 가지 술과 주스를 섞어서 많은 양을 만들 수도 있으며, 머릿속이 하얘지도록 만취하기에도 좋다. 〈섹스 앤 더 시티〉 분위기로 코스모폴리탄도 괜찮고, 쓴맛의 칵테일을 좋아한다면 진토닉이나 맨해튼도 나쁘지 않은 선택이다. 가장 간편한 방법은 보드카와 콜라를 섞는 것이다. 생일날에 좋아하는 사람들을 잔뜩 불러놓고 케이크 먹고 술까지 마실 수 있다면, 그 순간의 행복한 기분으로 나머지 일 년을 그럭저럭 잘 헤쳐 나갈 수 있지 않을까?

생일이 무덤덤해진 요즘 말고 꿈과 희망에 가득 차 매년 돌아오는 생일을 기다렸던 어린 시절에 읽은 책 중에 멋진 생일파티 모습이 있었는지 떠올리려 애썼다. 그런데 가장 좋아하는 책의 하나인 『키다리 아저씨』의 주디는 고아여서 아예 생일이 없었다. 그리고 『소공녀』의 사라는 아버지가 돌아가셨다는 소식을 전해 듣고 악질 교장선생님에 의해 한순간에 VIP 학생에서 하녀의 신분으로 전락하는데 바로 생일날에 일어난 일이었다. 우울하고 슬프다. 생일은 행복한 날이어야 하는데…

하지만 생일날 새벽에 이렇게 글을 쓰는 것도 괜찮은 것 같다. 어느새 서른 중반, 이런저런 답답한 일들이 어떻게 풀려나갈지 앞이 까마득하기만 하다. 그래도 엉클어진 인간관계를 정리하고 한동안 잠수를 타고 나면 또 숨 쉴 만해질 거라는 낙천적인 생각으로 서른다섯 살 생일 아침을 맞이해야 할 것 같다. 엄마를 위한 미역죽은 벌써 끓여놓았고, 엄마는 나를 위해서 만화책 한 권을 사주었다. 저녁엔 글 쓰는 동생들과 책 이야기를 하면서 맥주 한잔 하면 또 금세 즐거워질 것이다. 새해 첫날 결심한 일들을 잘 지키지 못했어도 걱정할 필요 없지 않을까? 우리 인생의 기본 세팅은 생일 때부터니까. 모두들 생일만큼은 행복하게 재충전하는 시간이 되었으면. Happy birthday everybody!

쌀 한 컵
마른 미역 10g
된장 3테이블스푼
다진 마늘 1테이블스푼
쌀뜨물 또는 육수(쇠고기, 북어, 조개, 닭) 11컵
국간장 약간

1 쌀은 깨끗이 씻어 물에 30분 정도 담가 불린 다음 체에 건져놓는다.

2 마른 미역은 찬물에 담가 불린 다음 작게 잘라놓는다.

3 쌀뜨물이나 육수를 죽 끓일 냄비에 부은 다음 된장을 체에 받아 풀어놓는다.

4 불려놓은 쌀과 미역, 마늘을 넣고 불을 세게 한다. 끓기 시작하면 약한 불로 줄이고 주걱으로 저어 바닥에 눌어붙지 않게 하면서 뭉근히 퍼질 때까지 끓인다.

5 맛을 보아가며 국간장으로 간을 맞춘다.

　※ 쌀은 씻어서 체에 밭치기만 해도 불려진다.
　※ 죽을 끓이는 중간에 된장을 넣으면 잘 안 풀리므로 미리 꼭 육수에 풀어놓는다.
　※ 이 레시피에서 한 컵은 240㎖이다.

한잔 술로
모두
잊어버려요

—

에리히 레마르크 개선문

"그때 제게 마시라고 주시던 것이 무엇이었지요?"

"언제? 여기서? 그때는 여러 가지를 마구 마시지 않았던가?"

"아니, 여기가 아니고요. 첫날밤에 말이에요."

라비크는 생각해보았다.

"생각이 나지 않는데, 코냑이 아니었던가?"

"아녜요. 코냑 같기는 했지만 다른 거였어요. 그것을 찾아보았지만 찾아내지를 못했어요."

"왜 그것을 마시려고 그러지? 그게 그렇게 좋았었소?"

"그런 게 아니고 그런 훈훈한 술은 처음 마셔보았기 때문이에요."

"어디서 마셨지?"

"개선문 근처의 조그만 비스트로였어요. 계단을 내려갔었지요. 택시 운전수와 여자들이 몇 명 있었어요. 웨이터가 팔뚝에다 여자의 문신을 했고요."

"아, 이제야 알겠어. 아마 칼바도스였을 거야. 노르망디에서 나는 사과로 만든 브랜디야. (…)"

— 에리히 레마르크, 『개선문』, 123쪽

외과의사 라비크는 나치의 강제수용소로부터 간신히 도망쳐 파리에서 숨어 살고 있다. 그는 애인과 자신을 수용소로 몰아넣고 결국 고문으로 애인 시빌을 자살하게 만든 나치의 비밀경찰을 찾아 복수하겠다는 일념으로 하루하루를 힘겹게 살아간다. 돌팔이의사들의 수술을 도맡아 해주면서도 숨어 산다는 이유로 형편없는 보수를 받으며, 파리의 뒷골목에서 술과 여자들 사이에서 방황한다. 그런 그 앞에 애인을 따라 역시 파리로 흘러들어온 혼혈인 여가수 조앙 마두가 나타난다. 수용소 시절의 기억 때문에 인간관계, 특히 사랑과는 다시 엮일 일이 없을 거라 여기며 살아온 그는 그녀와 순간적이면서도 정열적인 사랑에 빠지게 된다. 하지만 온전히 그녀를 사랑하기에는 증오로 인한 복수심이 너무 강하다. 마침내 오랜 수소문 끝에 비밀경찰을 납치해 살해한다. 한편 복수가 진행되는 사이 다른 배우와 관계를 가졌던 조앙은 그가 쏜 총에 맞아 라비크 앞에서 허무하게 죽고 만다. 이렇게 복수와 사랑 모두 종말을 고한다. 이미 수많은 희생자들이 발생했음에도 불구하고 전쟁은 더욱더 극으로 치닫고 사람들은 삶의 터전을 버리고 망명을 떠난다. 하지만 라비크는 자신의 의술이 조금이라도 도움이 되지 않을까 생각하며, 다시 강제수용소로 들어간다. 사랑이라고는 찾아볼 수 없다고 생각한 삭막한 도시에서 만났던, 사랑이라고 여기지 않았던 조앙이 조금은 그를 변화시킨 것이다.

어렸을 때 세계명작이라고 문고판으로 읽었지만 도통 무슨 이야기인지 감정이입이 안 되다가 나이 들어 다시 봤을 때 넋을 잃고 읽게되는 책들이 있다. 사실 어린이 세계명작이 아닌 이상 대부분의 세계명작이 그러하지만, 특히 레마르크의 『개선문』은 첫째로 꼽힌다. 이 소설은 막연한 불안감에 떨거나 자기 정체성을 진지하게 고민해보거나 스스로 통제할 수 없는 사랑에 빠져보지 않고서는 이해하기 힘든 작품이라는 생각이 든다. 불안하고 외로운 마음을 애써 외면하며 털어 넣는 술 한 잔의 느낌을 모르는 이라면 더더욱 그럴 듯하다.

물론 술 이야기는 정말 많은 책에서 다양하게 나온다. 하지만 『개선문』만큼 거의 한 페이지 건너 한 번꼴로 많이 등장하는 책이 또 있을까? 아르마냐크를 비롯한 다양한 종류의 코냑과 아페리티프의 한 종류인 페르노Pernod, 보르도 와인 생테밀리옹St. Emillion과 보드카까지 갖가지 술이 소개되지만, 이 책을 관통하고 있는 술은 칼바도스Calvados, 즉 애플 브랜디다.

라비크와 조앙이 처음 만난 날 허름한 비스트로에서 긴장을 풀기 위해 마신 뒤부터 그 술은 무언가를 씻어버리기 위해 들이키는 푸근한 술로 등장한다. 조앙은 항상 그와 있을 때면 칼바도스를 마시거나 마시기 위해 준비해둔다. 다른 술도 많은데, 왜 하필 칼바도스일까? 애인이 갑자기 죽자 길에서 방황하던 그녀를 대신해 뒤처리를 해주며 마음을 가라앉히라고 그가 권해준 술이라서 그런 걸까. 아니면 어느덧 그를 사랑하게 된 그녀가 무의식중에 칼바도스가 그와 그녀를 이어준다고 생각했기 때문일까. 40도가 넘는 독한 브랜디이니 춥고 쓸쓸하고 불안한 그들의 마음을 순식간에 따뜻하고 느슨하게 만들어주었을 것이다. 게다가 노르망디에서 흔한 애플 사이다를 기본으로 만들었으니, 코냑보다 구하기 쉽고 더 친근했을 것이다. 조앙이 말한 대로, 따뜻하고 훈훈한 술인 것이다.

노르망디에서 재배되는 수십 종의 사과를 혼합해 만든 사과주를 기본으로 오크통에 2년 정도 숙성시켜야 칼바도스가 탄생한다. 다른 술도 그렇듯이 오래 묵은 칼바도스일수록 더 부드럽고 더 독하고 값도 비싸다. 애플 사이다를 이용해 만든 또 다른 술로는 미국의 애플잭 Applejack이 있다. 애플잭은 애플 사이다를 눈 오는 추운 겨울에 얼려 농축시켜 만드는 것으로 칼바도스와는 주조 방법이 많이 다르다.

칼바도스는 요리에도 많이 쓰인다. 브랜디나 코냑처럼 사용하면 되는데 특히 디저트에 많이 사용한다. 사과와 더불어 노르망디 지역을 대표하는 식재료인 유제품에 칼바도스를 넣은 버터스카치 소스나, 사과조림을 넣어 만 크레페 위에 칼바도스로 불을 붙인 디저트들은 그야말로 노르망디 그 자체. 돼지고기에 곁들이는 애플 소스나 벨루테 소스를 칼바도스로 맛을 내기도 한다. 칼바도스가 가지고 있는 진한 사과 향 때문에 디저트에도 많이 쓰이는데, 계피와 함께 바바루아*로 만들거나 소스를 만들어 오븐에 구운 사과에 곁들여도 맛있다. 개인적으로는 크리스마스 푸딩에 쓰는 과일조림인 민스미트를 만들 때 브랜디 대신 칼바도스를 사용하면 훨씬 과일 향이 잘 살아나는 것을 여러 번 경험했다.

그런데 서머싯 몸의 『달과 6펜스』에도 나오고, 랭보와 보들레르, 오스카 와일드를 비롯한 19세기 보헤미안들이 숭배하며 즐겨 마셨다는 쑥과 허브가 들어간 독한 술 압생트 absinthe가 왜 『개선문』에는 등

---

* Bavarois 과일, 우유, 달걀, 설탕, 젤라틴 등의 재료로 만들어서 디저트로 먹는 프랑스 과자.

압생트

장하지 않을까? 무색 투명한 술에 물을 부으면 에메랄드빛으로 변하는 압생트는 회향fennel과 아니스anise를 기본으로 한 아페리티프다. 일명 '녹색 요정'Green Fairly이라고 불리는 이 독한 술은 중독자를 너무 많이 양산해 범죄를 증가시키고, 정신병을 불러일으키며, 몸을 쇠약하게 해 죽음에 이르게 하는 독주로 여겨져 1915년 이후부터 1990년까지 거의 전 세계적으로 생산과 판매가 금지되었다. 『개선문』의 배경이 제2차 세계대전 때이니, 압생트가 등장하지 않는 것은 어찌 보면 당연한 일인지도 모르겠다. 만약 소박하고 따끈한 칼바도스 대신에 머리를 단숨에 마비시키는 압생트를 나누어 마셨다면 라비크와 조앙 마두의 관계가 어떤 식으로 흘러가게 되었을까 문득 궁금해진다.

(…) 〔라비크는〕 두 개의 잔에다 술을 따랐다.

"자, 받아요. 간단하고 야만적이긴 하지만 괴로울 때는 원시적으로 해치우는 게 제일이거든. 세련된 짓이란 여유가 있을 때나 하는 것이고. 자, 마셔요."

"그리고 다음에는 어떡하지요?"

"그리고, 또 마시는 거지."

"저도 그렇게 해봤어요. 그래도 소용없는 일이었어요. 혼자서 취한다는 건 그리 좋은 일은 못 돼요."

"우선 잔뜩 취해야 되는 법이야. 그럼 잘 돼요."

— 앞의 책, 82쪽

몇 안 되는 올해 계획 중 하나가 '술은 적당히, 그리고 혼자서 마시지 말자'이다. 친구들과 함께 재미있는 이야기를 나누면서 즐겁게 마셔야겠다는 생각에 정해본 새해 결심이다. 이런저런 사색을 한답시고, 또 글을 쓴다는 핑계로 집에 틀어박혀 와인이나 맥주를 홀짝대는 것을 즐기다보니 비사회적인 사람이 되어가는 듯한 느낌이 들어서이다.

하지만 피곤한 완벽주의자의 성격에 사람들과 부딪히면서 속 보여주기 싫어하는 성향 탓에 집에서 음악 틀어놓고 혼자 마시는 것이 버릇이 되다시피 했다. 마음을 다치는 일이 생길라치면 집에 콕 틀어박히기 일쑤다. 하지만 올해만은 친구들과 더불어 풍류를 즐기듯이 술을 마셔볼 참이다.

봄에는, 개나리가 피어 있는 삼청동 골목에서 향이 강한 국화주나 매실주를 마셔야지. 겨우내 쌓인 울적한 기분을 말끔히 떨쳐내려면 꽃구경을 하면서 마셔야 할 것이다. 5월이 제철인 조개류와 신선한 파를 넣어 만든 파전에 쌉쌀한 인삼동동주도 좋겠다.

여름에는, 뭐니 뭐니 해도 땀 흘린 후에 마시는 맥주가 좋겠지. 필리핀 식으로 얼음을 가득 채운 머그잔에 순간적으로 부어 거품을 넘치게 한 다음 마시면 정말 시원하다. 아침부터 30도를 훌쩍 넘는 브라질에서 한낮에 마시던 물처럼 싱거운 맥주도 참 좋았는데… 언젠가 요리를 할 수 있을 만한 적당한 크기의 정원이 생긴다면, 여름마다 친구들을 초대해 바비큐 파티를 열어야지. 여러 가지 향신료로 맛을 낸 신선한 재료들을 숯불 위에 굽고, 미국식 비스킷과 옥수수를 내놓고, 떡시루 같은 큰 동이그릇에 얼음을 채워 병맥주도 꽂아놓자.

가을은, 술을 마시기보다 술을 담그기에 좋은 계절이다. 봄에 수확한 매실로 담근 술이 잘 익었는지 맛도 보고, 다닥다닥 열린 자그만 사과들로 새로 술을 담가도 보고… 늦게 나온 포도도 좋을 것이다. 그리고 무엇보다 진한 레드와인이 어울리는 계절이다. 떫고 무거운 벨벳 같은 레드와인.

겨울에는, 누가 뭐래도 따끈한 정종에 오뎅이 최고다. 몸을 덥혀주는 동태찌개에 소주도 좋고. 그리고 제철인 오렌지를 섞어 와인 칵테일, 상그리아sangria를 만들어 먹어야 하겠지.

라비크는 불법체류자이면서 외과의사다. 허름한 호텔방을 전전하면서 복수의 칼날만을 날카롭게 벼리며 하루하루를 살아가는 그에게 삶의 위로가 된 것은 무엇이었을까? 아마도 안부를 물어오지만 그저 스쳐 지나가는 타인일 뿐인 사람들 사이에서 외로움을 잊으려 마시는 술과 잠시 체온을 나눌 수 있는 여자, 둘뿐이었을 것이다. 상처받고 갈가리 찢겨진 그도 실은 수술이, 사랑이 필요한 환자였던 것이다. 그와 조앙은 마음을 열고 대화를 하기 위해서, 서로가 그어놓은 벽을 무너뜨리기 위해서, 미래의 불안을 없애기 위해서 그렇게 술을 마셔댔을 것이다. 마시지 않고서는 견디기 힘든 괴로움… 독한 술로 순간

순간을 마취시키는 것이 누군가를 만나서 상
처를 치유받는 것보다 훨씬 쉽다는 것을 그
들도 알고 있었던 게 아닐까?

　술을 마시는 것과 무언가를 잊고 싶은 마
음은 항상 연결되어 있는 듯하다. 즐겁고 행복해서 취하는 날도 있지
만, 우리들 대부분은 괴로움을 숨기기 위해, 스스로를 마취하기 위해
술을 마시는 경우가 많다. 일일이 열거하기도 힘든 각지각색의 괴로움
과 애끓는 사연, 그리고 뒤따르는 불면… 가끔은 사람보다 술잔을 마
주하는 것이 더 편한 날들도 있으니…

　입을 굳게 다물고 쭈그리고 앉아 혼자 술을 마실 때마다 그런 나를
조용히 바라보다 슬며시 다가와 잔을 채워주며 엄마 아빠가 불러주
는 노래가 있다. 부모님은 술 한 잔과 이 노래 한 대목이면 굳은 내 얼
굴 근육이 서서히 풀어진다는 것을 누구보다 잘 알고 있다. 물론 나
는 매번 같은 노래만 하시냐고 툴툴거리지만…

　　울지 마 울긴 왜 울어 고까짓 것 사랑 때문에

　　빗속을 거닐며 추억일랑 씻어버리고 한잔 술로 잊어버려요

　멀리할 수도 없고 너무 가까이 해서도 안 되는, 작은 잔 속에 고여
있는 단기기억상실증용 마취제. 술 한 잔으로 잊어버릴 수 있다면, 아
마 우린 인생을 사는 동안 술과 스스럼없는 친구로 살아가야 하지 않
을까 싶다.

레드와인 2병(1.5*l*)
화이트와인 1병(750*ml*)
토닉워터 또는 페리에 3병
설탕 250g
브랜디 혹은 코냑 100*ml*
레몬과 오렌지 3개씩 얇게 썰어서, 사과와 배 한 개씩
얇게 썰어서

1 레몬, 오렌지를 제외한 모든 과일은 씨를 제거하고 납작납작하게 썰어준다.

2 아주 큰 볼을 준비해 두 가지 와인을 섞는다.

3 설탕을 넣어 다 녹을 때까지 저은 뒤 탄산수와 코냑도 넣어 저어준다.

4 과일을 모두 집어넣어 최소한 3~4시간, 와인이 과일 향을 다 빨아들이도록 놓
 아둔다.

5 서너 시간 뒤에 과일을 빼내고 병에 옮겨 담아 냉장고에 넣어 차갑게 식힌다(잔
 에 담을 때 술에 잠겨 있던 과일을 같이 꺼내는 것도 좋지만, 와인 색을 빨아들
 여 과일 색이 그리 예쁘지 않으니 굳이 과일을 곁들이고 싶으면 레몬이나 라임
 을 썰어 한두 조각 잔에 넣어주도록 한다). 레드와인을 화이트와인으로 대체하
 고 애플 브랜디인 칼바도스를 반 컵 정도 넣으면 흰 상그리아를 만들 수 있다.
 레드와인 대신 로제와인을 넣으면 로즈 상그리아가 된다. 단 화이트 상그리아
 를 만들 때는 반드시 배 대신 복숭아를 넣어줄 것.

사랑이란
전쟁을 앞둔
이들을 위한

달콤한
각성제

———

진 웹스터 키다리 아저씨
폴 빌리어드 위그든 씨의 사탕가게
알렉산드르 뒤마 피스 춘희

지난 금요일 저녁에는 당밀 캔디 파티를 했어
요. 퍼거슨관의 사감 선생님께서 방학 동안 기
숙사에 남은 다른 건물의 학생들까지 모두 불
러 마련한 파티였어요. (…)

정말 즐거웠어요. 생각만큼 근사한 캔디를 만들진 못했지만…
캔디 만들기가 끝나자 우리는 물론이고 주방이며 문손잡이가 온통 끈적거렸
어요. 그래도 우리는 흰 모자와 앞치마 차림으로 손에 손에 커다란 포크나
스푼, 아니면 프라이팬을 들고 텅 빈 복도를 지나 교수님들과 강사님들 절반
정도가 조용한 저녁시간을 보내고 있는 교수실까지 행진을 했습니다. 그리고
는 교가를 합창하며 우리가 만든 캔디를 대접했답니다. 선생님들께서는 정중
하게 당밀 캔디를 받으셨지만 왠지 못 미더워하시는 것 같았어요. 우리가 그
곳을 나올 때 보니 선생님들께서는 당밀 캔디 덩어리와 씨름하시느라 온통
끈적끈적해져서 말씀도 제대로 못 하셨어요.

— 진 웹스터, 『키다리 아저씨』, 52~54쪽

오랫동안 기억에 남는 단맛이 그려진 글이라면, 너무나 좋아했던
『키다리 아저씨』의 당밀사탕과 퍼지fudge 이야기가 제일 먼저 떠오른
다. 키다리 아저씨가 주디에게 선물해주는 초콜릿에 대한 이야기도
인상적이었지만, 주디가 기숙사에서 친구들과 종종 만들어 먹는다고
편지에 적어 보낸 퍼지에 관한 이야기가 더 기억에 남는 이유는 무엇

일까? 아마 이 책을 처음 읽었을 때 퍼지나 당밀이 뭔지 몰랐기에 궁금증이 오래오래 남았기 때문이 아닐까 싶다.

설탕을 베이스로 하고 버터나 크림 당밀molasses, 기타 여러 가지 재료들을 넣어 만드는 캔디를 몇 가지 들어보면 캐러멜, 토피toffee, 퍼지, 태피taffy, 버터스카치butterscotch, 누가, 프랄린, 브리틀brittle 등이 있다.

캐러멜은 설탕과 물을 섞어 가열해 만드는 것으로 원래는 물과 설탕으로만 이루어져야 한다. 색이 갈색으로 변하기 전에 건져내 찬물에 넣었을 때 뭉치는 정도를 (전문용어로) 부드러운 볼, 단단한 볼로 단계를 나눠, 머랭이나 버터크림, 사탕을 만드는 데 사용된다. 이처럼 순수한 캐러멜을 사용하는 요리 중에서 아마 가장 유명한 것이 커스터드푸딩일 것이다. 부드러운 커스터드와 적당히 쓰고 단 캐러멜을 찌듯이 구워내는 이 푸딩은 잘 만들기가 몹시 어려운 요리다. 나도 적절한 맛을 찾아내기가 참 힘들었는데 색깔을 기억해 요리를 해도 쉽지 않았다. 한번 가열된 캐러멜은 순식간에 타버리기 때문에 타이밍을 적절히 맞출 만큼 숙련되기까지는 꽤 오랜 시간이 걸렸다. 그렇게 연습을 반복하다 데인 상처가 7년이 지난 지금에야 좀 희미해졌다. 오븐과 기름이 뜨겁다 해도 캐러멜과는 상대가 안 된다. 무엇보다 튀어서 피부에 붙으면 안 떨어지니 정말 위험하다.

그런 캐러멜에 당밀이나 크림, 버터를 넣어 맛을 더한 것이 버터스카치, 토피, 퍼지다. 차이점을 설명하자면 부드러움의 정도가 다르다고 할 수 있을 것 같다. 토피는 160도 정도까지 가열해 단단하면서도 바삭하게 부서지는 질감을 가지고 있고, 버터스카치는 그보다 좀 더

부드럽다. 퍼지는 115도 정도까지만 가열한 후 식을 때까지 계속 저어 부드러운 질감을 만든다. 이와 같은 과정에서 말린 과일이나 견과류를 더하기도 하고 퍼지의 경우에는 코코아를 넣기도 한다.

태피는 시럽이 들어가 쫀득쫀득하게 씹을 수 있는 캔디다. 펄펄 끓는 메이플 시럽을 차가운 눈 위에 부어 만든 메이플 태피가 유명한데, 캐나다와 버몬트 등 메이플 시럽이 나는 곳에서 겨울철에 간식으로 즐겨 먹는다. 『키다리 아저씨』의 주디도 겨울에는 친구들과 눈 위에 시럽을 부어 태피를 만들어 먹지 않았을까?

브리틀과 누가, 프랄린 모두 견과류가 듬뿍 들어간 사탕이다. 그중 고급 사탕인 누가에는 땅콩을 제외한 견과류와 말린 과일이 들어간다. 뜨거운 캐러멜 속에 견과류를 넣어 굳히는 브리틀과 프랄린은 서로 비슷한 듯하지만 차이가 있다. 브리틀은 캔디처럼 먹고, 프랄린은 곱게 갈아서 주로 초콜릿이나 케이크에 넣어 먹는다는 점이 다르다.

▲ 퍼지
▼ 메이플 태피

사탕가게에 관한 글로 『위그든 씨의 사탕가게』처럼 많은 이들이 기억하는 글이 또 있을까? 이 짧지만 마음 먹먹해지는 글이 아직도 중학교 교과서에 실려 있는지 모르겠다.

온 힘을 다해 커다란 가게 문을 열고 들어설 때 땡그랑 울리던 작은 종소리를 기억한다. (…) 나는 사탕 먹을 생각에 마음이 들떴지만 태연한 척 사탕이 있는 진열대를 따라 천천히 걸음을 옮겼다.

앞줄에는 갖가지 향의 박하사탕이 있었고, 뒤쪽에는 깨물면 부서지면서 입 안이 상큼해지는 드롭스가 있었다. 다음 칸에는 작은 초콜릿 캔디 바가 있었고, 그 상자 뒤에는 입에 넣으면 볼이 툭 불거져 나올 만큼 큰 눈깔사탕이 있었다. 녹이지 않고 그냥 입에 넣고 있으면 오후가 즐거웠다. 뿐만 아니라 알록달록한 눈깔사탕은 마치 벗겨내도 다시 다른 껍질이 이어서 나오는 양파처럼 녹여 먹을수록 연이어 다른 색깔이 층층이 나타나 신기했다. 한참 입 안에서 녹이다 어떤 색깔인지 확인해보는 것이 재밌었다. 사탕을 입에 넣고 녹여 먹다보면 마지막 사탕의 한가운데에 호두나 땅콩, 코코넛 같은 나무 열매가 들어 있기도 했다. 흑설탕과 땅콩가루를 섞어서 만든 땅콩과자도 있었는데 작은 나무 숟가락으로 두 숟가락에 15센트였다. 목에 걸어도 될 만큼 긴 줄 사탕은 하나씩 떼어 먹게끔 되어 있었다.

진열대를 반쯤 지나자 이미 종이 봉지는 골라 담은 사탕으로 그득했다. 위그든 씨는 허리를 굽혀 진열대 너머로 나를 내려다보면서 물었다.

"이것을 다 살 돈은 있니?"

나는 대답했다.

"그럼요, 돈 많아요."

나는 주먹을 펴서 위그든 씨의 손에 은박지로 잘 싼 체리 씨 여섯 개를 올려놓았다.

— 폴 빌리어드, 『위그든 씨의 사탕가게』, 13~14쪽

어린이의 동심을 해치지 않으려는 위그든 씨의 너그러움이 감동적인 소설이다.

그런데 내가 학교 다닐 당시 국어선생님은 이 소설의 줄거리를 요약하고 주제를 정리해보라고 과제를 내주면서도 소설에 나오는 사탕들의 맛이 어떤지에 대해서는 전혀 설명해주지 않아 서운했다. 그때 아이들 사이에 유행하던 사탕은 자두 맛 사탕과 버터스카치 바나나 맛 사탕이었다. 다른 맛의 사탕으로 상상력을 넓혀가려 해도 땅콩누가 정도가 고작이었다. 감초 사탕의 맛이 어떤지 알게 된 것은 소설의 배경인 미국이 아니라 유럽에서였다. 이미 그 글을 읽은 지 십 년이나 지난 뒤였다.

대학교를 졸업하고 한참이 지나 이 사탕가게 이야기를 원서로 읽을 기회가 있었다. 엄청나게 큰 알록달록 알사탕과 흰 설탕을 입힌 젤리인 검드롭스, 그리고 땅콩 캐러멜에 대한 묘사가 어찌나 근사하던지, 정말 글 속의 아이처럼 이것저것 주워 담고 싶을 정도였다. 어른들처럼 원하는 것을 얻기 위해서 잔머리를 굴리거나 이것저것 재고 따지지 않고, 달콤한 사탕을 얻기 위해 순진하게 버찌씨를 은박지로 싸서 가져간 어린아이의 천진함은 반짝반짝 아름다운 색으로 빛나는 캔디 같았다. 유리 단지에 그득 담겨 다채로운 빛을 발하는 사탕들을 그저 바라보는 아이들의 마음이야말로 가장 순수한 것이 아닐까. 그렇게 설레는 마음을, 도대체 어떤 물건들을 보아야 다시 느낄 수 있을까?

마르그리트는 연극은 반드시 처음 상연하는 날 관람하는 걸 빼놓지 않았다. 그리고 매일 밤 극장이나 무도회에 나다녔다. 새로운 연극이 상연될 때마다 꼭 그녀의 모습을 볼 수 있었고, 또 그녀가 으레 차지하는 아래층 로오쥬(극장의 비싼 관람석. 독립된 방처럼 칸막이가 있음) 앞자리에는 언제나 그녀를 떠나지 않는 세 가지 물건, 즉 쌍안경과 눈깔사탕과 동백꽃 한 다발이 놓여 있었다. 동백꽃은 한 달에 25일간은 흰 동백꽃이었고, 나머지 5일 동안은 붉은 꽃이었다.

— 알렉산드르 뒤마 피스, 『춘희』, 19쪽

"눈깔사탕을 사러 가는 거야. 그 여자가 부탁했어."

하고 그는 대답하더군요. 우리는 오페라 휴게실의 과자점으로 들어갔어요. 나는 갑자기 그 가게 과자를 다 사버렸으면 하는 생각이 들더군요. 과자 봉지에다 무슨 과자를 사 넣을까 하고 생각하고 있자니까, 내 친구가 그때 주문을 하더군요.

"포도사탕을 반 킬로 주세요."

"그걸 좋아할까?"

"그 여자는 이 사탕밖에는 먹지 않아. 그걸 아는 사람은 별로 없지."

— 앞의 책, 72쪽

퐁당

단것에 얽힌 어른들의 낭만이라면 『춘희』에 나오는 마르그리트의 봉봉 이야기를 빼놓을 수 없다. 왜 눈깔사탕이라는 전혀 낭만적이지 않은 단어로 번역했는지는 모르겠지만 포도눈깔사탕은 건포도를 초콜릿으로 싼 일종의 트러플인 듯하다. 물론 프랑스가 배경이니만큼 초콜릿 외에 퐁당fondant도 봉봉을 만드는 데 쓰였을 것이다.

하여간 하룻밤 사랑에 익숙한 마르그리트에게 입 안에서 금방 녹아버리는 작은 봉봉처럼 어울리는 음식도 또 없겠지. 쉽게, 간단히, 달콤하게 녹아버리는 초콜릿. 그녀를 사랑하게 된 '그'는 아마도 금방 녹아버리는 사탕처럼 그녀로부터 잊히기 싫어 가게 안의 사탕을 다 사버렸으면 하는 생각을 했을 것이다. 사실, 가게의 사탕을 다 사주고 싶어하는 사람이 낭만적이라기보다 여자가 어떤 맛을 좋아하는지 기억해두었다 알아서 주문하는 남자가 더 낭만적이라고 생각한다. 어떤 선물을 받고 싶은지 여러 번 말해도 결국에는 엉뚱한 것을 사다주는 남자를 주로 만나서 그런가보다.

나는 단것을 그리 좋아하진 않지만, 굳이 캐러멜이나 캔디를 포함한 사탕류와 초콜릿 중 하나를 고르라면 내 취향은 초콜릿이다. 팥과 설탕의 단맛을 잘 못 참는(고로 양갱은 내 개인적인 기피음식 1호다) 입맛인지라 사탕을 다 녹을 때까지 먹어본 적도 거의 없다. 먹다가 혀가 쪼글쪼글해지는 느낌이 드는 것도 왠지 싫고 말이다.

초콜릿도 백퍼센트 덩어리보다는 키캣Kitkat처럼 웨하스 위에 살짝 초콜릿을 입혔거나 아몬드를 넣은 종류로만 가끔 먹는 편인데, 요리를 시작하고부터는 카카오 함량이 높은 쓴맛의 초콜릿을 만나게 되어 무척 행복하다. 나만의 맛있는 재료의 비율을 찾아내고 싶어하는 요리사의 본능 때문이기도 하겠지만 사랑의 맛이라고 일컬어지는 초콜릿에 단맛만 있다면 그것이 어찌 진정한 사랑의 맛이라고 할 수 있겠는가? 인생이고 사랑이고 쓰고 신맛이 더 강한 법인데.

만약 2월 14일에 '남녀간에 서로' 초콜릿을 주고받아야 한다고 주장하는 궐기대회가 열리면 적극 참여하고 싶을 정도로 난 여자가 일방적으로 초콜릿을 주는 밸런타인데이를 싫어한다. 마찬가지로 여자가 남자에게서 사탕을 받는 3월 14일의 화이트데이라는 것도 별로다. 사탕보다 초콜릿을 받고 싶은 마음도 있고, 무엇보다 초콜릿을 잔뜩 안겨주었는데 피치 못할 사정으로 헤어지게 되어 화이트데이에 사탕을 못 받게 되면 두 배로 억울할 것 같아서 더욱 그렇다. 좋아하는 이에게 고백하는 것도, 그러다가 거절당하는 것도 14일 하루면 족하지 않을까? 나이가 들고 연애경험이 늘어가도, 헤어짐에 눈 하나 깜빡 안 할 정도로 무뎌진다거나 거절에 익숙해지는 방법은 절대 배울 수 없는 것이니까.

사랑에 빠진 모든 이들이 밸런타인데이에 직접 초콜릿을 만들어주고 싶어하는 건 너무나 당연하다. 그들의 마음이 초콜릿 안에 녹아들어가고 그 마음은 사랑하는 사람의 입을 통해 마음으로 전해지는, 이토록 섹시하고 직접적인 방법이 또 있을까? 사랑하는 이에게 주고 싶은 초콜릿이란 마음의 표현이 중요한 것인지라, 나는 다양한 모양의 몰드에 넣어 굳히는 초콜릿 제작방법보다는 약간의 크림과 내가 좋아하는 향을 넣어 빚기 좋은 상태로 굳힌 뒤 한 알 한 알 내 체온을 전달해 만드는 트러플을 더 좋아한다. 트러플이란 이름은 세계 3대 진미 중 하나인 송로버섯truffle에서 따온 것인데 트러플의 불규칙적이고 투박한 모양으로 빚어내는 초콜릿 트러플이야말로 수많은 초콜릿 메뉴 중 최고다.

노력과 시간이 필요한 연애처럼, 초콜릿을 맛있게 만들려면 질 좋은 초콜릿을 써야 하는 것은 물론이고, 초콜릿이 타거나 크림이 눋지 않도록 주의하면서 충분히 맛이 배도록 시간을 줘야 한다. 시간을 들이고 정성을 쏟아야 하는 것이 바로 사랑과 초콜릿의 공통점이 아닐는지.

초콜릿은 연애를 시작하려는 이들에게는 힘과 용기를 주는 각성제일지 모른다. 그 옛날, 전쟁터로 생사가 걸린 싸움을 하러 나가는 군사들에게 용기를 북돋기 위해 초콜릿을 녹여 먹였듯이, 사랑과 미움이 뒤엉킨 인간 감정의 치열한 전쟁터인 연애를 이제 시작하려는 이들이 상대와 스스로에게 기운을 주기 위해 초콜릿을 선물하는 것이 아닐까.

답답하고 우울할 때 초콜릿 한쪽을 입에 넣고 부드럽게 녹아드는 맛을 느끼며 잠시나마 괴로운 것을 잊고 다시 삶과 싸울 준비를 갖춰 보자. 이젠 힘들다는 말을 반복하기도 지겨운 세상일들로부터, 무엇보다도 갈수록 더 쓰디써질 우리들의 사랑과도.

제과용 다크 초콜릿 225g
(카카오매스 함량 50~70%)
휘핑크림 또는 생크림 100㎖
럼 1테이블스푼

코팅용 재료들
초콜릿 버미첼리(기다란 쌀같이 생긴)
헤이즐넛 가루
아이싱 슈거
무가당 코코아 파우더
아몬드 플레이크, 코코넛 플레이크 등
입히고 싶은 것을 취향대로

1 초콜릿을 잘게 부숴 담고 따뜻한 물이 담긴 냄비(물이 끓고 있는 냄비가 아님) 위에서 중탕을 해 녹여준다(시간이 좀 걸려도 초콜릿을 아주 천천히 녹여주는 것이 입 안에서 얼렁뚱땅 스르륵 녹는 부드러운 초콜릿 만들기의 핵심이다). 물이 식는다 싶으면 뜨거운 물을 부어주거나 제일 약하게 불을 켜놓고 계속 지켜볼 것.

2 크림을 작은 냄비에 담고 손가락을 넣었을 때 약간 따끈하게 느껴질 정도로 데워준다. 전자레인지에 넣어 25초 정도 돌려도 된다. 따뜻한 초콜릿에 넣었을 경우, 차가운 크림은 초콜릿을 굳게 만들어 부드러운 가나슈가 만들어질 수 없으니, 꼭 크림을 데워 사용할 것. 데워진 크림에 럼을 넣는다.

3 다 녹은 초콜릿을 불에서 내려 데워놓은 크림을 넣고 거품기로 저어준다. 걸쭉해지면서 초콜릿 크림 특유의 만질만질한, 광나는 표면의 느낌이 나기 시작하면 평평한 그릇에 담아 냉장고에 넣는다. 한두 시간 정도, 숟가락으로 떠 손으로 빚을 수 있을 정도의 농도로 굳힌다.

4 코코아 파우더나 견과류 가루, 아이싱 슈가 등의 장식을 접시에 따로따로 담아
놓는다. 굳은 초콜릿을 한 수저 떠내 손바닥으로 동글동글하게 빚어 원하는 맛
의 접시에 굴린 뒤 종이상자에 넣는다. 중간에 손바닥에 초콜릿이 묻으면 끈적
거려 잘 만들 수 없기 때문에 젖은 수건과 마른 수건으로 번갈아 닦아 손을 깨
끗하게 해줄 것.

❊ 럼 대신에 에스프레소 한 스푼, 커피 술인 칼루아Kahlua 한두 방울, 혹은 오렌지껍
질 간 것 한 개분과 쿠앵트로cointreau 한두 방울을 넣어도 된다. 초콜릿과 가장 잘
어울리는 포트와인도 좋다.
질 좋은 에센셜 오일이 있다면 페퍼민트와 라벤더도 좋은 맛을 낼 수 있다. 데워진
크림에 스포이드로 1~2방울 정도 넣을 것.

나눔은
기적

―――

오브리 데이비스 단추수프
이자크 디네센 바베트의 만찬

"아, 맛있어. 정말 맛있다! 내가 지금까지 먹어본 수프 중에서 가장 맛있는 수프인걸!"

"저 꾀죄죄한 거지가 만들었어. 단추로 수프를 끓이다니! 정말 기적이 일어난 거야!"

(…)

마을사람들은 수프를 끓일 때에 꼭 필요한 것은 단추가 아니라는 것을 깨닫게 되었습니다. 그리고 마을사람들은 힘들고 어려운 시절에도 서로 돕게 되었습니다. 수프가 없이도요.

이것이야말로 거지가 남기고 간 진짜 기적이었습니다.

— 오브리 데이비스, 『단추수프』

굶주린 거지가 눈보라를 뚫고 마을에 도착한다. 마음씨 좋은 사람들이 따뜻한 음식을 나눠줄 거라는 기대를 품고. 하지만 대문을 두드리며 간절히 구걸해도 마을사람들 모두 차갑게 외면한다. 이 마을엔 가난 때문에 문과 마음을 굳게 걸어 잠근 사람들뿐이다. 그때 거지의 머릿속에 좋은 생각이 떠오른다.

거지는 예배당지기에게 자기 옷에서 뜯어낸 뼈단추 다섯 개를 내보이며 단추로 맛있는 수프를 끓일 수 있는데 한 개가 모자라니 구해줄 수 있느냐고 묻는다. 예배당지기는 말도 안 되는 소리라고 여기면서도 기적을 바라는 마음에 단추를 구하러 쏜살같이 뛰어나간다. 그리고 단추로 수프를 끓인다는 믿지 못할 말에 호기심을 느낀 마을사람들이 하나둘씩 거지 곁으로 모여든다. 손과 손에 커다란 냄비와 국자, 칼과 그릇, 나무젓가락을 들고.

거지는 단추를 냄비에 넣어 끓이기 시작한다. 물이 끓자 거지가 냄새를 맡아보더니 설탕과 소금, 후추 약간만 있으면 맛이 조금 나아질 텐데, 하고 혼잣말하듯 중얼거린다. 그러자 곁에 있던 사람이 얼른 그것들을 가져다준다. 그 후에도 거지는 계속해서 무엇이 들어가면 좀 나아질 텐데 하며 아쉬워한다. 마을사람들은 저마다 마늘에 당근, 무, 양파, 양배추 등 온갖 재료를 다 가져다준다.

마침내 펄펄 끓는 수프가 완성된다. 기대에 찬 마을사람들이 한 모금씩 맛을 보더니 '세상에서 가장 맛있는 수프'라며 환호성을 올린다. 정말 기적이 일어난 것이다.

나는 이 단추수프 이야기를 친구 집에서 처음 읽었다. 거지가 무얼 갖다 달라고 할 때마다 사람들이 갖가지 양념과 채소 등을 줄지어 운반하는 그림이 어찌나 재밌던지 그 책을 보러 친구 집에 자주 놀러 갔다. 책도 책이지만 귤과 과자 한 봉지 앞에 두고 달랑 방 두 개에 일곱 가족이 모여 사는 친구 집에 비좁게 앉아 두런두런 얘기를 나누는 것이 무척 좋았다. 그 집에서는 책의 내용만큼 마음이 따뜻해지는 기분을 항상 느낄 수 있었기 때문이다.

『단추수프』의 원제는 'Born Button Borscht', 즉 '뼈단추 보르시치'다. 동화책에 나온 것처럼 이런저런 재료들을 다져 넣고 푹푹 끓여도 맛있는 수프가 되지만, 원래 보르시치는 여러 가지 야채를 굵게 채 썰어 만드는 소박한 수프인데 지역마다 특색이 강하다. 제일 유명한 것으로는 '러시안 보르시치'가 있다.

러시안 보르시치는 비트를 넣어 색깔은 아주 빨갛고, 양파와 양배추, 마지막으로 스메타나smetana라고 부르는 사워크림을 한 숟갈 끼얹는다. 비트 대신에 토마토를 넣어 옅은 오렌지색으로 끓여내는 것도 있고, 신맛의 허브인 소렐sorrel을 주원료로 한 녹색 보르시치도 있다. 야채와 고기는 그 지역에서 생산되는 것을 사용하면 좋겠으나 냉장고에 보관해둔 것을 잘게 썰어서 육수에 넣어 끓여주어도 나름대로 맛있는 보로시치가 완성된다. 동유럽의 또 다른 수프인 '굴라시'goulach는 파프리카(채소가 아니라 향신료다)와 쇠고기, 토마토를 주재료로 한 것으로, 수프라기보다 스튜에 가깝다.

건더기가 보르시치처럼 많은 수프로는 미국의 대표적인 가정 요리의 하나인 차우더chowder를 들 수 있다. 옥수수, 감자와 베이컨 등 여러 가지 재료를 넣어 먹는데 해안가에서는 조갯살이나 생선살을 넣기도 한다. 보르시치는 국물이 맑은 반면에 차우더는 밀가루와 버터로 만들어 걸쭉하고 우유나 크림을 더한다는 점에서 많이 다르다.

감자와 호박, 당근 등을 베이스로 해서 끓인 다음 갈아내는 포타주potage, 끓인 다음 치즈를 얹은 빵을 위에 올려놓고 오븐에서 마무리하는 양파수프, 야채와 파스타를 잘게 썰어 넣은 미네스트로네minestrone 등을 소박한 수프로 구분할 수 있다면, 야채와 지방을 제거한 고기를 아주 잘게 썰어 오랫동안 국물을 우려낸 다음 달걀흰자를

다양한 수프들

러시아 보르시치엔 비트가 들어간다

사위크림

러시안 보르시치

비트

차드롤

걸쭉한 크림수프

잉글리시 클램 차우더

건더기(감자, 호박, 당근 등)를 크게 썰어 끓인 다음 갈아낸다

포타주

콩과 파스타도 넣어 끓인다

굵게 썬 야채토마토수프

아주 가늘게 썰어 데친 야채

미네스트로네

맑고 투명

콩소메

고기와 야채를 크게 썰어 넣고 오래 끓인다

포토푀

감자수프지만 육수는 갑각류로

비스크

껍질을 사용 (게, 새우, 가재)

마지막에 위에 치즈와 빵을 얹어 굽는다

양파수프

넣어 아주 투명하게 걸러내는 콩소메consommé나, 고기와 야채를 큰 덩어리째 넣고 오랫동안 끓여서 만든 포토푀Pot au feu, 바다가재나 게, 새우 같은 갑각류의 껍질과 토마토, 허브 등을 넣고 우려낸 국물로 만든 비스크bisque는 요리사의 정성과 기술이 많이 들어가야 하는 고급 수프에 속한다.

국물의 양으로 배를 채운다고 해서 수프는 한때 가난한 사람들이 먹는 싸구려 음식으로 여겨졌다. 하지만 넉넉하게 끓여 나눠 먹는다는 점에서 보면 가장 따뜻하고 마음이 편해지는 음식이라고 할 수 있다. 모든 요리가 다 그렇지만 수프도 만드는 데 정성을 기울여야 한다. 솥에 재료를 넣어 볶다가 물이나 육수를 더한 다음 바닥에 눌어붙지 않도록 계속 저어주고, 재료와 국물의 맛이 서로 배어들 때까지 끈기 있게 기다려야 한다. 나는 수프가 끓기 시작하면 불을 줄이고 뚜껑을 덮은 다음 나무주걱을 올려놓는 그 순간을 가장 좋아한다.

음식을 나눠 먹는다는 것은 무척 성스럽고 거룩한 일이다. 짐작컨대 단추수프 이야기는 마태복음의 그 유명한 오병이어伍餠二魚 기적의 동화 버전이 아닌가 싶다. 물고기 다섯 마리와 빵 두 개로 5천 명을 먹었다는 예수 그리스도의 기적 말이다. 아마 그 이야기는 빵과 물고기를 쪼개는 순간 5천인분이 기적처럼 펑~ 하고 나타났다기보다 예수의 제자들이 나눠 먹으려고 선뜻 꺼내놓은 도시락을 보고 모두들 각자 가지고 온 먹을거리들을 꺼내어 나누다보니 풍족한 잔치가 된 게 아닐까. 그러나 마음을 열고 모두 함께 배부를 수 있었다는 것은 분명, 기적이다.

(…) 바베트가 자매를 보고 살며시 미소 지으며 말했다.

"게다가 제가 어떻게 파리로 돌아가겠어요, 마님들? 돈 한푼 없는걸요."

"한푼도 없다고?"

자매는 동시에 큰 소리로 물었다.

"네."

"하지만 만 프랑은?"

숨 가쁘게 묻는 자매의 가슴이 벌렁거렸다.

"만 프랑은 다 썼어요."

바베트가 말했다. 자매는 자리에 앉았다. 그리고 1분이 족히 지나도록 아무 말도 하지 못했다.

"만 프랑을 다?"

마르티네가 낮은 목소리로 천천히 물었다.

"그럴 수밖에요."

바베트에게서는 깊은 위엄이 흘렀다.

"카페 앙글레에서는 12인분 저녁식사 재료비가 만 프랑이에요."

자매는 다시 아무 말도 하지 못했다. 자매는 바베트의 말을 하나도 이해할 수 없었다. 하지만 이날 저녁에 있었던 일 중 이해할 수 없는 것은 이것만이 아니었다. (…)

필리파의 마음은 사르르 녹아들었다. 잊지 못할 저녁이 다 끝나가나 했는데, 한 사람의 충심과 희생이 기다리고 있었던 것이다.

"바베트, 우리를 위해 가진 돈을 모두 쓰다니."

— 이자크 디네센, 『바베트의 만찬』, 64~65쪽

종교는 때때로 사람을 틀 안에 가둔다. 스스로 절제하지 못하는 인간의 나약함 때문에 수많은 규칙이 생겼겠지만, 그 규칙은 종종 인간으로서 누릴 수 있는 즐거움을 강하게 억누른다. 인간의 끝없는 탐욕과 타락을 막으려면 종교적인 극기와 금욕이 필요할 수도 있다. 하지만 인간의 눈과 귀와 입을 즐겁게 하는 일이 가끔은 인간을 가장 순수한 존재로 만들어주기도 한다. 그게 바로 예술이 아닐까. 요리란 인간의 오감을 즐겁게 해주니 예술이라는 이름에 값할 만하다. 파리에서 레스토랑을 운영하며 수많은 사람들과 교류하고, 그녀의 음식을 먹고 감동한 사람들이 세상을 바꾸는 것을 지켜본 바베트는 노르웨이 시골마을의 식탁에서도 그런 기적이 일어나리라는 것을 알고 있었을 것이다. 정성을 다해 만든 요리가 차려지고 사람들이 모여 함께 먹게 되면 모두 관습에서 벗어나 마음을 열게 될 것이라고. 이처럼 사람의 마음을 여는 기적을 일으키는 그녀가 스스로 예술가라고, 예술가는 가난하지 않다고 소리 높여 이야기하는 것은 너무나도 당연하다.

수프를 끓이는 솥 주변에 둘러 모인 사람들은 모두 평등하다. 소박한 식탁이건 산해진미로 가득한 식탁이건 같은 눈높이로 둘러앉아 함께 음식을 나눈다는 것은 가장 빠르고 확실하게 마음을 나누는 일이다. 그리고 그 모든 잔치에는 나눔을 실천하는 사람들이 있다. 예수 그리스도, 단추수프를 끓인 거지에 이어, 예술가로 칭송받는 최고의 여자 요리사 바베트도 투명한 거북 콩소메 수프로 나눔의 의식을 거행했다. 그녀만의 혼이 담긴 요리로, 오랫동안 스스로를 억압해온 사람들의 마음을 하룻밤에 열어버렸다.

마음이 담긴 요리는 항상 크고 작은 기적을 일으킨다. 하지만 요리 자체만으로는 불가능한 일이다. 여기엔 함께 나눌 사람이 꼭 필요하다. 사람들을 식탁으로 불러 모으는 일도 쉽지는 않지만 사람의 마음을 여는 예술을 하는 사람이 되려면 어떠한 난관에 부딪치더라도 멈추지 말고 계속 사람들과 나누어야 할 것이다. 그러다보면 언젠가는 정말 마음을 움직이는 기적을 일으키는 사람이 될 수 있겠지. 초대와 나눔, 요리가 할 수 있는 가장 큰 기적 아닐까.

양파, 감자 각각 중간 크기 3~4개(450g 정도)
버터 50g
생크림 300g
닭 육수 1.2ℓ
잘게 다진 골파 3테이블스푼
소금과 후추

1 감자와 양파를 깨끗이 다듬은 다음, 감자는 약간 두껍게, 양파는 얇게 썰어놓는다. 감자를 미리 준비할 경우 색이 변하는 것을 방지하기 위해 물에 담가놓는다. 육수와 크림은 따로 계량해놓는다.

2 팬에 버터를 두르고 준비해둔 양파와 감자를 넣어 약한 불에서 전체적으로 투명해지고 버터를 다 흡수할 때까지 7~10분 정도 익힌다(유산지를 덮어 익히면 더 좋다. 이 방법을 '스위트'sweat 라고 하는데 수프 만들기에서 야채의 풍미를 끌어올리기 위한 방법으로 자주 사용된다).

3 육수를 붓고 끓어오르면 불을 줄여 20분 정도, 야채가 다 익을 때까지 끓인다.

4 믹서나 분쇄기에 아주 부드러워지도록 간 다음 깨끗이 씻은 수프냄비에 다시 옮겨 담고 데운 뒤 크림을 첨가한다. 맛을 보고 간을 한 다음, 골파를 뿌려 뜨거울 때 먹는다.

※ 크림은 미리 넣지 말고 데우는 중에 넣어야 맛이 더 좋다. 크림이 너무 진하면 저지방 우유와 반반씩 섞어 넣어도 좋은데 취향에 따라 조절할 것.

화요일엔
모두
팬케이크를

헬런 배너만
꼬마
검둥이 삼보

　　호랑이들은 화가 몹시 났으나, 그래도 상대편 꼬리를 놓치지는 않았습니다. 그리고서 성이 머리끝까지 올라 이제는 어떻게 해서라도 상대편을 잡아먹으려고 나무 둘레를 마구 뱅글거리며 돌기 시작했습니다. 점점 빨리 뛰게 되니까 나중에는 모두 눈앞이 어지러워졌습니다. 그러니 어디에 호랑이 발이 있는지도 분간할 수 없게 되었습니다. 그래도 호랑이들이 점점 빨리 뛰게 되자, 마지막에는 모두 그 자리에 녹아버렸습니다. 그리고 나무뿌리 둘레에는 녹은 버터(인도에서는 그것을 '기이'라 부릅니다만)가 큰물이 괸 자리처럼 번져 있었습니다.

　　한편, 아빠 검둥이 잠보는 커다란 놋냄비를 들고 일터에서 돌아오고 있었습니다. 마침 그곳을 지나다가 호랑이들의 자리를 보고 말했습니다.

　　"아니, 이거 버터 아냐? 아주 좋은 버터인데? 가져다가 엄마 검둥이 맘보에게 요리를 시켜야지." 아빠 검둥이 잠보는 그 버터를 깨끗이 큰 놋냄비에 담아 가지고 엄마 검둥이 맘보에게 가져다주었습니다. 엄마 검둥이 맘보는 이 녹은 버터를 보고 얼마나 좋아했겠습니까?

　　"야, 오늘 저녁은 모두 맛있는 빵을 만들어 먹자!" 하고 엄마 검둥이 맘보가 말했습니다.

　　엄마 검둥이 맘보는, 밀가루, 달걀, 우유, 설탕, 그리고 버터를 준비해서 아주 맛있는 팬케이크를 잔뜩 만들어놓았습니다. 호랑이들에게서 나온 녹은 버터로 구워놓으니 그 팬케이크는 꼭 호랑이 새끼 모양 노랗고 진한 흙색이 되었습니다. 그래서 온 집안 식구가 한데 모여 저녁밥을 먹었습니다. 엄마 검둥이 맘보는 그 팬케이크를 스물일곱 개나 먹었습니다. 아빠 검둥이 잠보는 쉰다섯 개나 먹었습니다. 그런데 꼬마 검둥이 삼보는 백예순아홉 개나 먹었습니다. 아무튼 배가 한참 고팠으니까요.

— 헬런 배너만, 『꼬마 검둥이 삼보』*

한번은 친구와 저녁을 먹으며 이런저런 음식 이야기를 나누는데 불쑥 친구가 이런 질문을 했다. 책 제목과 전체적인 내용은 정확히 기억나지 않지만 호랑이가 녹아 버터가 되는 이야기를 혹시 아느냐고. 기억하다뿐인가. 그 동화 덕분에 어렸을 때부터 버터와 팬케이크에 대한 집착에 가까운 궁금증이 생긴데다가

호랑이를 무서워하기는커녕 오랫동안 식재료인 줄 알고 자라왔다.

삼보의 호랑이 버터로 만든 팬케이크를 아주 잘 기억하고 있다고 말하자, 친구는 엄청나게 반가워하며 자기는 유치원에서 삼보 역할을 맡아 연극도 했었는데 주변 사람들이 그런 동화는 처음 들어봤다며

* 이 글은 오래전에 인터넷 모 동화 사이트에서 인용한 것이다. 주변의 많은 사람들이 이 삼보 동화를 모르듯이 원본 텍스트도 이제는 찾아보기 어렵다.

호랑이 버터가 웬 말이냐고 할 때마다 답답해서 혼났다고 했다. 하긴 내 주위에도 이 이야기를 아는 이가 아주 드물었고, 호랑이가 뱅글뱅글 돌다가 버터가 되었다고 한참 설명하고 나면, 멍든 데 바르는 호랑이 기름을 말하는 것이냐고 엉뚱한 대꾸를 하는 사람도 꽤 있었다.

사람들이 잘 기억하지 못하는 데는 이유가 있다. 이 동화가 유아를 위한 동화책임에도 불구하고 검둥이라는 표현을 쓰고, 팬케이크를 엄청나게 먹어치우는 모습으로 흑인을 희화화한 탓에 전 세계적으로 출판이 금지되거나 삼보란 이름 대신 다른 이름을 붙여야 했기 때문이다. 그래서 아쉽게도 모든 사람들이 다 아는 동화가 될 기회를 놓쳐버린 것 같다.

하지만 그 책을 읽었을 때를 돌이켜보면, 팬케이크를 먹는 흑인이 무식해 보인다기보다 나도 호랑이가 버터로 변하는 광경을 목격하고 삼보 옆에서 팬케이크를 같이 먹고 싶다는 생각을 하며 군침을 흘렸을 뿐이다. 삼보를 괴롭히던 호랑이가 사냥꾼에게 죽임을 당하는 것도 아니고 뱅글뱅글 돌다가 맛난 버터가 되어 팬케이크로 다시 태어나는 내용이니, 어린이의 눈높이에 딱 맞는 재미난 이야기가 아닌가? 단지 동화일 뿐인 것을 인종차별이라는 어른들의 잣대로 어린아이들의 마음속에 괜한 불신의 벽을 쌓은 것 같아 안타깝다.

호랑이가 녹아서 변한 건 정확히 말하면 '기이'ghee라고 불리는 정제버터다. 물소 젖으로 만든 버터를 천천히 끓이면 밑에 우유 단백질과 불순물이 가라앉고 맑은 우유지방만 남게 되는데 이 맑은 버터가 바로 기이다. 버터를 끓여 정제해놓으면 실외에서도 잘 상하지 않고 발화점도 높아져 튀기거나 볶는 기름으로 쓸 수 있고 고소한 맛이 살아나 빵이나 야채를 찍어 먹는 간단한 소스로도 사용할 수 있다. 서양 요리에서는 옛날에 고기나 생선을 곱게 갈아 양념한 파테

파테를 그릇에 담고
정제 버터를 위에 부어
굳히면 미생물로부터 보호
되고 맛도 좋다

pate 또는 병조림 등이 상하지 않도록 음식 표면을 덮어 보존하는 용도로 종종 이용되기도 했다.

『꼬마 검둥이 삼보』의 작가 헬런 배너만은 의사인 남편을 따라 인도로 가서 오랫동안 생활했기에 인도의 정글과 호랑이, 그리고 까무잡잡한 인도 꼬마들, 인도의 식재료인 기이를 동화 속에 넣었을 것이다. 그런데 호랑이 색으로 노릇하게 구워 온 가족이 배 터지게 먹은 팬케이크는 도대체 어떤 것이었을까? 백예순아홉 개나 먹었다는 것은 물론 과장이겠지만 어떤 팬케이크이기에 그렇게 많이 먹을 수 있었을까?

지은이가 영국 사람인 것으로 보아 아마도 스카치 팬케이크scotch pancake 또는 드롭 스콘drop scones이라고 불리는 작은 팬케이크인 듯싶다. 10센티미터 정도로 작게 부치는 드롭 스콘은, 스콘처럼 오븐에 넣어서 굽지 않고 잘 달구어진 팬에 묽은 반죽을 떨어뜨리듯drop 굽는다고 해서 그런 이름이 붙었다.

인도가 배경이니만큼 혹시 다양한 인도의 팬케이크 중 하나가 아닐까도 생각해봤지만 밀가루, 달걀, 우유, 녹인 버터 등 팬케이크의 재

얇고 바삭하고
그게 굽는다

안에 감자가
들어 있기도

요거트
소스

커리
소스

처트니

도사

료를 동화에서 제대로 언급해주고 있으므로 정통 드롭 스콘 쪽이 확실한 것 같다. 아침식사나 간식으로 종종 먹는 인도의 팬케이크 도사dosa는 주로 쌀가루나 렌틸콩을 갈아 물로 반죽해 구워내는 것이 보통이다. 팬케이크나 크레페에는 녹인 버터를 넣어 굽지만 도사에는 찍어먹도록 따로 곁들인다는 점이 다르다.

팬케이크 이야기를 하자면 며칠 밤을 새도 모자랄 것 같다. 인류가 불을 이용해 요리를 시작하고 여러 가지 조리법을 고안해 풍성한 식문화를 발전시켜왔지만, 오히려 가끔은 가장 간단한 조리법이 그 나라의 식재료와 문화, 사람들의 생활까지 두루 투영해 보여주기도 한다. 세계 어느 나라에서나 수확하는 곡물(탄수화물)을 액체에 개어 재료를 곁들여 굽거나 구운 뒤에 다른 요리를 곁들이곤 하는 팬케이크야말로 대표적이고도 완벽한 예가 될 것이다.

우리나라의 빈대떡이나 전, 부꾸미나 메밀전병은 물론이고 콩이냐 세몰리나냐 메밀이냐에 따라, 또 들어가는 향신료와 필링에 따

사워크림 메밀가루 팬케이크

캐비아

보드카

블리니

라 수십 가지 종류가 있는 남인도의 얇은 팬케이크 도사, 사과를 넣기도 하는 독일의 판쿠헨 Pfannkuchen, 두껍게 부쳐서 메이플 시럽과 큰 버터 조각, 블루베리나 딸기를 곁들여내는 미국식 팬케이크, 캐비아와 사워크림을 곁들여 먹는 러시아의 메밀 팬케이크 블리니Blinis, 프랑스 전역

에 퍼져 있는 얇은 팬케이크 크레페, 이탈리아 토스카나 지역에서 볼 수 있는, 군밤가루로 부치고 리코타 치즈를 발라 돌돌 말아 먹는 네치necci, 옥수수가루나 밀가루로 만든 멕시코의 토르티야Tortilla와 브라질의 타피오카 팬케이크 비주Biju까지, 쓰고 발음하기 어려운 동유럽과 북유럽의 팬케이크들과 중국의 수많은 전병들과 베트남의 쌀종이를 이용한 수많은 요리, 단팥을 끼운 일본의 팬케이크들과 오코노미야키까지 리스트는 끊이지 않고 이어진다. 이렇듯 간편하고 맛있는 팬케이크에는 재미있고 깊은 종교적 의미도 숨어 있다.

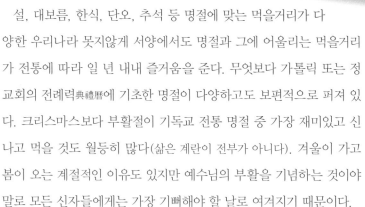

▲ 멕시코의 토르티야
▼ 브라질의 비주

설, 대보름, 한식, 단오, 추석 등 명절에 맞는 먹을거리가 다양한 우리나라 못지않게 서양에서도 명절과 그에 어울리는 먹을거리가 전통에 따라 일 년 내내 즐거움을 준다. 무엇보다 가톨릭 또는 정교회의 전례력典禮曆에 기초한 명절이 다양하고도 보편적으로 퍼져 있다. 크리스마스보다 부활절이 기독교 전통 명절 중 가장 재미있고 신나고 먹을 것도 월등히 많다(삶은 계란이 전부가 아니다). 겨울이 가고 봄이 오는 계절적인 이유도 있지만 예수님의 부활을 기념하는 것이야말로 모든 신자들에게는 가장 기뻐해야 할 날로 여겨지기 때문이다.

특히 40일간의 사순 시기가 시작되는 주의 화요일은 참회 화요일 Shrove Tuesday, 패트 튜즈데이Fat Tuesday라고 불리는 일명 팬케이크 데이다. 반면 정교회는 재의 수요일Ash Wednesday 없이 월요일에 사순을 시작해 그 전 주간을 팬케이크 주간Maslenitsa으로 삼고 축제를 벌인다.

팬케이크 데이는 금육과 절제를 엄격히 수행해야 하는 사순 시기를 시작하기 전, 부엌에 남아 있는 사순 때의 금지 음식인 고기나 버터, 우유, 특히 달걀 같은 음식을 다 먹어치워버리기 위해 생겼다. 절제와 참회를 실행하기 전 마지막으로 인간적 식욕을 발산하는 날이다. 전 세계적으로 카니발이나 가면무도회, 사육제, 지역 고유의 거리행진 페스티벌이 집중적으로 열리는 시기가 바로 사순 전의 팬케이크 데이와 맞물린 것도 한몫했다.

단식과 금육을 반복해야 하는 절기가 다가오니 마지막으로 달걀과 지방이 들어간 음식을 만들어 실컷 나눠 먹어보자고 모두가 의기투합한다. 다음날 다이어트를 시작하려고 결심한 사람이 전날 잔뜩 먹어두는 것에 비교할 수 있을까? 화요일에 실컷 배불리 먹고 다음날인 재의 수요일에 단식에 들어가 미사에 참석하고 머리에 재를 뿌려 참회하며 부활까지의 여정을 시작하게 된다.

크리스마스나 부활절도 좋아하지만 나는 개인적으로 팬케이크 데이를 더 좋아한다. 기념하는 내용이 굉장히 인간적이어서다. 게다가 팬케이크는 서민들의 식재료라 할 달걀을 듬뿍 사용할 뿐 아니라 만들기도 간편하며, 프라이팬을 휘둘러 던졌다 받아내는 퍼포먼스의 재미까지 있으니 축제 음식답다. 힘든 고행을 시작하기 전, 팬케이크를 기름지게 만들어 먹으며 한번 신나게 즐겨보자는, 인간적인 너무나 인간적인 분위기가 아주 마음에 든다. 언젠가 브라질에서 생애 처음으로 카니발을 경험했을 때, 밤새 노래하고 춤추며 흥겹게 노는 사람들의 행복한 모습을 보고 사순 이전의 축제를 정말 잘 즐기고 싶어하는 이들의 마음을 다시 한번 느낄 수 있었다.

매년 달력에 팬케이크 데이를 표시해두고 어떤 팬케이크를 구울까 즐겁게 고민한다. 메밀가루를 좀 섞고 오트밀을 넣어 약간 뻑뻑하게 부치는 버몬트 스타일의 팬케이크도, 드롭 스콘을 만들어 잉글리시 커스터드를 곁들이는 것도 맛있을 것 같다. 모든 이들과 나의 행복을 위해 팬케이크를 뒤집으며 작은 소망도 빌어본다. 종교적인 의미를 떠나 모든 이들이 즐겁게 노는 카니발처럼, 칼로리 따위는 신경 쓰지 않고 두툼하게 구운 팬케이크를 높게 겹쳐놓고 메이플 시럽을 부어 먹거나, 얇디얇은 크레페를 잔뜩 부쳐놓고 크림이나 녹인 초콜릿, 과일, 또는 햄이나 치즈를 곁들여 신나게 먹어대는 크레페 파티를 여는 것도 아주 재미있을 듯하다.

한 번도 만들어본 적 없다고 두려워하지 말자. 자기 입맛에 맞는 가루로 결이 고운 반죽을 만들고 팬을 잘 달궈 익히면 남녀노소 누구나 팬케이크를 만들 수 있다. 처음에 잘못 부친 팬케이크에 의기소침해하지 말자. 옛 러시아 속담에 "첫 번째 블리니는 누구나 실패한다"라는 말이 있으니. 김치전이나 달래와 바지락 살을 썰어 넣은 봄 향기 가득한 해물전도, 수수부꾸미나 메밀총떡도 안 될 것 없지 않을까?

▲ 메밀 블리니
▼ 옥수수 팬케이크

 중력분 120g
소금 약간
달걀 2개
우유 210㎖
물 90㎖
식용유 또는 녹인 버터 1테이블스푼

1 볼에 밀가루와 소금을 넣고 섞는다.

2 밀가루 가운데에 우물 모양을 만들어 달걀을 깨어 넣는다.

3 다른 그릇에 우유와 물을 섞어놓는다.

4 나무주걱으로 달걀과 밀가루를 섞고 물과 우유를 조금씩 더하면서 계속 젓는다. 진한 크림과 같은 상태가 될 때까지 멍울이 생기지 않도록 잘 저어준다.

5 기름 또는 녹인 버터를 넣고 다시 한번 저어준 다음 30분 정도 숙성시킨다.

6 큰 팬케이크부터 작은 팬케이크까지 원하는 대로 다양한 모양으로 구워서 시럽이나 잼, 거품 낸 생크림, 신선한 과일 등을 곁들여 먹는다.

　※ 건포도나 마른 과일을 넣어서 구워도 좋다.
　※ 구울 때의 요령은 팬을 잘 달궈 기름을 두른 뒤 키친타월로 기름이 살짝 발려 있는 정도로만 닦아내 약한 불에 천천히 굽는 것이다.

가난했던
그 시절

하시다 스가코 오싱
권정생 몽실 언니

(…) 가요는 얼굴을 잔뜩 찌푸리며 입에 넣었던 밥을 얼른 뱉어냈다.

"이게 뭐야?"

"무밥이라는 거다."

"왜 이런 걸 줘요?"

오싱은 미안한 생각이 들어 가요에게 조심스럽게 말했다.

"제가 만든 건데, 맛이 없지요?"

"오싱이?"

"저는 그리워서요… 맛있네."

부지런히 무밥을 떠 넣는 오싱을 바라보며 가요는 어처구니가 없다는 표정을 지었다.

"잘 먹는구나! 난 싫어. 하얀 밥 갖고 와."

계속되는 가요의 투정을 지켜보던 구니가 근엄한 목소리로 말했다.

"가요, 잘 들어라. 오싱은 말이다, 우리 집에 오기 전까지 이 무밥으로 살았다. 오싱뿐만 아니야. 세상에는 무밥만 먹는 사람들이 수두룩하단다. 그것도 못 먹을 때가 있어."

― 하시다 스가코, 『오싱』 제2권, 38~39쪽

1980년대 후반에 우리나라에서도 대유행한 일본 소설 『오싱』은 오싱이라는 여자가 태어나서부터 노년까지 그야말로 갖은 고생을 다 하는 내용이다. 그녀는 가난한 소작농의 딸로 태어나 매일 무밥만 먹다가 일곱 살에 쌀 한 가마니에 팔려 더부살이를 간다. 하지만 일 년도 채 못 가 도둑 누명을 쓰고 도망쳐 나온 뒤, 다시 가가야라는 큰 쌀 도매상에서 열여섯 살이 될 때까지 고된 더부살이를 한다.

어느 날 오싱은 우연히 사회주의 지식인 고우타를 만나 첫사랑을 느끼지만, 운명의 장난인지 가가야 집안의 큰딸 가요도 고우타에게 반하는 바람에, 오랫동안 우정을 쌓아온 둘은 극한 감정의 대립을 보인다. 결국 고우타가 오싱에게 보낸 편지를 몰래 읽은 가요는 오싱 대신 고우타를 만나 도쿄로 떠나고, 이 일로 집안이 발칵 뒤집히자 오싱도 그 집을 떠나 도쿄로 간다.

그 뒤 오싱은 미용사로 독립하고, 양복점 사장 류조를 만나 결혼도 한다. 상인의 재능을 보이는 오싱은 남편의 아동복 사업을 돕고, 마침내 둘이 공장을 개업하던 날 관동대지진이 발생해 모든 것을 잃고 만다. 그 뒤 혹독한 시집살이와 둘째아이의 유산, 시댁으로부터의 탈출, 큰아들의 전사, 그리고 우여곡절 끝에 결합한 남편이 할복자살하는 비극적 사건까지 오싱을 힘겹게 하는 일은 끊이지 않는다.

헤어날 수 없는 가난, 견디기 힘든 배고픔이란 도대체 어떤 것일까? 몸의 독소를 제거한다는 핑계로 서너 번 단식을 해본 일은 있지만 먹을 것이 전혀 없는 절박한 상태에서 느끼는 배고픔이란 겪어본 적이 없다. 하지만 그것이 작정하고 하는 단식의 허기짐과는 비교도 할 수 없으리란 건 짐작할 수 있다. 배고픔은 항상 그 어떤 재앙보다 죽음과 직접적으로 맞닿아 있다. 아프리카를 비롯해 지구촌 곳곳에서 기아에 허덕이고 있는 아이들의 모습은 누가 보아도 죽음 그 자체니까.

나 자신이 직접 전쟁과 지독한 가난을 겪어보지 않은 터라, 그 당시의 궁핍이 궁금할 때마다 부모님에게 이것저것 물어보게 된다. 우리 외가는 6·25전쟁 때 둘째아들을 군대에 보냈다는 이유로 북한군에게 몰살당할 위기에 처했을 정도로 전쟁을 혹독하게 치렀지만, 정작 엄마는 그때 그렇게 심하게 굶은 기억은 없다고 한다. 지금 돌이켜보면 분명 보릿고개에 배를 곯기도 했을 테지만, 그때는 가족과 함께 당연히 겪어야 하는 일인 줄 알고 그냥 받아들였기 때문에 막상 배를 곯은 기억은 잘 나지 않으신단다. 그저 누가 오면 끓이고 있던 죽에 물한 바가지 더 부어서 나눠 먹던 기억이 있을 뿐. 가족이 무사하고, 굶지 않으면 그것으로 행복하다고 여기던 나날이었던 것이다. 물론 부잣집에서 태어나 맛 좋은 음식들을 먹다가 전쟁과 보릿고개를 겪었다면 상대적으로 더 비참함을 느꼈겠지만, 엄마는 당연하다고 생각하고 받아들였기에 그다지 고통스럽지 않았는지도 모른다. 혹은 엄마가 유난히 식탐이 없는 분이라 배고픔의 고통을 쉽게 이겨냈는지도 모른다. 하지만 아주 오랜만에 만난 엄마의 동창 친구는 엄마를 보릿고개가 힘들다는 내용의 시를 쓴 친구로 또렷하게 기억하고 있다고 했다. 어쩌면 엄마는 힘들었던 기억을 일부러 잊으려고, 별로 배고프지 않았다고 스스로에게 또 다른 이들에게 반복해서 말함으로써 자기 자신의 기억을 바꿔왔던 건 아닐까?

오싱이 배불리 먹어보고 싶다고 했던 무밥도 어린 시절 엄마의 겨울 식탁에 종종 올랐던 음식이란다. 가을에 수확해도 겨울이 되면 벌써 모자라기 시작하던 쌀. 밥의 양을 늘리기 위해 무나 우거지를 넣어 밥을 지은 다음 된장이나 간장으로 비빈 무밥이나 우거지밥은 겨울에 늘 먹던 음식이었다. 쌀이 모자랄수록 무나 우거지의 양이 더 늘어났을 것이다. 그때는 맛도 모르고 먹었지만, 지금은 가끔 다 같이 둘러앉아 서로의 체온을 반찬 삼아 나누어 먹던 무밥이 그리워질 때가 있다고 한다(여행 중에 돈을 아끼느라 일주일간 삶은 달걀 열 개, 작은 바게트 하나와 수돗물로 버텼던 내 배낭여행 때의 기억이 요즈음 조금씩 그리워지는 것과는 아무래도 비교하면 안 될 것 같다).

대보름이 지나고 봄이 오면 보릿고개가 본격적으로 시작되는데, 그때 쌀이 떨어지면 밀가루나 수수, 좁쌀 등을 굵게 갈아 막 땅을 뚫고 나오기 시작한 연한 풀잎과 나물을 넣고 풀죽을 끓여 하루하루를 버티면서 보리 추수를 기다린다. 나이 드신 분들의 이야기를 들어보면 보릿고개만큼 사연도 많고 서러운 시간도 없는 듯하다.

아주머니는 그 말에 대답 않고 나가더니 부엌에서 싸늘하게 식은 수수 풀떼기를 가지고 왔다.

"낮에 먹던 거야. 우선 시장한데 이걸 먹어라."

"아주머니, 우리 난남이는 암죽을 끓여줘야 해요."

몽실은 수수 풀떼기 그릇을 그냥 앞에 두고 난남이 걱정을 했다.

"아기 말이니? 어떻게 끓이니?"

"쌀이 있으면 조금만 주세요. 제가 씹어서 끓일게요."

"쯧쯧…"

아주머니는 측은한 눈으로 난남이를 들여다보고는 일어서서 뚝배기에 쌀을 한줌 담아왔다.

"너희네도 전쟁을 사납게 겪었구나."

아주머니는 자꾸 혀를 찼다. 몽실은 수수 풀떼기를 밀어놓고 쌀부터 씹었다.

"배고픈데 풀떼기 먼저 먹잖고…"

"아기가 더 배고플 거여요."

몽실은 열심히 쌀을 씹었다.

— 권정생, 『몽실 언니』, 152~153쪽

몽실 언니도 오싱만큼이나 줄기차게 고생하는 캐릭터다. 일제강점기가 끝나고 모두가 어려웠던 시절, 몽실은 돈 벌러 간 아버지 몰래 가난을 벗어나고자 다른 집으로 시집간 엄마를 따라 새아버지와 함께 살게 된다. 처음에 잘해주던 새아버지가 남동생이 태어나자 몽실을 하녀처럼 대하기 시작한다. 설상가상으로 화가 난 새아버지가 몽실을 밀치는 바람에 몽실은 봉당 끝에서 떨어져 절름발이가 된다. 그뒤 몽실은 고모를 따라 다시 친아버지가 사는 집으로 돌아오지만, 아버지는 곧 재혼하고 새어머니는 아이를 임신한다.

전쟁이 일어나고 아버지가 전쟁터에 끌려간 뒤, 폐병을 앓아 원래 허약했던 새어머니는 딸을 낳고 죽는다. 배다른 피붙이 동생을 돌봐야 하는 몽실은 먹고살 길이 막막하여 재가한 엄마를 찾아가 겨우겨우 살고 있는데, 전쟁터에서 다리를 다친 아버지가 나타난다. 전쟁의 끝, 지독한 보릿고개에 구걸하며 이복동생을 먹여 살리고, 아버지까지 돌봐야 하는 몽실의 이야기가 눈물겹다.

솔직히, 나는 지금까지도 이 이야기가 왜 아동문학으로 분류되는지 모르겠다. 물론 전쟁의 잔혹함을 알리고 전쟁이 모두를 불행하게 하는 일이라는 것을 깨닫게 해주는 이야기임에는 분명하지만 '끝까지 인간다움을 잃지 않는 몽실의 강인한 삶과 인간애가 모두에게 희망을 주는' 이야기라는 데는 동의하지 못하겠다. 내 생각에 이 책은 어린아이가 읽기에는 희망보다 공포를 느끼게 하는 슬픈 이야기다.

사실 『몽실 언니』는 1981년 울진의 시골 교회 청년회지에 연재를 시작했다가 『새가정』이라는 교회 여성잡지에 옮겨 연재하던 중 당국의 압력을 받아 연재가 중단되었다. 9회와 10회에 인민군이 나오는 대목이 문제가 되었는데, 이후 연재가 재개되면서는 일부 내용이 잘려 나간 채 실리게 되었다는 것이다. 그 바람에 이어질 일부 내용이 빠질 수밖에 없었고, 원래 원고지 1천장 분량으로 예정된 내용이 7백장으로 마무리되었다고 한다.

그런 이유로 원고가 검열된 건 물론 유감스러운 일이지만 어쨌건 몽실이 꼽추를 만나 결혼한 뒤 결핵에 걸린 동생을 돌보는 그 고통스러운 과정을 더 길게 볼 수 없는 것이 내겐 차라리 다행이었다. 특히 1980년대 초반에 초등학교를 다닌 나는 '공산당＝전쟁＝기아'라는 공식으로 결론이 나는 반공교육을 받으며 자랐기에, 전쟁에 관한 묘사는 읽는 것만으로도 무섭고 힘들었다. 왜 사람으로 태어나 그렇게 힘든 시간을 보내야 하는 것인지 마음이 아팠다. 어린 시절 내 머릿속에 주입된 공식에 따르면 전쟁은 공산당이 일으키는 것이고 그 전쟁은 곧 기아와 죽음으로 연결되었기 때문이다.

우리 할머니는 일본으로 징용 간 할아버지와 얼굴 한 번 본 적 없이 사진으로만 선을 보고는 배를 타고 할아버지를 찾아갔다고 한다. 그렇게 해서 일본에서 태어난 아버지는 아홉 살, 한국전쟁이 일어나기 직전에 가족과 함께 고향으로 돌아왔지만 정착은커녕 아무것도 할수 없었던 한 가족의 생활고는 말할 수 없이 비참했다. 할머니는 생선을 팔아 하루하루 끼니를 이었고, 고향에 돌아왔음에도 가장 어려

•아빠의 꿈의 밥상

흰 쌀밥

갈치구이

딸이 구운 빵

잉글리시 브렉퍼스트

운 상황에 처해 모든 의욕을 상실한 할아버지가 밖으로만 도는 바람에 아버지와 형제자매들의 고생은 말로 다 하기 힘들 정도였다고 한다. 그중에서도 아버지가 기억하는 가장 가슴 아픈 일은 잘사는 친척이 흰밥에 갈치구이며, 당시 막 들어오기 시작한 식빵을 맛나게 먹는 걸 지켜만 봐야 했던 것이다. 한창 자랄 때 넉넉히 먹지 못한 서러움 때문인지 아버지의 음식에 대한 애착은 지금도 꽤 강한 편이다. 때로는 귀찮아하면서도 결국에는 아빠를 위해 빵을 굽고 파스타를 만드는 것은 먹고 싶은 것조차 제대로 못 먹고 차별받던 어린 시절의 아빠에 대

한 연민 때문이다. 왜 배고팠던 기억은, 먹는 것으로 차별받은 기억은 그렇게 잊히지 않고 지독하게 아픈 것일까?

이젠 대다수 국민이 먹는 것으로 고통받지는 않을 정도로 풍요를 누리고 있는 지금 가난한 시절을 되돌려 생각해보기란 쉽지 않다. 하지만 아직도 주변에는 먹을 것이 없어서 죽어가는 이들이 너무나 많다. 배고픔의 절박함을 완전히 이해하진 못하지만 텔레비전에서 보는 굶는 이들의 모습이 밤새 눈에 밟히고 숟가락도 들기 미안할 때가 많다. 세계의 한편은 식량이 남아돌아 먹어서 병이 생기고 몸매를 위해 스스로 굶기를 선택하는 인간들이 넘쳐나는데도 지구의 가난과 굶주림은 여전히 해결되지 않는다. 남아도는 것을 모자란 이들에게 주는 이 간단한 일이 왜 실행되지 않는 걸까.

먹을 것이 없어 산에 있는 도토리를 주워 먹고 변비에 걸려 꼬챙이로 항문을 파내고도 다시 도토리를 주워 먹는다는 북한 어린이들, 내가 여행을 하는 동안 늘 마주쳤던 구걸하는 데 도가 튼 세계 여러 나라의 아이들. 내가 캔에 든 음료수를 마시다 말고 버릴 곳을 찾자 대신 버려주겠다며 동전을 구걸하더니 동전과 캔을 들고 사라져서는 동전은 우두머리 형에게 바치고 캔에 남은 음료수는 자기가 마시던 브라질의 한 소년이 떠오른다. 인간으로서 당연히 누려야 하는 최소한의 것, 적어도 따뜻한 밥을 먹고 굶지 않아도 되는 권리마저 허락되지 않는 가련한 이들이 너무나 많다. 그들을 볼 때마다 나는 간절히 되묻는다. 모든 이를 공평하게 사랑하신다는 하느님, 당신은 도대체 어디 계신 건가요?

 쌀과 무채 썬 것을 같은 양으로
(쌀이 한 컵일 때 무채 썬 것도 한 컵)
양조간장 1컵
달래 200g
고춧가루 5테이블스푼
통깨 3테이블스푼

1 씻어서 불린 쌀에 무채를 섞고 물을 잡는다. 무가 있더라도 적게 잡지 말고 쌀
   의 양에 따라 보통 밥 짓듯 물의 양을 정해 밥을 짓는다. 전기밥솥을 이용해도
   좋다.

2 달래는 깨끗이 씻어 5mm 정도의 크기로 잘게 다진다. 간장과 고춧가루, 통깨를
   모두 섞는다. 참기름을 넣고 싶다면 먹을 때마다 조금씩 섞으면 된다. 무와 우거
   지, 시래기, 콩나물, 감자, 고구마 모두 재료로 사용할 수 있다.

먹고 나면
다
좋아질 거야

———

레이몬드 카버 사사롭지만 도움이 되는 일

요시모토 바나나 키친

　　제과점 안은 무척 따듯했다. 호워드는 테이블에
서 일어나 코트를 벗었다. 그리고 앤이 자기 코트를
벗는 것도 도와주었다. 제과점 주인은 한동안 그들
을 쳐다보더니, 고개를 끄덕이고는 일어섰다. 그는 오
븐으로 다가가 스위치 몇 개를 돌린 다음, 어디서 잔을 찾아오더니 커피메이
커에서 커피를 따랐다. 크림통과 설탕통도 가져와 테이블 위에 놓았다.

　　"당신들 뭘 좀 먹는 게 좋을 것 같소." 제과점 주인이 부드럽게 말했다. "내
가 만든 핫 롤을 좀 들어보지 않겠소? 일단은 든든히 먹어둬야 견뎌낼 수가
있는 법이오. 뭔가를 먹는다는 건 아주 사소한 일이지만, 이런 때는 그보다
더 좋은 일도 없을 거요."

　　그는 막 오븐에서 꺼낸 따뜻한 계피빵을 가져왔다. 겉에 입힌 설탕물이 아
직 채 마르지도 않은 상태였다. 제과점 주인은 버터와, 버터를 바를 나이프
도 테이블 위에 꺼내놓았다. 그런 다음 그는 테이블에 앉아서 그들이 먹기를
기다렸다. 이윽고 호워드와 앤은 쟁반에서 빵 한 조각을 집어 들고 먹기 시작
했다. "뭔가를 먹는다는 건 좋은 일이오." 제과점 주인이 그런 그들의 모습을
바라보고 있었다. "빵은 얼마든지 있소. 먹고 싶은 만큼 얼마든지 먹어도 좋
아요. 여긴 이 세상의 모든 빵이 다 있으니까."

　　호워드와 앤은 빵을 먹고 커피를 마셨다. 앤은 갑자기 배가 고파졌고, 빵
은 따뜻하고 달콤했다. 앤이 쉬지 않고 세 조각을 먹어치우자, 제과점 주인은
흐뭇한 눈길로 그녀를 바라보았다.

(…)

(…) 빵 냄새보다 더 좋은 꽃향기는 어디에도 없는 법이다.

(…)

호워드와 앤은 그가 내미는 빵의 냄새를 맡아보았다. 그러자 제과점 주인
은 맛도 한번 보라고 권했다. 당밀 맛과 굵은 밀가루 알갱이 맛을 느낄 수 있
었다. 호워드와 앤은 제과점 주인의 말에 귀를 기울였고, 더 이상 먹지 못할
때까지 빵을 먹었다. 그 검은 빵도 맛있게 씹어 넘겼다. 그 빵은 삼키는 기분
은 마치 현란한 형광등 불빛 속에서 가슴까지 시원한 햇빛 아래로 나온 것
같은 맛이었다.

— 레이몬드 카버, 「사사롭지만 도움이 되는 일」,
『사랑에 대해서 말할 때 우리들이 하는 이야기』, 279~281쪽

앤과 호워드 부부에게는 스카티라는 아들이 있다. 아들의 생일이
다가오자 엄마 앤은 쇼핑센터 제과점에서 특별하게 디자인해 제작한
생일케이크를 주문한다. 하지만 며칠 뒤 스카티는 뺑소니차에 치여
사경을 헤매고 부부는 초조하게 아들이 깨어나기를 기다린다. 그렇게
숨 막힐 듯 불안한 시간을 보내는 동안 그들 부부의 집으로 계속 전
화가 걸려온다.

받으면 아무 말 없이 끊어버리는 전화에 부부는 신경쇠약에 걸릴 지
경이다. 케이크를 주문해놓고 찾아가지 않아서 제과점 주인이 보복성
전화를 걸어대는 것이었다. 기다린 보람도 없이 결국 아들이 죽자, 아
무 말도 하지 않고 끊는 전화벨 소리에 앤은 드디어 폭발한다. 제과점

에 가서 아들의 죽음을 알리며 화를 내는 앤 부부에게 제과점 주인은
용서를 빌고 부부를 조금이라도 위로코자 방금 구운 빵을 대접한다.

우리는 살아가면서 종종 견디기 힘든 슬픔을 겪게 된다. 십대를 보
내며 성장 과정에서 느끼는 뜻 모를 외로움이나 고독과는 비교도 되
지 않을 만큼 힘든 일들과 부딪힌다. 그중에서도 가장 괴로운 것은 사
랑하는 사람의 죽음으로 예고 없는 이별을 하는 것이 아닐까? 사랑
하고 의지하는 사람을 잃은 채 인생을 살아가야 하는 상실의 크기와
깊이를 과연 누가 온전히 이해해줄 수 있을까?

상갓집에 문상을 가서 슬픔에 겨워 몸도 가누지 못하는 지인을 보
면서 우리는 무심코, 하지만 그 상황에서 가장 최선일 수밖에 없는
위로의 말을 건넨다.

"밥은 먹었니?"

"잠은 좀 잤니?"

"산 사람은 살아야지…"

"또 좋은 사람 만날 수 있을 거야."

산 사람은 살아야 한다는 것, 견뎌야 한다는 것이 가장 힘들고 죄 짓는 듯한 기분이 드는 이들에게, 우리는 그 허전함을 배고픔과 연결시켜 밥 한 그릇으로 손쉽게 극복하기를 빌어준다. 슬픔에 잠긴 사람 역시 그토록 힘든 상황에서 허기를 느끼고 밥이 입으로 들어가는 것을 혐오스러워하면서도, 살기 위해서는 잊어버리기 위해서는 무언가 먹어야 한다는 것에 무의식적으로 동의하게 된다. 정말이지, 산 사람은 살아야 하니까. 따뜻한 국밥도 좋고 치킨수프도 좋고, 시럽에 방금 들어갔다 나온 따끈한 도넛도 좋다. 아무 생각이 안 날 만큼 달거나 기름지거나 매운 음식도 좋다. 그리고 그렇게 큰 슬픔을, 무언가 먹는다는 매일같이 반복되는 단순한 일로 극복하기 시작한다. 늘 그렇듯이, 일상을 반복하다보면 슬픔은 엷어지고 빈자리는 또 다른 일과 새로운 사람으로 채워진다. 무언가 먹어둔다는 것은 정말 사소하지만 도움이 되는 일임에 분명하다. 음식이 할 수 있는 가장 좋은 일 중 하나는 바로 위로다.

하지만 쉬운 일상처럼 보이는 이 일, 요리를 만들어 누군가에게 말을 건넨다는 것은 일견 간단해 보이지만, 복잡한 일이다. 한 접시 안에 위로하고 싶은 마음만 담기는 법은 드물다. 여러 가지 재료가 들어가는 것처럼, 누군가를 위해 요리를 한다는 것은 수없이 많은 감정을 뒤섞는 일이기 때문이다.

요시모토 바나나의 소설 『키친』에서도 따뜻한 밥을 함께 나누는 것으로 위로받는 이들에 대한 이야기가 나온다. 주인공인 미카케는 할머니가 돌아가시고 의지할 데 없는 고아가 되지만 냉장고가 웅 하고 울리는 소리에 위안을 받았던 기억이 있다. 어느 날 홀로 된 그녀를 가족으로 받아준 에리코 씨가 죽자, 그녀는 슬픔에 젖어 엎드려 우는 대신에 이제 자기처럼 고아가 되어버린 유이치(에리코 씨의 아들)와 따뜻한 음식을 나누어 먹으며 위안을 찾는다. 그녀가 유이치에게 해줄 수 있는 위로는 예전과 같은 평범한 일상으로 돌아간 듯한 기분을 느끼게 해줄 저녁식사였다.

돈가스 덮밥

슬픔에 젖어 마치 스스로에게 벌을 내리듯 여관에서 혼자 두부요리만 먹는 유이치에게 미카케는 고된 삶을 한 젓가락에 잊게 만든 맛있는 돈가스 덮밥을 선물하고 싶었다. 그녀 자신이 돈가스 덮밥 한 술을 뜨고 탄성을 지르며 피로를 잊었듯이 그도 그러기를 바랐기에 그 밤에 돈가스 덮밥을 품에 안고 먼 거리를 망설임 없이 내달렸던 것이다.

위로를 넘어선 사랑이라는 감정, 친구를 넘어선 가족이라는 생각으로 내 마음만큼 남의 마음도 걱정하고 아파하는 순간, 위로하기 위해 내미는 한 접시는 참으로 많은 의미를 지니게 된다. 바로 그것 때문에, 그 접시에 숨어 있는 염려와 걱정, 사랑 때문에 그 음식을 먹은 사람이 더 빨리 회복되는 것이라고 나는 믿는다.

예전에 아르헨티나 탱고교실에서 만난 예쁜 친구가 있었다. 같이 춤도 추러 다닐 만큼 나름 가까운 사이였는데, 어느 날 그녀의 어머니가 갑자기 입원한 뒤로 급속도로 병세가 나빠지고 말았다. 친구는 중환자실에서 어두운 목소리로 전화를 하고, 가끔은 기분전환 삼아 탱고를 추러 나와서도 멍하게 앉아 있다 그냥 가거나, 슬픈 음악이라도 나올라치면 눈물을 내비치기도 했다. 그러다가 어머니가 돌아가셨다는 문자를 끝으로 그녀와는 연락이 두절되었다. 이제 그녀에겐 여동생과, 그해 봄에 결혼한 남편만 남게 되었다.

그해 여름, 나는 한남동의 한 카페에서 일을 하고 있었다. 나 또한 첫 요리책을 준비하면서 앞으로 어떻게 일할지 등에 관한 여러 가지 스트레스로 하루하루 힘들어하고 있었다. 그녀와 소식이 끊긴 지 이주일쯤 지났을까, 여름 태풍으로 앞이 안 보일 정도로 비가 많이 오던 날 그 친구가 갑자기 카페로 들어왔다. 무슨 말을 해야 할지 몰라 멍청히 서 있는 내게 웃음을 보이며 말했다.

"배고파. 언니가 할 수 있는 거, 아무거나 맛있는 걸로 만들어줘."

뭘 만들어줬는지 기억이 잘 안 난다. 아마 오믈렛이었던 것 같다. 달걀을 젓고 버섯을 썰면서 이걸 먹고 그 녀석이 좋아하기를, 적어도 먹는 동안만이라도 슬픈 일은 잊어버리기를 간절히 빌었다. 친구는 달걀을 입에 넣으면서 눈물을 쏟더니 별말 없이 오믈렛을 싹싹 다 먹고 커피까지 한 잔 마셨다. 그리고는 그냥 한 번 씩 웃어 보이고 빗길을 나섰다. 카페의 유리창 너머로 그 애의 뒷모습을 바라

오믈렛

보고 있는데 왠지 모르게 마음이 든든했다. 내가 느꼈던 불안감도 모두 사라져버릴 만한 그런 안도감이었다. 아, 다행이다. 괜찮을 거야, 산 사람은 살아야 하니까. 그녀는 지금 아주 아주 잘 살고 있다.

　요즈음 음식으로 위안을 얻으면서도 동시에 절망하는 사람들이 많아지고 있다. 너무 음식에 의지하다보면, 음식이 주는 위안의 시간이 갈수록 짧아지고, 입에서 느낀 행복과 그 다음에 느끼는 우울한 감정의 간격이 더 벌어지게 된다. 많은 중독자들이 그렇듯이 그들은 반복적으로 먹고 후회하는 과정을 거듭하며 무너진다. 나 또한 사람들과 말로 소통하며 나의 괴로움을 드러내는 것보다 술 한 잔으로 스스로를 마취시키는 데 익숙한 시간이 있었다. 음식은 위안이 되지만 균형을 잃으면 위로가 아니라 현실도피의 수단으로 전락하고 만다. 뭐든지 균형을 이루는 것이 중요하다. 균형을 잡지 못해 비틀거리는 삶이야말로 우울 그 자체니까.

　나는 요리를 하는 사람이기에, 누군가에게 위로를 받는 것보다 상대방에게 어떤 식으로 나의 마음을 보여줘야 할지를 늘 고민하는 편이다. 아무 말 없이 내 부엌에 찾아와 커피를 마 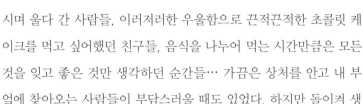 시며 울다 간 사람들, 이러저러한 우울함으로 끈적끈적한 초콜릿 케이크를 먹고 싶어했던 친구들, 음식을 나누어 먹는 시간만큼은 모든 것을 잊고 좋은 것만 생각하던 순간들… 가끔은 상처를 안고 내 부엌에 찾아오는 사람들이 부담스러울 때도 있었다. 하지만 돌이켜 생각해보면 그들에게 위로의 접시를 내밀던 나 역시도 실은 요리를 하며 그들로부터 치유받았던 것이다. 아들을 잃은 부부가 빵을 먹는 모습을 바라보며 흐뭇하게 웃던 제과점 주인이나 돈가스 덮밥을 따뜻할 때 어서 한술 뜨라고 권하며 가벼워진 기분을 느끼는 미카케처럼.

위로의 공간이었던 나의 부엌이 요즈음은 무척 그립다. 다시 작게라도 부엌을 열게 되면, 마음을 다치거나 누군가를 잃고 상심에 빠진 사람에게 밥을 지어줄 수 있는 시간이 오겠지. 그들이 다시 털고 일어날 수 있도록 요란스럽지 않고 무덤덤한 얼굴로 힘이 되어주어야지. 하지만 그때는 나를 찾아온 이와 나 자신이 모두 행복해지기를 바라면서 썰고 볶고 빵을 굽고 수프를 끓일 듯하다. 그리고 음식을 권하면서 말해줘야지. 먹고 나면, 다 좋아질 거라고.

모카시럽
브레드

강력분 425g
소금 1티스푼
달걀 3개
드라이 이스트 1테이블스푼
백설탕 75g
생크림 150ml
버터 녹인 것 50g

필링과 토핑
백설탕 75g
인스턴트커피 4테이블스푼
초콜릿 다진 것 200g
피칸 다진 것 50g

1. 밀가루와 이스트, 설탕, 소금을 큰 볼에 넣고 잘 저어준다. 달걀과 녹여 식힌 버터와 크림을 따로 잘 저어둔 다음 가루에 더해 잘 섞어 부드러운 반죽을 만든다. 반죽을 5분에서 10분 정도 치댄 후 기름을 살짝 바른 볼에 넣고 랩을 씌워 따뜻한 곳에서 두 배 정도 부풀어 오를 때까지 발효시킨다. 실내 기온에 따라 45분에서 한 시간이 걸린다.

2. 필링 재료 중에서 50g의 설탕에 75ml의 물을 냄비에 붓고 설탕이 녹을 때까지 가열한 다음 커피를 넣고 팔팔 끓기 시작하면 1분간 더 졸여준 후 식혀둔다.

3. 20cm 케이크 틀에 유산지를 깔고 발효된 반죽의 가스를 뺀 뒤 4등분한다. 밀대로 반죽 하나를 민 다음 바닥에 손으로 잘 눌러 깔아주고 초콜릿 50g과 만들어둔 커피시럽을 적당히 뿌린다. 그리고 나머지 반죽도 같은 방법으로 층을 쌓아 마지막으로 반죽이 덮이도록 해준다. 반죽 맨 위에 물을 약간 칠한 다음 피칸을 뿌려줄 것.

4. 기름을 약간 바른 랩으로 케이크 틀을 덮은 다음 따뜻한 곳에서 케이크 틀을 거의 다 채울 정도로 부풀 때까지 발효시킨다.

5. 210도에서 15분 정도 굽다가 170도로 온도를 줄여 30분 정도 더 굽는다. 피칸이 너무 탈 수도 있으니 중간에 꺼내어 은박지를 덮어줄 것.

6. 물 4테이블스푼에 남은 25g의 설탕과 남은 초콜릿을 넣고 녹인 다음 완성된 빵 위에 뿌려준다.

Part 03

부엌,
소통과 모험이
시작되는 곳

변하지
않는

사랑과 레시피

라우라 에스키벨 달콤 쌉싸름한 초콜릿

페드로 티타, 당신이 농장의 주방을 맡은
지 1년이 되는 날입니다. 꽃을 받아주세요.
마마 엘레나 갖다 버려.

(하녀 나차의 목소리)
버리지 말아요, 아가씨.
장미 꽃잎으로 메추리요리를 할 수 있잖아요.

(…)

페드로 이건 하나님이 내려주신 걸작이야.
마마 엘레나 소금이 너무 많이 들어갔어.
로사우라 실례해요. 속이 안 좋아요.

(내레이션)
마치 연금술 같은 이상한 작용이 일어나 티타의 피부뿐만 아니라 그녀의
전부가 장미꽃 소스와 메추리의 부드러운 살, 그리고 모든 음식의 향기에 녹
아든 것 같았다. 이렇게 티타는 페드로의 몸속으로 들어갈 수 있었다. 부드
럽고, 향기롭고 또한 관능적으로… 그들은 티타가 메시지를 보내면 페드로
가 받아들이는 새로운 의사소통 방법을 찾아냈던 것이다.

— 영화 〈달콤 쌉싸름한 초콜릿〉 중에서

혁명과 저항이 반복된 불안한 시기였던 20세기 초의 멕시코. 미국과의 국경지대인 리오그란데에 큰 농장을 소유한 마마 엘레나의 세 딸 중 막내딸인 티타는, 막내이기 때문에 어머니가 돌아가실 때까지 시집도 못 가고 어머니를 보살펴드려야 한다는 집안의 악습에 따라 사랑하는 페드로가 큰언니 로사우라와 결혼하는 것을 지켜봐야만 했다. 사랑하는 그녀 옆에 있기 위해서 언니와 결혼했다는, 연약하고 우유부단한 그와의 사랑은 평생토록 참으로 질기게 이어진다. 그리고 그 모든 아프고 괴로운 순간마다 부엌에서 요리를 만들고, 그 요리로 자신의 억울함, 사랑, 분노와 같은 여러 감정들을 표현하며 살아간다.

어머니와 언니가 핍박하는 것도 다 견뎌냈건만, 자신의 아이인 양 젖까지 먹여가며 키운 페드로의 아들이 죽어버리자 그녀는 실성하고 만다. 그리고 자신에게 무조건적으로 순종을 강요했던 어머니에게 반항하고 집을 떠난다. 정신적으로 피폐해진 티타를 보살펴준 사람은 다정다감한 의사인 존 브라운이었다. 그러나 평화와 안정을 가져다주는 그와 약혼까지 했지만 집으로 돌아와 결국 페드로와 다시 사랑에 빠지고 만다. 모든 우여곡절을 겪고 난 다음 둘만 남은 그들은 이제 서로만 생각하고 살기로 하는데 첫날밤에 페드로가 절정의 순간 심장마비로 죽어버린다. 티타는 '사람은 누구나 몸속에 성냥갑을 가지고 태어난다'는 말을 떠올리며 성냥을 하나하나 씹어 삼키기 시작한다. 페드로와의 아름답고 황홀한 순간들을 상상하자 티타에게 불이 붙고 둘은 그렇게 같이 마지막 불꽃을 태우고 사라진다.

책보다 영화가 더 유명한 라우라 에스키벨의 첫 장편소설『달콤 쌉싸름한 초콜릿』. 여성의 삶과 사랑, 남자의 소극적 본성, 그리고 음식 재료의 상태와 익어가는 과정, 먹는 사람들의 반응으로 표현되는 관능적 이미지와 은유들… 설움을 달래려 넓은 농장을 다 뒤덮어버릴 만큼 밤새워 떠버린 뜨개질과 많은 양의 저장식품 만들기 같은 반복적인 노동으로 감정을 다스리는 모습까지, 이 책에는 감정을 억누르며 살아가는 여자의 아주 많은 이야기가 얽혀 있다.

물론 요리를 소재로 한 이야기니만큼 패밀리 레스토랑에서 흔히 볼 수 있는 파히타 fajita 나 나초 nacho 가 아닌, 먹어보지 않은 사람은 이해하기 힘든 재료들이 잔뜩 들어가는 멕시코 요리들도 등장한다. 그중에서도 책이나 영화를 본 이들이 가장 잘 기억하는 요리는 아마도 장미꽃잎을 넣은 메추라기요리가 아닐까?

페드로가 선물한 장미를 꼭 끌어안은 탓에 피가 스며들어 붉어진 꽃잎으로 메추라기요리를 만들고, 그녀가 만든 요리가 그의 입을 통해 몸 안으로 들어가는 무척이나 에로틱한 장면. 요리를 통해 서로의 사랑을 말하고 육체적으로도 느끼게 할 수 있는, 티타만의 방식으로 사랑을 보여주는 마법 같은 요리였다. 실제로 요리로 마음을 온전히 전달하는 것은, 요리를 만드는 사람과 먹는 사람 사이에 어느 정도 교감이 형성되어 있어야만 가능한 일이다. 그렇기에 이 책에서 티타가 만드는 요리에 즉각적으로 반응하는 사람들은 음식을 먹는다기보다는 마법

에 걸렸다고 보는 편이 더 맞겠다(마녀들은 실제로 빗자루만큼이나 솥하고도 친하니까).

향신료가 듬뿍 들어간 오와하카Oaxaca 지역의 요리인 에스토파도Mole Estofado를 연상시키는 아몬드와 참깨를 넣은 몰레mole도 장미요리만큼이나 관능적이다. 볶은 아몬드와 참깨를 맷돌 위에서 으깨는 티타의 엎드린 자세와 그녀의 가슴을 훔쳐보는 페드로의 눈길이라니… 연인

몰레 에스토파도

들의 사랑의 농도와 깨 볶는 고소한 냄새는 아마도 전 세계적으로 통하는 후각 키워드인지도 모르겠다.

티타가 자신의 조카딸 결혼식을 위해 신경 써 준비한 마지막 요리는 칠레스 엔 노가다chiles en nogada이다. 그릴에 구운 다음 고기와 말린 과일로 속을 채운 포블라노Poblano 고추에 아몬드 호두소스를 듬뿍 뿌리고 석류로 장식한 것이다. 시장에서나 잔칫집에서, 멕시코 어딜 가도 맛볼 수 있는, 푸에블라Puebla 지역이 원조인 요리다. 초록의 고추와 흰 견과소스에 석류까지, 멕시코의 국기 색을 나타내는 것이라고 한다.

칠레스 엔 노가다

하지만 그 요리들을 만들기 위해 들어가는 수많은 재료들이 과연 멕시코 고유의 것일까? 멕시코의 요리와 문화는 스페인에서 전해진 유럽 문화와 자신들의 인디언 문화가 촘촘하고 복잡하게 얽힌 것이다. 견과류부터 절인 과

일, 중동에서 유럽으로 건너간 것이 분명한 향신료들이 가득 들어가는 멕시코 요리처럼, 낯선 것들을 받아들이고 섞는 그 모든 역사가 멕시코 자체다. 실은 이 책의 사랑 이야기에도 이 '다른 것을 받아들이는 것'에 대한 질문이 밑바탕에 깔려 있다.

책 제목을 왜 '초콜릿을 위한 물처럼'(*Como agua para chocolate*, 영어 제목은 *Like water for chocolate*)이라고 붙였는지 오랫동안 궁금했다. 책에는 이 초콜릿을 위한 뜨거운 물이 그녀의 부글부글 끓는 심리상태를 표현한 것이라고 적혀 있지만 난 그렇게 중요한 심리상태를 나타내는 요리가 왜 더 자주 책에 언급되지 않는지 이해하기 힘들었다. 그녀의 복잡하고 억울하며 서글픈 심정을 외상값 못 받은 주모 속이 국밥같이 '끓는다' 정도로 간단히 표현하기에는 더 깊은 뜻이 있을 것 같다는 생각이 들었기 때문이다. 그렇게 몇 년이 지나고 품고 있던 궁금증도 잊어먹고 있었던 2008년 4월, 멕시코 오와하카의 한 재래시장 좌판에 앉아 뜨거운 초콜릿 한 사발을 시키려고 벽에 붙어 있는 메뉴판을 보다가 문득 왜 그런 제목을 붙였는지 불현듯 이해하게 되었다. 솔직히 이해라기보다는 나 스스로 납득될 만한 사실을 발견했다고나 할까.

『달콤 쌉싸름한 초콜릿』에 나와 있는 전통적인 멕시칸 핫 초콜릿 끓이는 방법은 내가 알고 있는 초콜릿 끓이는 법과 많이 다르지 않다. 천천히 초콜릿을 녹이고, 질감과 향을 살리기 위해 신중하게 불의 세기를 조절한다. 내가 잘 만드는 크림과 우유, 바닐라와 코냑이 들어간 핫 초콜릿도 불조절과 시간을 두고 천천히 저어 만드는 것이 포인

트다. 그런데 티타의 요리법에는 물로 끓인 것이 우유로 끓인 것보다 소화가 더 잘 된다는 말이 보태어져 있다.

16세기에 스페인이 멕시코를 점령하기 전까지 우유나 치즈, 밀가루는 멕시코의 식재료가 아니었다. 초콜릿은 물에 타서 마셨고 토르티야는 백퍼센트 옥수수가루로만 만들 수 있었다. 오랜 시간이 흐르는 동안 물의 자리를 우유가 밀어내고, 소설 속 배경인 리오그란데 같은 국경지역에서는 흰 밀가루 토르티야를 사용하고 치즈를 뿌린 타코 같은 음식이 주류를 이루게 되었다. 오래된 것들은 변한 채 겨우 살아남거나 아니면 아예 없어져버렸다. 그리고 너무나 오랫동안 뒤섞여서 어느 것이 진짜인지 알 수 없게 되어버렸다.

티타는 한 사람 이외에는 다른 사람을 사랑할 수 없었다. 다른 사람을 사랑할 수도 있다고 생각했지만 결국 그녀의 마음에 불을 붙일 수 있는 사람은 페드로뿐이었다. 티타와 약혼한 닥터 브라운은 부드럽고 맛있지만 소화가 잘 되지 않는, 초콜릿에 섞이는 우유와 같은 존재였다. 그와 결혼함으로써 그녀 스스로 평안을 찾고 안정되기를 바랐지만, 미리 정해진 운명 같은 사랑은 그녀가 다른 이를 받아들이도록 허락하지 않았다. 그래서 티타는 사랑하는 여자를 데리고 도망칠 용기도 없는 우유부단한 첫사랑에게 다시 마음을 주고 사랑에 빠진 것이다.

멕시코 오와하카의 핫 초콜릿

멕시칸 초콜릿

　'초콜릿을 위한 물'은 원래 정해진 사랑에게로, 넓게는 그녀에게 가장 편한 부엌으로 돌아갈 수밖에 없는 그녀의 운명을 상징하는 것이 아닐까. 변하지 않는, 변할 수 없는 그녀의 마음을 나타내는 상징이 아닐까? 올바른 선택이고 아니고를 떠나, 세상에는 바뀔 수 없는 것도, 변하지 않는 것도 존재하니까. 초콜릿은 원래 마시는 음료수였고, 만들기 위해서는 따듯한 물이 필요하다는 것은 변하지 않는다.

　무엇보다 티타에게 요리는 누군가가 시켜서 하는 '일'이 아니었다. 늘 복종만을 강요당한 그녀가 자기 자신을 표현할 수 있는 유일한 언어였으며, 때로는 주변을 둘러싸고 있는 모든 사람들과 환경에 영향을 미칠 정도로 강력한 그녀만의 무기였다.

　멕시코 요리는 거의 대부분 오랫동안 시간을 들여 만들어야 하는, 가족이나 사랑하는 사람들을 위한 슬로푸드다. 길거리 어디에서나 사먹을 수 있는 간단한 타코조차도 옥수수를 갈아 토르티야를 만들고 양념해둔 고기를 푹 삶아 다시 잘게 다지는 것에서부터 시작하니까. 그런 멕시코의 은근하고 느린 요리법, 부엌의 전통은 시대마다 집집마다 끊이지 않고 연결되어왔다. 이 이야기의 첫 시작도 티타의 조카손녀딸이 불탄 집에서 유일하게 남은 물건인, 티타가 남긴 요리책을 보고 이야기하는 것으로 시작하니까. "우리 엄마…"로 시작하는 요리 자랑은 멕시코 사람들의 특징이기도 하다. 한번 "우리 엄마가, 우리 할머니가…"라고 시작된 요리 이야기는 좀처럼 끝나지 않는다. 천천히 계속 이어지며, 변하지 않는다.

부엌만큼 보수적이고 여성적이며 이야기가 많은 공간이 또 있을까? 부엌에서 여자들은 속박된 듯 보이지만, 사실은 스스로 컨트롤이 가능한, 마음먹은 대로 해방될 수 있는 장소에 머무르고 있는 것이다. '여자의 고통을 유일하게 알아주는 솥들'로 가득한 부엌에서 보내는 일생도 그리 나쁘지만은 않을 거라는 생각이 든다. 그리고 나 역시 요리로 사람들에게 메시지를 전달하고 고백하는 방법을 알아가고 있는 중이다. 나 스스로는 제법 달콤한 사람인 것 같은데 아직은 윤기 나게 초콜릿을 끓여낼 마음의 불을 조절하는 것이 어렵다. 언제쯤 어느 누군가 편하게 녹아들 수 있는 물 같은 존재가 되어 변하지 않고 사랑할 수 있으려나.

▲ 옥수수 토르티야 만들기
▼ 숯불에 구운 칠리

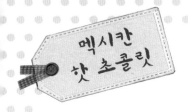

다크 초콜릿 잘게 부순 것 200g
물 650㎖
다크 코코아 파우더 2와 1/2테이블스푼
백설탕 1티스푼
시나몬 1/4티스푼

1 미리 잘 섞어둔 시나몬 가루와 물, 다크 코코아 가루를 냄비에 넣고 끓인다(미리 물병에 넣어 힘껏 흔들어 섞어두면 더 잘 녹는다). 펄펄 끓이기보다는 냄비 가장 자리로 부글부글하면서 김이 올라오는 정도로만 끓인다. 계속 잘 저어줄 것.

2 물이 끓으면 불을 끄고 잘게 다져놓은 초콜릿을 넣고 덩어리가 다 녹도록 저어 준다. 초콜릿을 빨리 녹이려 불을 켜놓은 상태에서 넣어주면 초콜릿 향이 반감되 니 되도록 천천히 시간을 들여 녹인다. 다 녹으면 뚜껑을 덮고 최소한 몇 시간 또 는 밤새 놓아둔다(향과 질감을 살려주는 필수 과정). 시나몬 향을 진하게 만들고 싶으면 시나몬 스틱을 약간 넣어 밤새 향을 낼 것.

3 마시기 전에, 원하는 만큼의 양을 덜어 끓이지 말고 따끈할 정도로만 데워 마신 다. 카페오레 그릇처럼 옆으로 넓은 그릇으로 마실 때 초콜릿 향을 더 많이 맡 을 수 있다.

※ 보관할 때 냉장고보다는 실온에 두는 것이 좋다.
※ 우유로 만들 때는 물의 양에서 500㎖를 우유로 바꾼다. 그리고 물을 끓일 때보다 훨씬 낮은 온도로 우유를 데울 것.

요리로
나를
보여주고 싶을 때

아만다 헤서 미스터 라떼

(…) 그와 나는 각자의 입맛대로 영역을 구획해 나갔다. 이를테면 그가 올 스테이트 카페의 햄버거를 소개하면, 내가 카페 블뤼의 여섯 코스짜리 식사로 안내하며 맞받아치는 식으로 말이다.

그러고 나서 때가 찾아왔다. 우리 집에서 첫 식사를 대접하기로 한 것이다.

누군가를 위해 처음으로 요리를 한다는 것은 매우 각별한 일이다. 데이트 상대를 위한 것이 아니라 해도 그렇다. '요리를 잘 하느냐 못 하느냐'와는 아무 상관이 없는 문제다. 이것은 당신이 생각하고 보아오고 알아온 방식과, 다른 사람들을 대하는 방식, 그리고 쾌락에 대한 사고방식 안으로 누군가를 이끌어오는 첫 관문이다. 초대받은 사람은 당신이 음식을 조합해내는 모습을 통해 당신이 옹졸한 사람인지 아닌지 영양 제일주의자인지, 인색한지 아니면 영리한지, 식성이 까다로운지 아니면 그냥 스타일이 확실한 것일 뿐인지 대번에 알아낼 수 있다.

뭘 대접할 것인가를 두고 내가 잠을 설쳤던 이유도 그 때문이었을 것이다. 그는 내 모든 것을 알아낼 것이다. 그는 작가이고, 작가는 관찰하기를 즐기지 않던가. 나는 단지 좋은 음식으로 그의 호감을 사고 싶었다. 그렇다고 해서 영화 〈바베트의 만찬〉에 나오는 화려한 만찬 같은 것을 차려낼 생각은 추호도 없었다. 나는 워낙에 그런 식으로 요리하지 않을뿐더러, 그렇게 하고 싶지도 않았다. 물론, 몇 년간 프랑스에 살았던 적이 있기 때문에 프랑스 요리

쯤은 어렵지 않다. 게다가 프랑스 시골 음식은 웬만하면 사람들이 다 좋아할

만한 안전한 음식이기도 하다. 하지만 요리를 가지고 거들먹거릴 마음도 없었

고 '나랑 사귀게 되면 매일매일 푸아그라를 먹게 될 거예요' 하는 인상을 주

며 그를 속이고 싶지도 않았다. 그저 그가 맛있게 먹고, 다음에 또 식사하러

오고 싶게 만들고 싶었다. 내가 그를 정말 멋지다고 생각하듯, 나에 대해서도

그렇게 생각해주길 바랐다.

— 아만다 헤서, 『미스터 라떼』, 14~15쪽

『미스터 라떼』는 푸드 칼럼니스트(칼럼뿐 아니라 레시피
도 쓰고 나름 창작도 하니 지금부터는 요리작가라고 하자) 아
만다 헤서의 두 번째 책이다. 단행본을 위해 추가한 에피
소드도 있지만, 2000년부터 2년 동안 『뉴욕 타임스 매거
진』에 연재한 것을 모아 한 권으로 엮은 것이다. 요리작가
인 아만다가 지금의 남편인 태드 프렌드와 처음 만나 연애
를 하고 결혼에 이르는 과정의 일화들과 거기에 등장한 레

아만다 헤서

시피를 곁들인 푸드 다이어리다. '미스터 라떼'는 아만다가 태드와 처

음 만나 저녁식사를 하던 날에 식사가 끝나고 카페라테를 시키는 그

를 보고 붙여준 별명인데, 이 연애 다이어리의 가장 중요한 상징이기

도 하다. 그녀가 요리작가로서 활발히 활동하면서 만나는 사람들과

음식을 먹고 마시며 관계를 돈독히 해나가는 일상생활, 그리고 미스

터 라떼와 싸우고 사랑하고 결혼에 이르는 과정이 레시피와 함께 수

록되어 있다.

이 책과 관련한 개인적인 사연이 하나 있다. 내가 이 책을 처음 만난 것은 2004년 가을이었다. 첫 요리책이 나오기를 기다리고 있던 나는, 불안한 마음을 서점에 틀어박혀 책 구경하는 것으로 풀고 있었다. 그러던 어느 날 이 책을 발견했다. 이 낯간지러운 제목 좀 보라지. 요리에 관한 가벼운 에세이겠구나, 하고 넘겨보던 즉시, 몇몇 에피소드와 레시피가 풍기는 심상치 않은 분위기를 읽어내고 곧바로 사버렸다. 그렇게 첫눈에 반해 읽기 시작했고 아주 정신을 못 차리고 푹 빠져들었다. 여러 가지 장점이 있지만 무엇보다 요리를 배우고 글을 써온 사람(한마디로 요리를 알고 있는 전문가)다운 요리에 대한 시선과 여러 번 만들면서 검증했음이 분명한 요리법들이 마음에 쏙 들었고 글 전체에 흐르는 사람에 대한 따듯함이 좋았다.

그리고 이 훌륭한(?) 책은 첫 책을 내기도 전의 완전 초짜 요리작가인 내게 "나도 이런 책을 써보고 싶다!"는 황당한(?) 전투력을 강하게 심어주었다. 무엇보다 이 책은 누군가에게 음식을 만들어준다는 것이, 요리를 좋아하는 사람이면 당연한 일이라고 생각하기보다는, 인간관계를 더 단단하게 해주는 둘도 없는 수단이라는 것을 뼈저리게 느끼도록 해주었다. 무의식적으로 음식을 만드는 것이 아니라, 내 주변 이들에게 요리를 해주고 가르치는 일을 좀 더 의미 있게 여기고, 내가 만난 이들이 뭘 먹고 싶어하는지, 그들의 마음을 어떤 요리로 채워줄 수 있는지 한 번 더 생각해보게 되었다는 뜻이다.

그렇게 홀딱 반한 책이 만약 국내에서 번역된다면 얼마나 좋을까라는 생각에 친한 편집자에게 이 책을 꼭 출간해야 합니다, 라고 피를 토하며(?) 추천했다. 번역 후 음식 재료나 레시피를 감수하고 싶다며(사실은 이것이 주목적이었다) 날뛰는 나에게 그 편집자는 수소문한 결과 이미 판권이 한국의 다른 출판사에 팔렸다고 알려주었다. 서운한 마음에 '번역돼 나오면 읽어봐서 요리용어 따위가 엉망이면 책에 빨간 펜으로 일일이 표시해서 익명으로 보내버릴 테다'라고 소심하게 혼자 날카로운 칼을 갈아댔다.

책은 그 후 몇 년 뒤, 내가 한창 여행 중이던 2008년 1월에 나왔고, 몇 개월 뒤 돌아오자마자 반갑게 사서 읽었다. 번역된 표지 디자인을 보니, 지나치게 귀여운 글씨 때문에 그 안에 가득한 놀라운 요리들과, 사람 사이의 이야기와 레시피가 있는 책으로 보이기보다는 가벼운 로맨스 소설 같은 느낌이었다(이 책이 요리 코너에 진열되어 있는지도 궁금하다). 개인적으로 흰색으로 된 페이퍼북 원서 표지를 더 좋아했기 때문에 그렇게 느꼈을 수도 있다. 하지만 천만다행히도 내가 익명서를 보낼 일은 없었다. 있다손 치더라도 읽는 사람이 이해하는 데는 별 문제없는, '별 모양의 아니스라고? 저런, 팔각이란 좋은 이름이 있는데', '왜 레시피에는 마카로니 치즈라고 써놓고 앞의 에세이에는 마카로니, 치즈, 마카로니와 치즈라고 별개의 재료처럼 해놓았을까' 정도로 아주 사소한 것이었다(이런 오역을 밤에 안경 끼고 낄낄대며 하나씩 찾는 것은 이 소심하고 집요한 요리작가의 별난 취미이니, 혹시 책을 출간한 출판사에서 이 글을 보더라도 신경 쓰지 마시기를…).

『미스터 라떼』가 연애를 다룬 다른 요리책들

과 차별되는 점은 바로 '리얼'하다는 것이다. 물론 이 책에는 사진도 없고 끊임없이 등장하는 뉴욕의 레스토랑에 대한 설명도 친절하게 나와 있지 않다. 게다가 라떼 씨와 언제 첫 키스를 하는지는 더더욱 안 나온다. 그렇지만 오히려 '오늘은 남자친구를 위해 도시락을 쌌어요', '오늘은 남자친구 술안주로 골뱅이무침을 만들었어요', '오늘은 해장국으로 콩나물국을 끓였어요' 같은 내용을 다루는 책보다 훨씬 현실적으로 느껴진다. 우리 주위엔 자기가 만들어주고 싶은 일방적인 '요리' 더하기 '연애' 콘셉트의 레시피 북과 소설이 얼마나 많은가. 남자친구에게 요리솜씨를 뽐낸다는 미명하에 집 안에서 음식이나 해주고 있으면 연애다운 연애는 물 건너가고 만다. 그렇게 좋아라 하며 밥만 해주는 연애가 도대체 어디 있단 말인가? 그런 것은 적어도 나에게 전혀 현실감 있게 다가오지 않는다.

반면 이 책에선 무엇보다 요리라는 큰 콘셉트가 흔들림 없이 중심을 잡아주기 때문에 두 사람의 관계와 주변인들의 모습이 어색하지 않게 잘 녹아날 수 있었다. 다만 요리작가로 활동해오던 이의 조금은 전문적인 글이니만큼 요리에 관심 있는 사람이 아니고서는 생소한 재료나 중간 중간에 나오는 뉴욕의 레스토랑 이름들이 낯설게 느껴질 수도 있겠다. 하지만 그녀의 전문적인 분야를, 그녀 생활의 한 부분을 모든 이들이 편하게 읽도록 써낸 것은 정말 작가의 부러운 능력이다.

첫 데이트 때, 오후나 저녁시간
에 먹는 정찬에서, 우유가 들어
간 음료를 시키면 안 된다는 관
습을 어기고 라테를 주문하는 그
를 보며 '손 볼 곳이 한두 군데가
아니다'라고 생각하지만, 그녀는
그를 집에 초대해 저녁을 지어주
고, 취향을 면밀히 관찰해 좋아

할 만한 간식을 창작하기도 한다. 그 또한 무심한 듯 보이지만, 집에
그녀를 초대해 신경 써서 만든 요리를 대접하고, 그녀가 하는 일에 관
심을 보이고, 잡지에 실린 새로 나온 레스토랑의 평을 대화 소재로 삼
아 아만다를 감동시킨다. 그렇게 동글동글하게 서로를 받아들이고,
다른 이와 나의 다른 점을 인정하고 최대한 이해해주는 것, 그것이 바
로 진정한 커뮤니케이션이 아닐까? 눈살 찌푸려지는 닭살커플의 미식
기행이 아닌, 서로를 진심으로 받아들이고 때로는 서로를 길들여가면
서 그들을 둘러싸고 있는 주변 이들과의 관계 또한 요리를 매개로 더
욱더 단단하게 만들어가는 아름다움. 그 모든 소통의 중간에 제3의 언
어로 요리가 자리한다는 것, 참 멋진 일이다.

나 역시, 좋아하는 사람이 생기면 부엌으로 초대해 만들어주고 싶
은 요리들의 리스트를 가지고 있다. 아만다가 말했듯이 너무 요리를
잘하는 사람처럼 보이지 않도록 간단하면서도 깊은 맛으로 마음을
사로잡을 수 있는 그런 요리들. 그 리스트의 맨 위에 난 보드카를 넣

보드카 토마토소스 만들기

은 크림소스 펜네—술이 들어가는 요리들이
다 그렇듯, 취하진 않는다—를 적어놓았다.
웬만해서는 망치기 힘든 간단한 레시피에 재
료도 복잡하지 않고 포크로 찍어먹기 좋은
펜네는 스파게티처럼 돌돌 말아서 우아하게
먹어야 한다는 스트레스에서 서로를 구제해
줄 수 있다. 한 접시에 담아 나눠 먹으면 더
가까워지지 않을까?

첫 초대에서는 심플하게 준비하는 게 최고다. 간단히 먹고 술 한 잔
마시며 분위기를 잡는 게 목적이니까. 그리고 이 요리의 장점은 쓰고
남은 보드카로 간단한 칵테일을 만들 수 있다는 것이다. 약간 새콤한
맛의 파스타니까 달짝지근한 보드카 오렌지나 보드카 크렌베리가 어
울릴 듯하다.

요리 관련 칼럼을 쓰면서 해외 출장도 다니고, 무엇보다 칼럼만 쓰
면서(요리잡지뿐만 아니라 신문과 패션잡지까지) 먹고사는, 아니 살 수
있는 아만다가 부럽다. 한국에서는 칼럼으로 글을 써서 먹고사는 것
은 고사하고, 정말 느끼는 대로 냉철하게 레스토랑을 비판하기도 힘
들다. 잘 써주면 돈 받았다고 할 테고, 혹평을 쓰면 고소한다고 할 테
니 말이다. 그나마 요즈음은 그렇게 평을 쓸 수 있을 정도로 오랫동
안 잘 운영되는 곳도 거의 없다.

한창 이 책에 빠졌을 때 연애와 요리, 주변사람들의 이야기로 책을

낸다면 어떤 요리에, 어떤 이야기를 써야 하나 자주 생각해봤다. 그렇게 끼적거려놓은 여러 주제들과 목차들이 아직도 내 노트북의 '써야 할 글들' 폴더에서 오랫동안 잠을 자고 있는데, 정리해서 마무리 지으려면 상당한 시간이 걸릴 것 같다. 그 이유는 하나의 긍정적인 스토리가 되기 위해서는 아만다의 책처럼 결혼이라는 해피엔딩이 있어야 앞에 늘어놓을 남녀관계에 대한 이야기들이 정리가 될 것 같아서.

꼭 여자의 연애담은 결혼으로 이어져야 해피엔딩이란 말인가, 라고 발악이라도 해보고 싶지만, 뭐 현실은 그렇다. 그동안 남자들과 만나서 밥 먹고 사귀고 헤어지고, 그런 이야기들을 죽 늘어놓아봤자 신세타령으로 끝나기 십상이니 말이다. 무엇보다 눈가림으로 대충 음식을 만들어낼 수 없듯이 나 혼자 스스로 도취되어 이야기를 쓱쓱 만들어낼 수는 없는 노릇이다. 솔직히 그럴 능력이 없는 건지도 모르겠다. 좋게 말하면 거짓말을 못하는 것이고, 나쁘게 말하면 지나치게 고지식한 내 성격 탓이다. 그래도 밥을 계속 먹어야 살 수 있듯이 연애는 계속되어야 한다. 그러다보면 언젠가 하나쯤은 아만다처럼 잘 추슬러낼 수 있겠지.

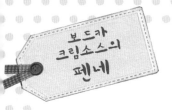

펜네 1봉지(360g)
양파 큰 것 1개
홀 토마토 또는 다진diced 토마토 1캔(360g)
베이컨 2줄
올리브 오일 2테이블스푼
이탈리안 페페론치니 4알 또는 마른 통고추 5cm
보드카 70㎖
(너무 비싼 것을 살 필요는 없지만 칵테일로 마실 경우를 생각해서 괜찮은 것을 고를 것)
생크림 120㎖
소금

1 펜네는 끓는 소금물에 넣어 삶는다. 물은 꼭 큰 냄비에 넉넉히 끓이고 1.5ℓ의 물에 소금 2티스푼 정도의 비율로 넣는다. 소금을 넉넉히 넣어주지 않으면 나중에 소스를 아무리 많이 뿌려도 간이 배지 않아 맛의 균형이 맞지 않는다.

2 팬에 올리브 오일을 두르고 잘게 썬 베이컨과 페페론치니를 넣고 중간 불에서 1분 정도 볶아 기름에 매운맛을 내준다. 보통 마른 고추를 쓸 경우 씨를 빼고 5cm 정도로 자른 통고추를 넣어 볶은 다음 건져놓는다.

3 미리 곱게 다져놓은 양파를 넣고 2분 정도 양파가 나른해질 때까지 볶는다. 그 다음 토마토를 갈아 넣고 소금을 약간 넣은 다음 불을 약하게 줄여 10분 정도 졸인다. 불을 아주 약하게 하고, 뚜껑을 열고 졸일 것. 센 불에 토마토소스를 끓이면 시어진다.

4 불을 약간만 세게 올리고 보드카를 넣는다. 30초 정도 끓인 다음 크림을 넣어 1분 정도 중간 불에서 끓인다. 잘 저어줄 것.

5 다 삶아진 펜네를 넣어 1분 정도, 소스가 잘 배어들도록 끓인다. 맛을 보고 소금 간을 더한다.

프로방스
내
고향

피터 메일 나의 프로방스
피터 게더스 프로방스에 간 고양이

"프로방스에 사는 것만으로도 행운이죠."
—피터 메일, 『나의 프로방스』, 18쪽

내가 프로방스라는 지명을 처음 만난 것은 아마도 여덟아홉 살 때인 것 같다. 당시 우리 집은 학교와 좀 멀리 떨어져 있어서 함께 뛰어놀 학교친구도 없었고, 편찮으신 할머니를 문병하려고 일가친척들이 하루가 멀다 하고 들이닥친 탓에 나는 늘 이층 방에 숨어 혼자 책 보기를 좋아했다. 그러던 어느 날 어머니가 외판원에게서 카세트테이프로 된 클래식 모음집을 사주셨다.

촌스러운 빨간 케이스 안에 들어 있던 열두 개 가량의 테이프에 수록된 곡들의 제목과 순서를 모두 외워버릴 정도로 열심히 들었는데, 수록곡 중 하나가 베르디의 〈라 트라비아타〉의 2막 1장에 나오는 〈프로방스 내 고향으로Di provenza il mar il sol〉였다. 바리톤이 부를 수 있는 가장 유명한 아리아 중 하나라는 이 곡의 멜로디와 더불어 테이프 속지에 씌어 있는 프로방스라는 이름도 머릿속에 완전히 새겨졌다. 물론 프랑스 님Nime 출신의 작가 알퐁스 도데의 「별」을 비롯한 여러 단편들에서도 프로방스의 다양한 모습들을 접했지만, 아버지가 실연당한 아들에게 고향으로 내려가기를 설득하는 이 노래보다 강하게 다가오진 않았다.

그로부터 십여 년 뒤 처음으로 유럽 배낭여행을 가게 되었을 때, 미술을 전공하던 내게 프로방스의 아를Arles과 엑상프로방스 Aix-en-Provence는 고흐와 세잔 때문에라도 꼭 가봐야 하는 곳이었다. 그때만 해도 와인과 요리에 대해서는 전혀 몰랐던지라 단지 화집에서만 보아온 고흐의 카페와 아를의 도개교를 보고 싶다는 생각만 가득했다. 내 눈으로 직접 그 노란 빛과 별이 반짝반짝 빛나는 밤을 보고 싶을 뿐이었다. 하지만 파리에서 만난 배낭여행자들은 프로방스로 가겠다는 나를 모두 말렸다. 심지어 프랑스인 친구들까지도.

반 고흐, 〈밤의 카페 테라스〉, 1888

"1월에 프로방스를 간다고? 지금 가봤자 그림 같은 풍경은 없고 엄청나게 춥고 바람만 장난 아니게 불어댄다고. 겨울의 프로방스는 갈 곳이 못 돼."

처음 하는 여행이라 먼저 다녀온 사람들의 충고를 듣고 싶기도 했고, 이미 며칠간 파리를 돌아다니며 센 강의 엄청난 맞바람에 볼이 다 터진 탓에 정신이 나가버린 나는 바람이 많이 분다는 말 한마디에 스위스로 목적지를 바꾸었다. 1995년 겨울, 유럽의 추위는 실로 대단했고 칼바람의 매섭기로는 스위스의 호수도 마찬가지였다. 꽃시계에 쌓인 눈과 얼어붙은 호수를 보며 다짐에 또 다짐을 했다. 언젠가 반드시 제일 좋은 시기에 프로방스를 가보고야 말겠다고. 그 이후에도 유럽에서 머물 기회가 몇 번 있었지만 프로방스로 여행할 기회는 주어지지 않았다. 요리학교에서 프랑스 요리를 배우고 나니 더더욱 가보고 싶은 생각이 들었고 유학을 마칠 무렵에는 여행을 계획하지 않았던 것도 아니었지만, 가난한 유학생 살림에 여행보다는 요리책 한 권이라도 더 사가는 쪽을 택했다.

그렇지만 프로방스를 책으로 대신 만날 수 있었다. 어학연수 시절 선물로 받은 피터 메일의 『나의 프로방스』 오디오북. 들어본 적 없는 식재료들의 이름이 끊임없이 튀어나오는 내용을 온전히 이해하고 싶은 욕심에 원본까지 사서 봤다. 그리고 몇 년 뒤에 만난 피터 게디스가 쓴 고양이 노튼의 프로방스 이야기까지… 적어도 두 피터 씨들에게만큼은 프로방스란 그들 자신은 물론이고 누구나 절대 잊을 수 없고 되돌아가고 싶은 고향 같은 곳임이 확실했다.

프로방스에 대한 두 작가의 책을 읽으며 확실하게 깨달은 사실은 한겨울의 프로방스는 안 가기를 잘했다는 것이다. 눈부신 햇살과 바다, 그리고 푸르른 산과 신선하다 못해 손대면 터져버릴 것 같은 채소들은 여름의 프로방스에서만 볼 수 있으니까.

프로방스에 대한 진한 그리움은 요리를 배우면서 더 커졌다. 프로방스의 요리를 배우면서 고흐의 그림 덕에 내 뇌 속에 막연하게 노랗거나 짙푸른 초록으로 자리 잡았던 프로방스의 이미지와 컬러는 쨍한 총천연색으로 바뀌었다. 토마토와 가지, 주키니, 프랑스의 허브 가든이라는 명성에 걸맞게 들판을 가득 덮은 보랏빛의 라벤더, 검거나 자주색이거나 초록인 싱싱한 올리브들, 그 올리브로부터 갓 짜낸 걸쭉한 오일, 그리고 분홍빛의 로제 와인과 오랜 역사를 자랑하는 샤토네프 뒤 파프Châteauneuf-du-Pape까지. 칙칙한 요리학교에서 그나마 가장 햇살이 잘 들고 넓은 프로방스 부엌(학교 부엌마다 프랑스의 지역 이름을 붙였다)에서, 올리브 오일을 영국에 가장 먼저 소개한 요리작가

엘리자베스 데이비드*의 오래된 프로방스 요리책을 보면서 요리를 만들고 있자니 프로방스에 대한 그리움과 환상은 점점 더 커져만 갔다.

프로방스 음식 이야기를 본격적으로 늘어놓자면 따로 책 한 권을 써야 할 정도로 다양하고 많다. 가장 중요한 식재료 키워드는 앞에서도 언급한 다양한 허브들이다. 전 세계적으로 '허브 드 프로방스'Herbes de Provence라는 이름의 혼합된 허브를 따로 팔 정도로 프로방스의 허브는 좋은 품질을 자랑한다. 더위를 좋아

프로방스의 허브들

하는 허브들이 그 강한 햇살 아래에서 자라며 얼마나 많은 향을 품었을지 짐작할 수 있다. 제조하는 사람에 따라 혼합하는 허브의 종류와 비율이 다르지만 보통 월계수, 로즈마리, 마조람, 바질, 타임이 들어간다. 프로방스의 대표적인 허브인 라벤더를 꼭 '허브 드 프로방스'에 넣어야 한다고 말하는 사람들도 있지만, 라벤더는 요리에 전반적으로 무난하게 어울리는 허브는 아니다. 라벤더는 알려진 대로 향수나 플로럴워터, 제과에 많이 사용된다. 일반적으로 시판되는 허브 드 프로방스는 타임의 비율이 다른 허브들보다 높은 편이다.

허브와 함께 토마토와 마늘이 유명하다. 빵가루에 프로방스의 허브와 마늘 다진 것을 섞어 당근이나 토마토 위에 얹어 구워내면 '프로방

---

* Elizabeth David 1913~1992, 영국의 저명한 요리작가. 남프랑스와 이집트 등을 여행하고 지중해 연안 국가들에서 생활한 경험을 바탕으로 그곳의 식재료와 음식문화를 소개하는 요리책을 여러 권 저술했다.

▲ 프로방스 풍 닭요리
▼ 프로방스 풍 토마토요리

스 풍의 토마토', '프로방스 풍의 당근'이라는 멋진 이름의 곁들임 야채가 완성되는데, 어떤 요리 재료이든 프로방스 풍Provençal이라는 이름이 붙으면 토마토와 마늘, 허브가 잔 뜩 들어갔겠구나, 라고 생각하고 주문하면 틀림이 없을 것이다. 니스도 프로방스의 일부지만 '니스 풍'Niçoise이 라는 말이 붙으면 마늘과 더불어 올리브와 안초비가 더 들어간다.

갖가지 생선과 허브, 야채와 사프란이 들어가는 생선 스튜인 부야베스bouillabaisse, 신선한 참치와 삶은 달걀, 감 자와 줄기콩, 올리브가 들어가는 영양 만점의 니스 풍 샐 러드Niçoise salad, 안초비와 마늘, 검은 올리브와 올리브 오일이 들어가 는 타프나드tapenade, 안초비, 볶은 양파와 토마토를 얹어 구운 납작한 빵 피살라디에르pissaladiére, 그리고 마늘 마요네즈인 아이올리aïoli까지 잘 알려져 있는 프로방스의 요리들이 무척 많은데, 몇 년 전 개봉한 애니메이션 덕에 라타투이ratatouille도 먹어본 사람은 드물지 몰라도 많 은 사람이 알고 있는 프로방스 요리가 되었다. 영화에서 소박하면서도 마음 깊은 곳을 건드리는 힘 있는 음식으로 등장하는 라타투이는 프 로방스에서 많이 나는 피망과 가지, 주키니, 양파와 토마토, 허브를 넣 어 뭉근하게 끓이는 야채 스튜다. 갖은 야채의 맛이 우러난 국물에 찍 어먹을 투박하고 큼직한 빵 한 조각을 손으로 뜯어놓고 알맞게 차가운 화이트 와인이나 로제 와인을 한 잔 곁들이면 되는 간단한 요리다.

프로방스의 소박하면서도 아름다운 요리를 만드는 데 제일 중요한

229

니스 풍 샐러드

타프나드

피살라디에르

것은 현지의 싱싱한 식재료들이다. 프로방스의 햇살 아래 자란 신선한 채소, 과일, 생선들과 그것들을 이용해 맛 좋은 요리를 만드는 사람들의 이야기를 빼고 프로방스를 논할 수 있을까? 인생에서 먹는 것이 가장 중요하다고 생각하고 가끔은 모든 것을 거는 이들의 이야기는 부엌이 아니라 바로 시장에서부터 시작된다.

우리는 쭉 늘어선 가판대를 기웃대며 천천히 걸었다. 물건을 사는 프랑스 주부들의 무자비한 손길에 저절로 입이 벌어졌다. 영국 여인들과 달랐다. 프랑스 주부들은 물건의 겉모습을 살피는 것만으로 만족하지 않았다. 가지는 꼭 쥐어보고, 토마토는 코에 대고 냄새를 맡고, 성냥개비처럼 가느다란 강낭콩은 손가락으로 툭 부러뜨려보고, 양상추는 의심쩍은 듯이 축축한 녹색의 중심부까지 찔러보고, 치즈와 올리브는 조금 떼어 맛을 본다. 이렇게 물건과 한바탕 싸움을 벌이고도 그들이 마음대로 정한 기준에 맞지 않으면 배신이라도 당한 것처럼 주인을 쏘아본다. 그러고는 다른 가판대를 찾아가 똑같은 짓을 되풀이한다.

시장 한구석에서는 포도주 협동조합에서 나온 소형 트럭을 남자들이 둘러싸고, 양치질이라도 하듯이 새로 출시된 분홍빛 포도주를 시음하고 있었다. 그들 옆에는 한 여인이 놓아 키운 닭이 낳은 달걀과 산 토끼를 팔고 있었다. 그 너머로는 갖가지 채소와 작고 향기로운 바질, 라벤더 꿀통, 갓 짜낸 올리브유를 담은 커다란 초록색 병, 온실에서 키운 복숭아를 담은 접시, 검은 타프나드 단지, 꽃과 풀, 잼과 치즈가 잔뜩 쌓인 좌판들이 눈에 띄었다. 이른 아침 햇살에 모든 것이 먹음직하게 보였다.

— 앞의 책, 127~128쪽

노튼은 숄더백 안에 들어가 릴 시장을 돌아다니는 것을 아주 좋아했다. 노튼은 귀여운 모습으로 수제 소시지와 향취가 강한 염소젖 치즈, 초콜릿 타르트 등을 조금씩 얻어먹곤 했다. 재니스와 나도 기지를 발휘했다. 금세 우리는 마음에 꼭 드는 행상을 찾아내 단골이 되었다. (…) 그중에는 여덟 살짜리 딸과 함께 입에서 살살 녹는 타르트를 만들어 트럭에 싣고 파는 아주 친절하고 활기찬 남자도 있었다. 그는 구불구불한 산길을 45분 동안 달리면 나오는 브나스크Venasque 마을에서 예술의 경지에 오른 타르트를 구워 시장에 가져왔다. 그가 만든 부추 타르트와 아티초크 타르트는 신의 음식 같았다. 하지만 샬롯 타르트가 정말 걸작이었다. 초콜릿을 씌우지 않은 음식 중에서 이보다 더 맛있는 것은 먹어본 적이 없다. 말이 나왔으니 말인데, 그 남자가 초콜릿과 캐러멜을 넣은 타르트를 만든 적도 있다. 그 초콜릿 캐러멜 타르트는 루브르 박물관에 영구 보존되어야 마땅하다. 콜레스테롤을 걱정해야 하는 사람을 위로하자면, 그의 타르트에는 그래도 버터가 3킬로그램 이상 들어 있지는 않은 것 같다.

— 피터 게더스, 『프로방스에 간 고양이』, 142~143쪽

시장을 돌아다니며 단골가게를 만들고, 진열해놓은 물건들을 마음껏 만져보며 고르고, 그렇게 고른 싱싱한 재료들로 요리할 수 있는 곳, 그런 곳이야말로 요리하는 사람에게는 천국이나 다름없다.

오랫동안 그리워했지만 가보지 못한 프로방스, 언젠가는 그곳 시장의 구석구석을 돌아다녀볼 수 있는 날이 오겠지? 시장바구니를 챙겨 들고 오랫동안 시장을 누비며 상인들과 눈도장을 찍고, 이야기를 나누다가 가끔은 와인이나 빵 따위를 충동구매하기도 하고…

식탁에 올려놓은 라벤더의 향을 맡고, 마늘을 문질러 오븐에 살짝 구운 빵에 진하디 진한 올리브 오일을 넉넉히 뿌린 다음 싱싱한 토마토를 얹어 꼭꼭 씹고 싶다. 햇살을 먹는 기분으로. 마음과 입술 모두 프로방스의 올리브 오일로 반질반질 촉촉해지는 기분을 느끼면서. 그러면 더 부드러운 사람이 될 수 있겠지. 좋은 재료가 있다면 복잡한 과정을 거치지 않아도 얼마든지 맛있는 요리를 만들 수 있다는 진리 또한 프로방스에서 더더욱 뼛속 깊이 느껴볼 수 있을 것 같다.

그리고 친구들이 놀러 오면, 시장에서 사온 싱싱한 야채들을 다듬어 프로방스의 갖은 허브 넣어 버무린 다음, 크고 둥근 빵과 알맞게 차가운 로제 와인을 곁들여 함께 나눠 먹는 즐거움도 누려보고 싶다. 친구가 있고, 맛좋은 요리와 술, 대화가 있는 곳이라면 그곳이 바로 고향일 테니까.

양파 큰 것 1개
주키니 1개
가지 1개
단호박 1개
빨강, 노란 피망 각 1개씩
방울토마토 175g
마늘 3쪽 얇게 썰어서
로즈마리 다진 것 2테이블스푼
타임 다진 것 1테이블스푼
발사믹 식초 2테이블스푼
올리브 오일, 소금과 후추

1 오븐은 170도로 예열하고 오븐 트레이나 넉넉한 그라탕 용기를 준비한다.

2 모든 야채를 아주 큼지막하게 썬다. 큰 양파는 그냥 썰어주면 되지만 작은 양파의 경우에는 뿌리 부분을 놓아둔 채 껍질을 벗기고 4등분해준다. 주키니는 반 가르지 말고 3~4cm 정도 원통으로 토막 내어 준비한다. 가지는 반으로 나눈 뒤 3cm 정도로 잘라주고, 단호박은 껍질을 벗기고 속을 파낸 뒤 주키니, 가지와 비슷한 모양으로 썰어 준비한다. 다만, 호박이 익는 시간이 좀 오래 걸리니 모양은 비슷해도 크기는 조금 작게 자른다. 피망은 속을 털어내고 쓴맛 나는 흰 부분도 도려낸 뒤 다른 야채들의 모양과 비슷하게 삼각 또는 사각으로 잘라주고 방울토마토는 그냥 꼭지만 따서 준비한다.

3 볼에 준비한 야채들을 모두 담고 올리브 오일, 소금과 후추, 마늘, 로즈마리를 넣어 버무려준 다음, 오븐 용기에 옮겨 담아 40분 정도 구워준다. 골고루 익도록 중간에 몇 번 뒤적거려주면서 단호박이 다 익었는지 확인할 것.

4 꺼내어 뜨거울 때 발사믹 식초와 타임을 넣고 버무려준다.

※ 프로방스 지방의 로제 와인Cotes de Provence 이나 레몬 띄운 차가운 물과 함께하면 좋다.

나의 요리와
라이프스타일에
대해
고민하는 날

타샤 투더 타샤의 식탁

헬렌 니어링 헬렌 니어링의 소박한 밥상

　　　　　　　　　　이 책에 실린 조리법들은 여러 곳
에서 취합한 기록이지만 주로 1700년대부터 집안 대대로 내려오는
방법들로 오래전에 백지 '묶음'에 손으로 베껴둔 내용이다. 2남 2녀인 내 자
식들은 이 책을 보면서 요리하는 법을 익혔다. 이제는 하도 많이 써서 해지고
얼룩진 책이 되어버렸다. 이 책은 끈으로 다시금 곱게 묶어서, 버터와 밀가루
범벅이 된 손주들이 사용하고 있다. 인기 좋은 요리법은 얼룩이 많아서 쉽게
구분이 된다.

— 타샤 튜더, 『타샤의 식탁』, 17쪽

　　　(⋯) 나는 독특한 책을 쓰려 하고 그런 소망을 품고 있다. 내가 제안하고 기
술할 식이요법은 영양가 있고 무해하고 간소한 음식이 될 것이다. 복잡하고 세
련된 사람들을 위한 복잡한 음식이 아닌, 소박한 삶을 영위하는 이들을 위한
소박한 음식 말이다. 음식을 준비하고 만드는 데 있어 경제적이고 간단한 것
이 나의 목표이다. 만일 가로 세로 9×15 센티미터 카드에 다 적지 못할 조리법
이라면 잊어버리자. 내 책의 주제는 이렇다. 대충 말고 철저하게 살자. 부드럽
게 말고 단단하게 먹자. 음식에서도 생활에서도 견고함을 추구하자.

— 헬렌 니어링, 『헬렌 니어링의 소박한 밥상』, 10쪽

내가 존경하는 두 여인, 타샤 튜더와 헬렌 니어링은 참 닮은 듯하면서도 아주 다르다.

두 분 다 92세에 세상을 떠났는데, 자연과 가까이 생활하고 숲을 벗 삼아 자급자족하는 것을 철칙으로 여기며 평생을 보냈다. 전문 요리사가 아니었지만 요리솜씨가 대단해 그 맛을 기록으로 남기고 싶어하는 주변인들의 요청에 독특한 요리책을 출판하기도 했다. 그런데 두 분의 요리에 관한 시각은 무척 다른 점이 있다. 타샤는 영국에서 미국 보스턴으로 건너온 선조들이 메이플라워호에 같이 싣고 왔을, 영국과 아일랜드의 오래된 레시피들을 수없이 만들어보고 정리해 아들딸들에게 전해주었다. 반면에 헬렌은 꽤 강경한 채식주의자인데다가 먹는 것을 미식의 행위가 아닌, 몸의 건강을 위한 섭생 이외로는 생각하지 않았기에, 항상 조리가 복잡하지 않은 요리와 생식을 병행하며, 요리책을 쓰는 목적 자체를 최대한 요리하지 않고 있는 그대로의 재료의 맛을 살리는 레시피들을 선보이는 데 두었다.

강경한 채식주의자 Vegan로 사는 것에 대해 한동안 진지하게 생각해 본 적이 있다. 완벽주의자에 가까운 성격 탓에, 3년 좀 못 되는 직장 생활에서 받은 스트레스는 내 건강을 위협하기 시작했고 2000년 겨울부터 아주 심한 천식으로 오랫동안 고생했다. 병원에서는 모든 일을 그만두고 몇 달이라도 아무 생각 없이 쉬어보라고 권했지만 이십대 후반, 쉬는 것은 도태되는 것이라고 굳게 믿던 내가 휴식 말고 생각해낸 방법 중 하나가 채식이었다. 병원에 의존하지 않으려고 자연

치료법이나 대체의학에 관심을 가지게 된 것도 그때부터였다.

약에 찌들고 기침하느라 지친 몸과 마음으로 유학을 준비하고 건강을 염려하면서 관심을 가지게 된 채식. 나도 그때는 채식이란 야채만 열심히 먹는 것이라고 막연하게 알고 있었다. 그렇게 채식에 대한 자료를 모으면서 헬렌 니어링과 스콧 니어링의 삶에 관한 책도 보았고, 런던 가는 비행기 안에서는 헬렌의『소박한 밥상』에 푹 빠져들었다. 열두 시간이 넘는 비행시간 동안, 런던에 가면 단출하게 채식을 하고 요리학교를 다니는 내 모습을 상상했다. 아침에는 사과를 갈아 넣은 오트밀을 먹고 점심은 샐러드, 저녁엔 그래도 달걀을 먹어줘야 하지 않을까, 라고 구체적인 계획을 세웠다.

하지만 학교에 입학해 수업을 받자마자, 완전 채식주의자는 고사하고 '채식 위주의 생활을 하려고 노력하는 사람' 정도가 내가 할 수 있는 최선의 등급임을 깨달았다. 헬렌이 질색하면서 펄쩍 뛸 만큼 많은 고기들을 다듬었고, 여러 가지 재료들이 들어가는, 시간이 오래 걸리는 빵과 과자와 구식 소스들을 얹은 복잡한 요리들을 만들었다. 그리고 수업시간에 만든 것으로 점심식사를 하고, 돈과 시간을 절약하려고 남은 요리나 빵을 저녁밥으로 싸가기도 했다. 하루 종일 이어지는 수업이 끝나면 나 자신을 위해 사과를 깎을 힘도 남아 있지 않았다.

그리고 수업 때마다 "맛을 보지 않는 요리사는 대단히 오만한 사람이다"라는 말을 듣고 심지어 시험을 볼 때도 맛을 보지 않으면 배려심이 없는 요리사로 감점을 받게 마련이니, 당시 음식이란 내 몸에 영양소를 공급해준다는 단순한 차원을 넘어 그 모든 것을 온몸으로 체험하고 정복해야 할 높은 산이었다. 무엇보다 나 스스로가,

정육 전문가의 고기 다루기에 관한 특별 수업

인류가 오랜 시간 동안 만들어놓은 식문화, 식재료를 사용하는 여러 가지 방법들, 향신료, 허브들을 이용하는 수많은 방법들을 알아가는 데 완전히 매료되었다. 복잡한 요리방법들을 이용해 만드는, 시간이 많이 걸리는 요리들과 저장식품들도 갓 뽑은 야채와 살짝 불리거나 구운 곡물과 견과만큼이나 중요하고 지켜나갈 가치가 있는 것들이었다. 요리를 만들면서 그 조리방법과 숨어 있는 이야기들을 파고들며 몰랐던 역사와 사람들의 수많은 이야기들을 한 번에 맛보는 기분은 정말 즐겁고 행복했다.

그렇게 요리를 배우면서, 알고 있는 맛있는 요리를 잔뜩 차려 사람들에게 먹이고 싶은 마음이 일어나는 것은 당연한 일이었다. 요리는 나누면 더 맛있어지는 것이다. 내가 아는 사람들에게 늘 먹어 익숙한 음식이 아닌 몸과 마음을 즐겁게 해주는 요리를 맛보여주고 싶고, 그에 담긴 재미난 이야기들도 알게 해주고 싶었다. 후에 내가 타샤 튜더의 요리책을 보면서 혼자 맞장구를 치고 마음 편해지는 것을 느꼈던 것도 음식을 대하는 태도에서 나와 비슷한 점이 많았기 때문이었다.

영국과 아일랜드 레시피들에 기초한 그녀의 요리가 낯익어 반가운 것도 있었지만, 신선한 재료들을 이용해 여러 가지 음식들을 한꺼번에 진행해 완성해내고, 크고 작은 파티에 어울리는 음식을 더해 사람들에게 잊지 못할 추억을 만들어주는 것이 참 아름다웠다. 그녀는 오래된 레시피들을 기록해 전달하고, 또 사람들과 나누어 먹으면서 스스로 하나의 역사를 만들어냈다. 헬렌 니어링의 책을 보면서는 간단하지만 올곧게 먹고 스스로의 삶을 올바르게 통제하는 것을 꿈꾸었던 것만큼, 고독을 즐기며 정원에서 꽃을 키우고 부지런히 그림을 그리면서 구식 요리법과 자급자족하는 생활습관을 유지하는 타샤의 삶 또한 동경했다. 두 여인의 요리에 대한 생각과 태도는 완전히 달랐어도 말이다.

새해 첫날의 쇠고기구이에는 꼭 요크셔푸딩을 곁들여야 한다. 다 구워진 고기를 덜어낸 구이 팬에 푸딩을 만들고, 그전에 고기는 미리 자를 준비를 해둔다. 팬의 기름기를 닦지 말고 그 기름으로 조리한다. 콜레스테롤에 신경 쓰는 사람들은 질색할 것 같다. 하지만 1년에 한 번쯤 기름지게 먹는다고 큰일이 있을까. 인생은 짧으니 이따금 마음껏 먹는 것도 좋다.

— 『타샤의 식탁』, 92쪽

내 요리책에 포함될 조리법은 가능한 한 밭에서 딴 재료를 그대로 쓰고, 비타민과 효소를 파괴하지 않기 위해 가능한 한 낮은 온도에서 짧게 조리하고, 가능한 한 양념을 치지 않고, 접시나 팬 등의 기구를 최소한 사용한다는 방침을 고수하기로 결심했다. 음식은 소박할수록 좋다고 생각한다. 또 날것일수록 좋고, 섞지 않을수록 좋다. 이런 식으로 먹으면 준비가 간단해지고, 조리가 간단해지며, 소화가 쉬우면서 영양가는 더 높고, 건강에 더 좋고, 돈도 많이 절약된다.

— 『헬렌 니어링의 소박한 밥상』, 19쪽

이처럼 요리에 대해 완전히 다른 시각을 가지고 있는 두 사람이지만 그들은 모두 잘 만든 수프 한 그릇이 주는 따듯함을 어느 누구보다도 즐기는 사람들이었다. 수프를 잘 끓이는 사람은 의외로 적다는 말에 나도 어느 정도는 동의한다. 간단해 보이는 음식이 실은 제일 어려운 법이다. 넉넉히 끓여 사람들과 함께 나누어 먹는 수프는 적절하고 신선한 재료를 선택하는 것부터 만드는 과정에서의 세심한 정성과 배려까지 무엇 하나 허투루 할 수 없는 음식이기 때문이다.

(⋯) 나는 운 좋게도 신선한 달걀과 집에서 만든 버터, 염소젖, 텃밭에서 가꾼 풍성한 푸성귀를 재료로 써왔다. 밀을 심고 농사를 지어 직접 타작해서 밀가루를 낸 적도 있다. (⋯) 먼저 최대한 신선한 식재료를 사용하는 것이 가장 중요하다. 특히 수프나 스튜를 만들 때는 최상을 맛을 내기 위해 여러 번 간을 봐야 한다. 밍밍한 수프는 말 그대로 실망스러움 그 자체다. 또 지름길을 모색하지 말기를 바란다. 훌륭하고 가치 있는 것은 모두 시간과 공이 들게 마련이다.

— 『타샤의 식탁』, 17~18쪽

수프는 위로를 주는 음식이다. 만들기 쉽고 소화도 쉬워서 누구에게나 어디서나 환영받을 만하다. 남은 재료를 이것저것 섞어 아주 적은 비용으로 준비할 수 있는 음식이 수프다. 쓰고 남은 재료와 야채 우린 물만 있으면 행복한 식탁을 마련할 수 있다. 근채류 약간과 푸른 잎 채소 한두 잎, 한두 가지 허브, 전날 먹고 남은 음식 조금에 물을 붓고 끓이면 수프가 준비된다. 나는 수프를 많이 끓이면서 3분의 1은 재료, 3분의 1은 있는 재료로 음식을 만드는 솜씨, 3분의 1은 행운이라는 걸 터득했다.

—『헬렌 니어링의 소박한 밥상』, 127쪽

스스로 무엇을 먹을지 결정하고 행동하는 일은, 메뉴판을 보고 일품요리를 고르는 것같이 간단한 문제가 아니다. 자신의 몸과 마음과 일상생활에 영향을 주는 가장 중요한 기준을 정하는 것이기 때문이다. 먹는 문제가 살아가는 데 가장 중요한 문제이니만큼, 우리가 먹는 음식은 우리 생활에 가장 큰 영향을 끼친다. 먹지 않으면 살 수 없으니까.

사람들은 헬렌과 타샤 두 여인의 요리솜씨에도 매료되었지만 그들의 독특한 라이프스타일을 사랑했고 작은 것부터 따라 하고 싶은 마음에 그들의 요리법을 알고 싶어했다. 먹는 것을 통해서 가장 쉽고 빠르게 그들의 라이프스타일에 접근할 수 있을 것 같다는 믿음이 있기 때문이다. 하지만 누구나 먹는 습관을 바꾸는 것이 가장 어렵다는 것을 잘 알고 있다.

요리를 하며 마음이 복잡해지거나 만들고 있는 레시피에서 조금 벗어나고 싶을 때면 헬렌과 타샤의 책을 휘리릭 넘겨 보이는 대로 읽곤 했다. 내가 꿈꾸는 요리는 무엇이며 내가 평생 이끌어나가야 할 나의 라이프스타일은 어때야 하는지 생각하다보면 눈앞의 작은 문제들의 답을 얻을 수 있을 것 같았다. 물론 마음을 다잡는 데 도움을 주는 것은 물론이요 기분전환도 된다. 내가 지금 당장 그들처럼 살고 있진 않지만 곧 자연과 더 가깝게 살게 될 것을 알고 있기 때문이다.

요리를 많이 하면 할수록 나 스스로도 이런저런 생각에 빠져들게 된다. 한편으로는 더 많은 요리를 만들어 맛을 보고 음식에 깃들여 있는 역사와 문화를 깊이 연구해보고 싶은 마음이 있는가 하면, 또 한편으로는 물질이 넘쳐나는 시대에 좀 더 땅과 가깝게 살아야 하는 것은 아닌가라는 생각이 든다.

크리스마스며 생일 때마다 장을 보고 솜씨를 부려 친구들을 위해 맛난 음식을 잔뜩 차려주고 싶은 마음도 가득하지만, 식재료를 스스로 재배해보고, 너무 많이 자르거나 난도질 하지 않고 있는 그대로 감사히 땅의 기운을 느끼면서 먹는 것, 그리고 감자와 고구마, 채소들을 아프지 않게 있는 그대로 먹는 것이 옳은 일이 아닐까 하는 생각도 동시에 일어난다. 더불어 문자 그대로 석유 없으면 못 사는 지금, 자원이 고갈되었을 때 만나게 될 식생활의 위기도 걱정된다. 좀 더 미리 땅과 친해지고, 자급자족을 배우고, 딱 알맞은 만큼만 채우며 살고, 태양과 바람에너지를 이용하는 방법에 익숙해져야만 하는 것이 아닐까. 유전자를 조작해 더 많은 양을 생산하고 바다를 메워 땅을 만들어 더 많이 재배하지만, 왜 세계의 기아는 끊이지 않는가? 먹는 양이 지나쳐 병이 나는 사람들이 있는가 하면 지구 한편에서는 굶어죽는 사람들이 있다는 것, 세상에서 가장 불공평한 일이다.

더 많은 요리를 만들고 새로운 맛을 창조하는 것 이외에 요리를 하는 사람으로서 느끼는 가장 큰 현실적인 문제는, 환경과 자연의 오남용으로 가면 갈수록 마음 놓고 먹을 수 있는 것이 줄어든다는 것이다. 아직은 알고 싶은 것이 많고 세계를 돌아다니면서 사람들이 어떤 식으로 요리와 관계를 맺고 사는지 기록하고 싶은 마음도 가득하지만, 한편으로는 시골집에서 야채를 키우고 스스로 마와 면으로 된 옷과 신발을 만들어 입고 조용히 글을 쓰고 싶은 생각도 굴뚝같다. 휴대전화도 인터넷도 없던 시대로 돌아가 원고지에 만년필로 한 자 한 자 써내려갈지도 모르지. 어떤 방법으로 소박한 삶을 살든 곧 선택을 해야만 하는 날이 올 것이다. 작은 바람이 있다면, 갑작스럽게 변화를 겪지 않고 한 가지씩 바꾸어나가 큰 무리 없이 조용히 자연에 가까운 삶을 완성하고 싶은 것이다. 그러려면 지금 무엇부터 시작해야 하는 걸까?

→ 리넨이나 면으로 만든 옷

직접 길러 먹기 →

고무신보다 나막신

버터 25g
양파 하나 잘게 다져서
베이컨 70g 잘게 썰어서
당근 450g (5cm 두께로 두껍게 썰어서)
쌀 25g
닭고기 육수 1.2ℓ
소금과 후추
장식용 잘게 다진 파슬리 조금

1 큰 냄비에 버터를 녹이고 다져놓은 양파와 썰어놓은 베이컨을 넣어 약한 불에 서 부드러워질 때까지 익혀준다. 양파가 노릇해질 때까지는 볶지만 너무 갈색으로 볶으면 수프의 색이 예쁘게 완성되지 않는다.

2 당근과 쌀을 양파 볶은 데 넣고 1분 정도 같이 볶다 육수를 넣고 소금 간을 아주 약간만 한 뒤 불을 올려 부르르 끓인다.

3 끓기 시작하면 불을 약하게 줄여 30여 분간 당근이 부드러워질 때까지 계속 끓여준다. 다 익은 수프를 믹서나 핸드블렌더를 이용해 곱게 갈아준다.

4 곱게 간 수프를 깨끗한 냄비에 넣어 다시 끓여준다. 너무 되다면 육수나 물을 조금 더 넣는다.

5 맛을 보고 간을 더 한 뒤 다진 파슬리를 뿌려낸다.

※ 이 레시피를 완전 채식주의자Vegan도 먹을 수 있는 레시피로 바꾸어보자. 우선 베이컨과 버터를 빼고 육수도 야채육수로 바꾸면 된다. 그리고 올리브 오일에 양파를 볶는다. 간단한 야채육수는, 당근과 양파를 다듬을 때 나오는 껍질을 깨끗이 씻어 (야채들을 씻어서 껍질을 벗기면 편리하다) 파슬리 줄기와 함께 찬물에 넣어 15분쯤 끓이면 얻을 수 있다. 냉장고에 셀러리나 로즈마리 같은 허브가 있다면 더 맛있는 야채육수를 만들 수 있다. 그리고 양파를 시간을 들여 약한 불에서 천천히 갈색이 나도록 볶아준다.

※ 감자나 당근을 이용해 끓인 다음 갈아내는 포타주potage 스타일의 수프를 만들 때 감자나 당근은 되도록 두껍게 썰어 끓인다. 포타주는 포근하고 든든한 질감이 중요한데 빨리 끓인다고 감자와 당근을 잘게 썰면 수프가 물처럼 돼버린다. 포타주를 만들 때는 꼭 재료들은 두껍게 썰어 시간을 두고 끓여줄 것.

부드럽게
섞여서
하나가 되고 싶어

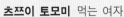

무라카미 하루키 창
장정일 햄버거에 대한 명상
츠쯔이 토모미 먹는 여자

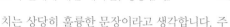

전날 주신 편지, 반갑게 받아보았습니다. 특히 햄버거 스테이크와 향신료의 관계에 대한 대목은, 생동감 넘치는 상당히 훌륭한 문장이라고 생각합니다. 주방의 따스한 향기와 양파를 써는 싹둑싹둑 칼질 소리가 생생히 전해져왔습니다. 그런 데가 한 군데라도 있으면, 편지는 살아납니다.

당신의 편지를 읽고 있으려니까 햄버거 스테이크가 못 견디게 먹고 싶어져, 그날 밤 당장 근처 레스토랑에 가서 주문했지요.

(…)

그건 그렇고, 당신이 만든 것은, 극히 보통의 햄버거 스테이크겠죠? 편지를 읽고 있노라니까, 당신이 만든 아주 보통의 햄버거 스테이크를 꼭 먹고 싶어졌답니다.

— 무라카미 하루키, 「창」, 『무라카미 하루키 단편 걸작선』, 121~122쪽

햄버거 스테이크의 맛은 근사했다. 향신료를 알맞게 썼고, 파삭파삭하게 구워진 껍질 안쪽에는 육즙이 잔뜩 괴어 있었다. 소스 상태도 이상적이었다. 솔직히 말해서, 그렇게 맛있는 햄버거 스테이크를 먹은 것이 생전 처음이랄 수는 없어도 실로 오래간만의 일이었다. 내가 그렇게 말하자, 그녀는 기뻐했다.

— 앞의 책, 126쪽

나는 다진 고기로 요리하는 것을 정말 좋아한다. 나의 냉장고에는 조금만 잘라내어 쓰기 좋도록 지퍼백에 넣어 납작하고 편편하게 눌러 놓은 다진 고기가 늘 준비되어 있다. 때로는 시간을 많이 들여 토마토 미트소스를 만들어놓거나, 녹여서 구워 먹을 수 있도록 하나씩 포장한 햄버거 패티도 갖춰놓지만, 다진 고기를 빼먹는 적은 없다. 그리고 고기가 해동되는 동안 오늘은 다진 고기에 어떤 재료를 더해 무슨 요리를 만들까 고민하는 시간을 즐긴다. 이상하게도 다진 고기로 요리를 시작하면, 어디론가 가야 할 것 같고 누군가가 찾아올 것 같은 들뜬 기분이 된다.

어린 시절, 아버지는 늘 지방에서 근무하고 어머니는 가게를 운영하느라 바빴던 탓에, 가족이 모두 모여 놀러 간다거나 외식을 하는 일이 무척 드물었다. 하지만 아주 가끔 온 가족이 소풍을 나갈 때도 있었다. 그때 어머니가 준비한 음식이 다름 아닌 햄버거였다. 아무래도 오랜만에 밖에 나가서 먹는 음식이니만큼, 평소에 자주 먹는 것이 아닌 색다른 음식을 준비하신 것 같다. 하지만 소풍치고는 싱거웠다. 서울에서 멀리 떨어지지 않은 아버지의 회사 뒷산에 올라 한강을 내려다보며 아빠와 회사 동료들이 테니스 치는 모습을 구경하는 것이 고작이었다. 그래도 온 가족이 함께 먹은 햄버거만은 잊을 수 없다. 납작하게 구운 패티에 들어간 여러 가지 재료들이 고기와 잘 섞여 씹으면 씹을수록 다양한 맛이 났다. 하도 신기해 케첩이나 마요네즈를 바르지 않고 고기와 빵, 잘게 썬 양배추만을 꼭꼭 씹어 먹었다. 그때 입맛이 굳어서일까? 지금도 햄버거를 먹을 때는 케첩은 전혀 바르지 않는다. 가끔 마요네즈를 아주 조금 발라 간을 더할 때도 있긴 하지만.

지금 생각해보면 어머니가 만들어준 햄버거는 제삿날의 육원전 반죽에 가까웠다. 미국식 햄버거를 유일하게 먹어본 아버지의 설명과 연애시절 경양식집에서 맛본 브라운소스를 뿌린 일본식 햄버거 스테이크의 기억을 더듬어 엄마만의 방식으로 창조한 햄버거 패티였는데, 볶지 않고 다지기만 한 날양파와 당근이 듬뿍 들어가고, 돼지고기는 조금 달아야 한다는 이유로 설탕도 약간 넣은 탓에, 굽고 나면 가장자리가 부침개처럼 조금씩 탔다. 양파와 당근에서 나오는 물로 반죽이 질어져, 빚어서 굽고 나면 두께가 많이 줄어들거나 조각조각 부서져버리곤 했다. 하지만 어린 시절 소풍 가서 먹는 음식은 뭐든 다 맛있는 법이다. 햄버거는 나에게 패스트푸드가 아니다. 어렸을 때는 친구들에게 신나게 자랑했던 근사한 음식이었고, 나이 먹어서도 결코 잊을 수 없는, 부모님이 내게 선물해준 첫 양식의 소중한 추억이었다.

미트볼

요리를 배운 뒤로 다진 고기의 무궁무진함에 더욱 매료되었다. 다진 고기를 이용해서 할 수 있는 요리는 그야말로 끝이 없다. 가장 흔한 저녁밥 메뉴이자 텔레비전디너*의 대명사와도 같은 요리인, 진한 그레이비소스와 구운 양파를 곁들인 햄버거 스테이크(살리스버리 스테이크Salisbury Steak라고 부르

* television dinner 가열만 하면 먹을 수 있는 냉동식품.

249

기도 한다)를 비롯하여, 마카로니 앤 치즈, 다진 고기와 비계를 이용해 굳힌 애피타이저 파테Pate, 그리고 다진 고기와 토마토, 야채를 넣어 오래오래 끓인 미트소스를 이용해 만드는 라자냐lasagna 등. 또 양고기를 섞어 토마토 미트소스를 만들고 시나몬을 약간 더하면 그리스식 라자냐인 무사카mousakka도 만들 수 있다. 그밖에 옥수수나 말린 대구, 새우 등 여러 재료가 들어가는 프랑스의 고기 완자튀김 리솔rissole, 진한 토마토소스를 잔뜩 얹은 미트로프meat loaf와 미트볼, 큐민과 칠리, 강낭콩을 집어넣은 칠리 콘 카르네chili con carne, 그리고 다진 고기 반죽으로 삶은 달걀을 싸서 익히는 스카치 에그Scotch egg까지 실로 다양하다. 동양 요리에도 떡갈비, 마파두부, 만두 등 정말 셀 수 없을 만큼 다양하게 이용된다.

그중에서도 햄버거 스테이크야말로 최고다. 볶은 양파를 곁들여 스테이크처럼 분위기를 내어도 되고, 아삭한 양상추와 양파, 토마토를 곁들여 햄버거로 만들어 먹어도 좋다. 건강식으로 두부나 연어, 버섯과 생선을 갈아서 만들 수도 있다. 하지만 역시 햄버거 스테이크는 심플하게 쇠고기만으로, 혹은 쇠고기와 돼지고기를 반반씩 섞는 것이 가장 맛있다.

텔레비전디너나 패스트푸드의 이미지 때문에 햄버거 스테이크는 어쩐지 좀 가벼운 느낌이지만, 사실 잘 만든 햄버거 스테이크는 정말 찾기 힘들다. 심플해 보이는 요리가 항상 그렇듯, 재료부터 신경을 써야 제대로 맛있게 만들 수 있다. 다진 고기는 최대한 신선한 것을 구입해 원하는 부위로 갈아달라고 하거나 직접 다지고, 빵가루도 쉽게 살 수

다진 고기를 이용한 요리들

타원형으로
만들어서 굽는다

살리스버리 스테이크

갓 튀겨낸 리솔에
레몬즙을 뿌린다

리솔

빵, 샐러드와
함께 점심으로

여러 가지 고기와
견과류를 섞은 파테

파테

삶은 달걀

스카치 에그

케첩을 발라 굽는다

미트로프

있는 식용모래 같은 제품 말고 직접 빵을 갈아 만들고, 신선한 달걀과 향신료까지 신경 써야 정말 맛있는 햄버거 스테이크를 요리할 수 있다.

그렇게 잘 반죽해서 구운 햄버거 스테이크는 포크만으로도 잘릴 만큼 부드럽고 잘 넘어간다. 살리스버리 박사(살리스버리 스테이크라는 이름을 붙여준 내과의사)가 몸이 허약한 사람들이 쇠고기를 더 많이 먹을 수 있는 방법으로 추천한 레시피라는 설이 충분히 이해가 간다. 햄버거 스테이크를 비롯하여 미트로프, 파테 같은 다진 고기로 만든 음식들은, 일반 스테이크나 튀긴 커틀릿과는 달리 식어도 맛이 괜찮다. 영화 〈프랭키와 쟈니〉에서 미셸 파이퍼와 알 파치노는 처음으로 둘이 함께 밤을 보낸 날, 섹스가 끝난 뒤, 둘이 일하는 레스토랑에서 가져온 식은 미트로프를 침대 위에서 사이좋게 손으로 뜯어 나눠 먹는다.

그리고 내가 햄버거 스테이크를 좋아하는 가장 큰 이유는, 무엇보다 모든 재료가 다 잘 섞이도록 신경 써서 치대고 빚어내는 과정이 그 어느 요리 동작보다 감각적인데다 인간관계에 대한 은유를 알맞게 담아내고 있다고 생각하기 때문이다. 햄버거를 빚는 감각적인 시간과, 먹어줄 사람을 생각하는 그 기분. 나 혼자만의 느낌이 아니었나보다.

다진 쇠고기와 돼지고기, 빵가루, 달걀, 볶은 양파,

소금, 후춧가루를 넣어 골고루 반죽이 되도록 손으로 치댄다.

얼마나 신나는 명상인가. 잠자리에서 상대방의 그곳을 만지는 일만큼

우리의 촉각을 행복하게 사용할 수 있는 순간은,

곧 이 순간,

음식물을 손가락으로 버무리는 때가 아니던가

— 장정일, 「햄버거에 대한 명상」 중에서

냉장고에는 다짐육이 있다. 어느 때라도 이런 일이 닥치면 불편하지 않게 우선 다짐육만은 확보해놓는다. 다짐육은 엄마가 가장인 가정만이 아니고 나처럼 혼자 사는 여자의 구세주이기도 하다. 마침 완탕의 껍질도 있으니까 완탕수프로 하자. 파를 잘게 썰어 마늘과 생강을 갈고 주발에 넣어 다짐육과 섞는다. 쓱쓱, 쓱쓱. 부엌의 작은 창문을 차에서 비치는 테일 램프가 고요히 통과해간다. 쓱쓱, 쓱쓱. 덩어리였던 다짐육은 매끈매끈하게 되어 드디어 내 손가락에 달라붙는다. 어스름한 부엌의 개수대에 기댄 채 나는 손가락에 붙은 다짐육을 바라보면서 중얼거린다. "나는 꼭 다짐육 같아." 왜냐하면 대부분의 재료(남자)를 받아들일 수 있고 조리방법(교제방법)도 간단하고 값이 싸니까(나는 반드시 더치페이로 지불한다). 정말 다짐육 같은 여자구나.

— 츠쯔이 토모미, 『먹는 여자』 중 「민스걸」

　책과 영화를 통해 복합적으로 형성된 상상력 때문인지, 예전엔 사랑하는 사람이 생기면 햄버거 스테이크를 만들어주겠다고 막연히 생각했다. 누구든 나의 키친에 와서 밥을 먹고 이야기를 할 수 있지만, 정말 좋아하는 사람이 생기면, 꼭 그만을 위해 정성 들여 햄버거 스테이크를 만들어 같이 먹겠다고 결심했었다. 진짜 사랑은 A와 B가 만나 C를 만드는 것이라고 하던가. 마음속으로 혼자 기도하듯이 만드는 요리가 있다면, 특히 누군가를 만나고 싶고 더 알고 싶을 때, 두 가지의 고기와 여러 향신료가 흔적 없이 섞여 다른 모양을 만들어내듯 부드럽게 섞여서 하나가 되고픈 나의 마음을 보여줄 수 있는 요리가 있다면, 그건 바로 햄버거 스테이크뿐이라고 지금도 여전히 생각한다.

그러나 누군가를 위한 나의 첫 햄버거 스테이크가 계속해서 이어질 사랑을 위해서가 아니라 그와 처음이자 마지막으로 함께한 식사를 위해 만들어졌다는 것이 지금 생각하면 서글프다. 그래도 정성껏 다진 고기를 치댄 그 시간의 내 마음만큼은 진짜였고 행복했으니, 그 순수한 에너지는 그에게 따뜻하게 전달되었을 거라고 믿는다. 오랫동안 묵히고 묵혀온 마음을 요리로 표현할 수 있었던 그 짧고 행복했던 시간. 그런 시간을 가져볼 수 있었던 것에 감사해할 따름이다. 그러니 아쉬워하지 말자. 요리를 해주는 것으로 마음은 이미 그에게 전해졌으니.

10년이 지난 지금도 오라큐의 전차를 타고 그녀의 맨션 근처를 지날 때마다, 그녀와 그 파삭파삭한 햄버거 스테이크가 생각난다.

나는 선로 양 옆으로 줄지어 서 있는 맨션 건물들을 바라보면서, 그것이 어느 창문이었을까, 하고 생각한다. 그녀의 집 창문으로 보이던 풍경을 상기하고, 그것이 어느 언저리였더라, 하고 생각해본다.

— 무라카미 하루키, 「창」, 129쪽

십 년, 혹은 그보다 더 많은 시간
이 지나 모든 것이 희미해지고 삶의
무게에 지쳐 정신없더라도, 레코드숍
에서 흘러나오는 음악 한 토막이 귀
에 걸리거나 소중한 사람을 위해 다
진 고기를 치대는 순간이 다시 오면,
나의 첫 햄버거 스테이크가 기억 속에 되살아날까? 그때는 희미한 기
억을 또렷하게 만들어보려 이맛살을 찌푸릴지도 모르겠다. 지금의 나
는 기억을 희석시키기 위해, 어느 12월 1일에 만들었던 그 햄버거 스
테이크에 얽매여 있지 않기 위해 고기를 다지고 양파를 볶고 있지만
말이다. 조그만 욕심이라면, 그가 오랜 시간이 지나도 두껍지만 파삭
파삭했던 스테이크의 감촉과 정성 들여 만든 소스, 갈아서 뿌린 신
선한 넛멕nutmeg의 향기를 기억했으면 좋겠다. 세월이 지나 다른 것은
다 잊는다 해도.

쇠고기와 돼지고기 간 것 각각 150g
(직접 사서 다질 경우 쇠고기는 갈빗살이나 안심,
돼지고기는 목살이 좋다)
빵가루 70g
(곡물빵도 괜찮다.
단 견과류나 건포도 들어 있는 빵은 제외)
달걀 1개
양파 1개
소금과 후추, 넛멕 조금씩

1 양파를 잘게 다져 기름 없이 노릇하게 볶은 다음 식혀둔다.

2 두 가지 고기와 식혀둔 양파, 빵가루와 달걀, 소금, 후추와 넛멕을 넣고 5분 정
   도 끈기가 생길 때까지 치댄다.

3 고기반죽을 한 주먹씩 나눠 양손에 번갈아 던져가며 모양을 잡아준 다음 납작
   하게 다듬어준다. 오븐은 180도로 예열한다. 가운데가 부풀어 오르니 가운데를
   조금 더 눌러 모양을 잡아준다.

4 프라이팬을 뜨겁게 달구고 모양을 잡아둔 고기 위에 기름을 발라 양면을 노릇하
   게 구워준다. 패티를 두껍게 만들었다면 양면뿐 아니라 옆면도 세워서 익혀준다.

5 양면이 갈색으로 구워지면 예열해둔 오븐에 넣어 15~10분 정도 마저 굽는다.

흰 양파 또는 붉은 양파 1개
식용유 1티스푼
발사믹 식초 1테이블스푼
소금과 후추, 황설탕 약간

1 양파는 껍질을 벗기고 가늘게 길이로 슬라이스 한다.

2 팬에 기름을 두르고 양파를 볶는다. 양파가 반쯤 숨이 죽으면 소금과 설탕을 뿌
   리고 발사믹 식초를 넣어 다시 볶는다. 불을 약간 세게 해서 볶으면서 졸일 것.

3 갈색이 될 때까지 충분히 익힌 양파볶음에 후추를 뿌려 마무리한다.

   ※ 기름을 두른 팬에 익히는 방법도 있지만 겉을 지져 오븐에 굽는 편이 기름기도 적고
     육즙을 가둘 수 있다.
   ※ 다 익은 스테이크를 쿠킹호일에 양파 마멀레이드와 함께 싸서 낮은 온도의 오븐에
     놓아두면 손님이 늦게 와도 다시 데울 필요 없이 따듯하고 촉촉하게 먹을 수 있다.

마법의
풀
이야기

호메로스 오딧세이아

조반니 보카치오 데카메론

'불운한 사나이여, 초행의 땅에서 홀로 언덕을 따라 어디로 가는 길인가? 서어시의 집에서 그대의 동료들은 돼지의 탈을 쓰고 갇혀서 깊은 굴속에 머물러 있지요. 그대가 가서 그들을 풀어줄 셈인가? 아니, 확신하는 데 그대는 더 이상 돌아오지 못할지니라. 거기에서 그들과 함께 머무르게 될 터이니까. 자, 내가 그대들의 불운을 돌이켜 안전을 갖게 할 수 있으리라. 여기에 있는 효력이 있는 풀을 먹고, 서어시의 집으로 가보시오. 이것은 그대를 불운으로부터 구해서 생명을 보호해줄 것이오. 그러면 서어시의 마술에 관한 것을 모두 알려주겠소. 그녀는 한 그릇의 음료수를 마련해서 그대의 음식에 마약을 탈 것이오. 그렇더라도 그녀는 그대를 홀리지 못할 것이오. 내가 그대에게 드릴 그 풀에 효험이 있어서 그것을 방지해줄 것이기 때문이죠. (…)'

말을 마치고서 쾌주자는 땅에서 뜯은 풀을 주며, 그 풀의 본질을 알려주었습니다.

'뿌리는 검고 꽃은 우윳빛과 흡사한 것인데, 신들은 그것을 몰리(魔草)라고 부르고 있습니다. 속세의 인간이 캐내기는 어려운 일이죠. 신의 도움으로 가능한 것입니다.'

― 호메로스, 『오딧세이아』, 140쪽

259

트로이 전쟁을 끝내고 귀향길에 오른 오디세우스 일행은 아이아이아 섬에 당도한다. 그곳엔 님프이자 마녀인 서어시*가 엄청나게 큰 집에서 사자와 늑대들과 함께 살고 있다. 서어시는 자신의 섬에 허락 없이 나타난 오디세우스의 동료들에게 처음엔 식사를 대접하며 친절하게 군다. 그러다 갑자기 돼지로 변신시키는 마법을 걸어 그들을 가둬버린다. 오디세우스는 배 뒤에 숨어 있어서 무사했지만, 붙잡힌 동료들을 외면할 수 없다. 홀로 구하러 가야 한다. 그때 오디세우스에게 헤르메스의 전령이 나타나 마법에 걸리지 않으려면 이것을 먹어야 한다며 땅에서 풀을 뜯어준다.

사실, 그 풀이 어떤 것인지 확실히 밝혀지지 않았다. 하지만 고대 의학을 연구하는 과학자들은 돼지로 변했다는 것을 일종의 환각작용으로 보고, 신진대사를 개선해 중독 증세를 완화시키는 식물로 그 지역에서 자라는 갈란투스Galanthus를 지목했다. 스노드롭snowdrop으로 알려진 이 꽃은 주로 남유럽에서 피니 지리적으로도 맞다. 꽃이 무척 아름다워 원예용으로 키우는데 환각 증세를 해소시키는 성분이 있다고 한다. 그러니 오디세우스가 그 꽃을 미리 먹어두면 서어시가 약을 타도 중화가 될 터, 과연 그럴듯하다.

스노드롭

스노드롭 말고도 오디세우스가 자주 이용했을 법한 허브

타임

*Circe 키르케라는 발음이 더 익숙하지만 번역본에는 서어시로 되어 있다.

는 타임thyme이다. 사실 난 꽤 오랫동안 오디세우스를 마법으로부터 구해준 허브는 타임이 아닐까 하고 생각했다. 물론 타임 꽃이 우윳빛이 아니라 보라색이고 신들만 구할 수 있는 귀한 풀이 아니라는 점이 걸리긴 했다. 타임은 워낙 생명력이 강해 심기만 하면 쭉쭉 자라는 흔한 풀이니까. 하지만 연보라색 꽃은 멀리서 보면 흰색으로도 보이는데다가 타임은 고대 그리스 사람들이 가장 자주 사용한 허브였기 때문에 꽤 오랫동안 타임으로 단정할 수밖에 없었다.

옛날에 대부분의 허브는 지금처럼 식용으로 쓰이지 않았다. 오히려 약용이나 제례용이었다. 음식과 함께 섭취하기보다 향을 피워서 공기를 정화하거나 종교나 전쟁을 위한 의식에 자주 사용되었다. 그리스 신전에서는 출정하기 전 항상 타임 다발에 불을 붙여 군사들의 사기를 드높였다고 한다. 허브가 불에 탈 때 발생하는 아로마 오일을 이용한 소독과 훈증 요법은 고대 그리스에서는 일상적인 치료 방법이었다. 시체를 미라로 만드는 과정에서 타임 즙을 소독제로 사용한 이집트인이나 다목적 살균제로 이용한 그리스인 모두 타임이 가지고 있는 소독효과를 일찍부터 애용한 사람들이었다. 성모 마리아가 예수를 낳을 때 타임을 짚과 함께 섞어 구유에 깔았다고 한다. 그만큼 타임은 청결과 소독, 성소聖所를 정화하는 허브로 대접받았다. 요즘처럼 각종 화학 소독제가 넘치는 시대에 살고 있는 우리들로서는 타임이 뭐 그리 약효가 좋을까 하고 의심할 수도 있지만, 옛날 그리스인들은 상추를 마취제로 썼을 만큼 민감한 사람들이었으니, 진한 타임 향을 맡고 나서 접신을 한다거나 사기충천하여 적을 물리치러 나가는 일도 충분히 가능하지 않았을까.

타임은 로즈마리와 월계수, 세이지와 더불어 스트롱strong 허브라고 불린다. 불을 이용해 만드는 요리에 사용해도 향이 사라지지 않고 오랫동안 남아 있기 때문이다. 특히 지중해 연안의 건조하고 뜨거운 날씨에서 자라나는 허브들의 향기는 상상할 수 없을 정도로 강하다. 그렇게 향으로 일단 압도하는 허브들은 섬세하고 연한 맛의 채소보다는 붉은 고기와 치즈, 술과 잘 어울린다. 고대 그리스인들도 치즈를 즐겨 먹었는데 기름진 유지방의 맛을 걷어내기 위해 향이 강한 타임을 곁들여 먹기 좋아했다. 위생시설이 충분치 않던 시대에 식재료를 소독하는 역할도 했으니 그야말로 일석이조라 할 수 있다. 그렇게 조금씩 타임을 요리에 사용하게 되면서, 그리스인들은 타임을 가지째 술에 넣어 맛을 우려내거나 토마토, 꿀 등과 함께 고기요리를 만드는 데도 넣게 되었다. 그러다보니 시간이 흘러 지금은 서양 요리에서 가장 흔하게 쓰이는 허브 중 하나로 자리 잡았으니, 타임이 안 들어가는 요리를 찾는 것이 오히려 더 쉬울 정도다. 진한 맛의 수프와 스튜, 그리고 햄버거 스테이크나 소시지 같은 다진 고기 요리에 타임을 조금 첨가하면 놀라울 정도로 맛이 잘 살아난다. 특히 감기에 막 걸렸을 때는 타임과 민트를 넣어 끓인 차와 꿀을 섞어 마시면 도움이 되니 꼭 한번 해보시기를.

나는 서어시의 이야기를 읽은 이후부터 허브와 요리, 마녀가 서로 뗄 수 없는 사이라고 생각하게 되었다. 약도 되고 독도 될 수 있는 여러 가지 허브들을 공부하다보니 허브는 영적인 힘을 가지고 있다고 믿은 옛날사람들의 이야기를 더 알고 싶어졌다. 과연, 이 작은 풀들은 어떤 힘들을 가지고 있는 것일까? 정말 허브는 약효를 넘어 주술적인 힘을 가지고 있을까? 약효와 주술의 면에서 타임만큼 널리 쓰인 허브 한 가지를 더 소개한다.

(…) 시모나와 파스퀴노는 공원 구석에 있는 샐비어 숲에 갔습니다. 두 사람은 그곳에 앉아 한참을 즐기다가 도시락 이야기를 나누게 되었습니다. 그러자 파스퀴노가 샐비어 한 조각을 뜯어내더니, 음식을 먹은 뒤 이 사이에 낀 음식 찌꺼기를 씻어내는 데는 샐비어 잎이 제격이라며 그 잎으로 이와 잇몸을 문질렀습니다.

그런데 파스퀴노가 갑자기 새파래지더니 곧 죽어버리는 것이 아닙니까! 시모나가 놀라서 울며 친구들을 불렀습니다. 달려온 스트람바가 파스퀴노의 부은 얼굴과 거무스름한 반점을 보고 외쳤습니다.

"이 나쁜 계집, 네가 독을 먹였구나!"

이렇게 하여 꼼짝없이 살인자로 몰린 시모나는 장관 관저로 잡혀갔고, 이어 재판관이 조사를 시작했습니다. 재판관은 퉁퉁 부어오른 파스퀴노의 시체가 눕혀져 있는 장소로 시모나를 데리고 가서 어쩌다 이렇게 되었느냐고 물었지요. 시모나는 샐비어 숲에서 있었던 일을 자세히 얘기한 뒤, 파스퀴노가 한 것처럼 샐비어 잎을 뜯어 이에 대고 문질러보았습니다. 이를 본 파스퀴

노의 친구들이 쓸데없는 짓을 한다며 비난하고, 화형을 시켜야 한다고 소리
쳤습니다.

그런데 샐비어 잎으로 이를 문지른 시모나 역시 갑자기 쓰러져 죽었습니다.
두 사람은 죽었지만, 이들이야말로 행복한 연인들이라 할 수 있지요. 같은
날, 불타는 사랑과 유한한 인간의 목숨에 종말을 고할 수 있었으니까요. 재
판관이나 입회인들은 놀라서 한마디도 못하고 멍하니 서 있었습니다.

재판관은 샐비어에 독이 있다는 소리는 못 들었다며, 아마도 이 샐비어가
독 있는 종류인 것 같다며 뿌리째 뽑아 불태워버리라고 했습니다. 정원지기
가 문제의 커다란 샐비어 뿌리를 뽑아낸 순간, 두 연인의 죽음에 얽힌 의혹이
풀렸습니다. 그 밑에 놀랄 정도로 큰 두꺼비가 있었던 것입니다 이 두꺼비가
숨을 쉴 때마다 독이 뿜어져 나와 샐비어를 적셨던 것이지요.

— 조반니 보카치오, 『데카메론』, 132~135쪽

흑사병을 피하기 위해 시골 별장에 모인 스무 명의 젊은이들이 죽
음과 질병이 가득한 도시를 잊어버리고 열흘 동안 서로 주제를 정해
나눈 여러 가지 이야기들을 모은 『데카메론』에는 세이지sage가 등장

한다. 민트과인 세이지의 학명은 '살비아 오피키날리스'*Salvia officinalis*
이다. 이탈리아에서도 샐비어라고 부른다. 천 년이 넘게 재배되어온
세이지의 고향은 지중해 북부의 유고슬라비아 인근이다. 중세의 왕
들은 궁 안의 정원에 따로 세이지 밭을 만들어놓기도 했는데, 그 시
절에 세이지는 응급 의약품으로 여겨졌기 때문이다. 인용한 글에서도
알 수 있듯이, 당시에는 세이지 숲이 공원의 한 부분을 차지할 정도
로 널리 재배되었다.

민트과답게 톡 쏘고 강한 향과 더불어 약한 후추 맛도 나는 세이지
는 기절했을 때 정신을 차리게 하는 용도로도 쓰였고, 타임처럼 소독
제로도 쓰였다. 보라색과 은색, 녹색이 섞인 신비한 빛깔에 강한 향,
그리고 약재로 쓰인다는 점 때문에 세이지는 그 어떤 허브보다도 강
력한 힘을 가진 허브로 여겨졌다. 중세에는 잇속 프라그를 제거하는
역할부터(세이지 잎으로 이를 문질렀다) 공기를 정화하는 역할까지 그야
말로 만병통치약으로 사랑받게 된다.

그렇게 세이지의 재배지역이 점점 넓어지면서 사용 인구도 많아졌
고 약과 차, 맥주를 비롯해 기름기 많은 음식에도 소량으로 사용되기
시작했다. 타임과는 달리 세이지는 로마인들이 그리스인들에게 전파
해주었기 때문에 이탈리아인들이 가장 애용하는 허브이기도 하다. 그
래서 『데카메론』에도 등장하지 않았을까?

고기와 야채, 치즈로 속을 채워 안주처럼 빚은 파스타에 버터에
살짝 튀긴 세이지를 얹어내는 '부로 에 살비아'*burro e salvia*와 '뇨끼'
gnocchi, 햄의 일종인 프로슈토를 붙여 구운 살코기에 세이지를 얹은

개성만두 같은 토르텔리니

세이지와
버터는 천생연분

또 세이지 버터소스

세이지 버터소스

부로 에 살비아

감자로 만든 뇨끼

프로슈토

진한 수프도
과일 맛차도
모두 어울림

송아지고기
또는 닭고기

세이지

살팀보카

세이지 스콘

'살팀보카'saltimboca가 세이지를 이용한 대표 메뉴들이다. 강한 향 때문에 기름진 음식에 많이 사용되는데 돼지고기와 오리, 거위, 유제품과 특히 잘 어울린다. 느끼한 맛을 잡아주는 특징 때문일까, 버터가 듬뿍 들어가는 스콘에 신선한 세이지를 조금 다져 넣고 만들면 정말 맛있다. 강한 열에서도 오랫동안 향을 간직하기 때문에 스콘같이 높은 온도에서 순식간에 구워내는 베이킹에도 끄떡없는 것이 세이지의 장점이다. 같은 이유로, 중동 지역에서는 양을 로스팅할 때 유럽에서 흔히 쓰는 로즈마리 대신에 세이지를 주로 사용한다.

샐비어란 말은 라틴어 'Salvere'에서 왔다. '치료하다'heal 또는 '살리다'save라는 뜻인데 어원만 보아도 옛날사람들이 얼마나 세이지의 효능을 믿고 따랐는지 알 수 있다. 고대 이집트의 전설로부터 시작해 꾸준히 진화해온 타로의 상징적인 그림들에는 많은 꽃과 나무가 등장하

는데, 최근에는 여러 가지 의미를 지닌 허브와 식물을 타로의 뜻과 연결시켜 정리한 '허브 타로'herbal Tarot도 나왔었다. 나는 허브의 효능과 카드의 뜻을 맞춰보며 가끔 타로카드를 놓아보곤 하는데, 세이지를 찾아보면 교황이나 고위 사제의 허브로 그려놓았다. 그 옛날, 세이지가 어떤 존재였는지 알 만하다. 지금은 많은 사람들이 종교 이외의 것에서 즐거움과 가치를 찾지만 당시만 해도 교황의 존재가 사람들에게 주는 믿음과 상징은 절대적이었다. 그러니 세이지는 그만큼 대접받는 허브 중의 허브였던 것이다.

그래서일까, 세이지를 태우면 온갖 안 좋은 기운이 물러가고 영적으로 맑은 기운이 몰려든다고 한다. 새로운 일을 시작할 때나 새집에 들어갈 때, 혹은 무언가 정신을 집중해야 할 일이 생길 때 세이지 연기를 피우는 모

습을 텔레비전에서도 여행 중에도 많이 보았다. 민트와 쑥이 섞인 듯한, 분위기를 완전히 바꾸어놓는 강한 향기의 기운이 좋아서 나도 요리를 하고 난 다음에는 작은 접시에 마른 세이지 한두 잎을 태우곤 했다. 그리고 타로카드를 펼치기 전에도, 카드에게 물어보는 질문이 달라질 때에도 다시 세이지를 태워 카드를 읽는 나의 마음을 정화하곤 했다. 그렇게 세이지를 태우면서 맑아지기를 바라는 마음에서 모든 주술이 시작된다. 카드가 잘 읽히기를 바라며 세이지를 태우는 것, 맛있게 요리되기를 바라며 수프에 들어갈 세

이지를 가늘게 써는 것, 모두 같은 마음일 것이다.

사람의 마음을 읽어 몸과 마음에 모두 도움이 되는 음식을 만드는 착한 마녀가 되려면 자연이 준 선물인 허브와 더더욱 친해져야 할 것 같다. 이 세상의 모든 풀들이 어떤 이야기를 품고 있는지, 어떠한 특성을 지니고 있는지, 그것을 나의 생활과 요리에서 제대로 이용하는 법을 온전히 터득하는 날이 과연 올까? 정말이지 배움은 끝이 없다.

검은 올리브 1캔
그린 올리브 1캔
(올리브를 꼭 검은색과 초록색만 섞을 필요는 없다.
좋아하는 색으로 섞어 500g 정도 준비할 것)
올리브 오일 100㎖
월계수 잎 2장
타임 1티스푼
(월계수 잎과 타임 대신에 프로방스 허브나 그 외
허브믹스를 넣어도 좋다. 마조람, 바질, 오레가노
등이 어울린다)
마늘 5쪽 얇게 저며서
매운 고추 말린 것 1개
(또는 크러시드 레드 페퍼crushed red pepper)
소금 약간
레몬 얇게 슬라이스 한 것 2쪽, 4등분해서

1 올리브는 캔에서 물기를 따라내어 버리고 잘 헹궈준다.

2 모든 재료를 볼에 넣어 잘 섞어준 뒤 통에 담아 적어도 3시간 정도 맛을 들여서
   먹는다. 하루 정도 냉장실에서 보관했다가 실온에 녹여 먹어야 가장 맛있다.

   ※ 말린 허브는 생 허브의 1/3만 사용하면 된다.

여행자의
책갈피

무라카미 하루키
먼 북소리

그렇다. 나는 어느 날 문득 긴 여행을 떠나고 싶어졌던 것이다.
그것은 여행을 떠날 이유로는 이상적인 것이었다고 생각된다.
간단하면서도 충분한 설득력이 있다. 그리고 어떤 일도 일반화
하지는 않았다. 어느 날 아침 눈을 뜨고 귀를 기울여 들어보니
어디선가 멀리서 북소리가 들려왔다. 아득히 먼 곳에서, 아득
히 먼 시간 속에서 그 북소리는 울려왔다. 아주 가냘프게. 그리고 그 소리를
듣고 있는 동안, 나는 왠지 긴 여행을 떠나야만 할 것 같은 생각이 들었다.

이것으로 충분하지 않은가. 먼 곳에서 북소리가 들려온 것이다. 이제 와서
돌이켜보면 그것이 나로 하여금 서둘러 여행을 떠나게 만든 유일한 진짜 이
유처럼 생각된다.

— 무라카미 하루키, 『먼 북소리』, 17쪽

보들레르의 말을 빌리지 않더라도, 내 귓가에 맴도는 "여기만 아니
면 된다", "여기만 아니면 나는 행복해진다"는 속삭임에 단 하루도 깊
게 잠든 날이 없었다. 공부를 하건 여행을 하건 한 군데에 오래 정착
하지 못하는 나 자신에게 질려서 스스로를 윽박지르기도 하고 당장
내게 닥친 현실적인 문제에 집중하자고 스스로를 달래기도 하면서 그
바람을 잠재우려 애썼다. 하지만 그러면 그럴수록 떠나야 한다는 생
각이 간절했다. 단지 이곳이 아니면 괜찮다는 정도가 아니라 한 번도
가본 적 없는 전혀 다른 곳으로 나를 데려다놓지 않으면 앞으로 아무

것도 할 수 없는 무기력한 인간이 될지도 모른다는 불안감에 휩싸였다. 그렇게 오랫동안 고민을 하다가 결론을 내렸다. 나는 지금 여행을 해야 한다, 견문을 쌓으러 가는 게 아니라 다시 살기 위해, 다시 숨을 쉬기 위해, 모든 사물과 사람과 나 자신에 대해 점점 무덤덤하게 식어가는 불씨를 살리기 위해 떠나야만 한다. 나에게 떠남은 여행이기 이전에 생존의 문제였다. 더 이상 무슨 이유가 필요할까.

결론을 내리자 나는 조용하고 재빠르게 주변을 정리하고 지구 반대편으로 가는 여행계획을 세웠다. 그건 반드시 이곳과는 정반대편에 있는 곳, 전혀 낯선 곳으로 나를 데려가는 여정이어야 했고, 그렇게 해야만 했다.

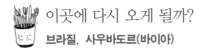

이곳에 다시 오게 될까?
브라질, 사우바도르(바이아)

냉장고에 아직도 뭐가 남아 있어? 하고 나는 묻는다.

스파게티하고 토마토 캔, 마늘, 올리브 기름, 달걀, 포도주 반 병, 참치 통조림 그리고 쌀이 조금 있어.

그러면 점심은 생각할 것도 없이 참치 토마토 소스 스파게티가 된다. 철수 전이란 그런 것이다. 괜찮다. 점심식사가 끝나면 우리는 여기를 떠나는 것이다. 점심식사에 무엇을 먹든가 따위는 대단한 문제가 아니다. 로라 니로의 오래된 카세트테이프를 들으면서 팬케이크를 다 먹고는 짐을 꾸린다. 그리고 짐을 정리하면서 문득 생각한다. 이 한 달 반이라는 기간은 나에게 도대체 어떤 의미가 있었을까 하고. 이 철 지난 에게 해의 섬에서 나는 대체 무엇을 했던 것일까. 잠시 동안 거기에 대해 아무 생각이 나지 않는다. 진짜로 생각이 나지 않는 것이다. 내 머리에는 군데군데 구슬 같은 공백이 생겨 있다.

— 앞의 책, 168쪽

"오늘 점심은 어디서 먹을까?"

한 달 반 정도 생활한 사우바도르Salvador. 이곳에서 사귄 친구들과의 만찬과 작별인사는 며칠 전에 마쳤다. 오늘 히우Rio로 돌아가는 나를 배웅하러 시골에서 황급히 돌아온 산드라와 마지막 점심식사가 남아 있을 뿐이다. 마지막 점심이야말로 그녀를 위해 직접 만들어주고 싶었지만 차분한 마음으로 요리하기에는 시간이 모자라는데다가 오늘 친구의 집은 공사를 하느라 정신이 없다.

　식당으로 가는 길목, 자주 들러서 달고 시고 떫은 시리구엘라 siriguela를 사먹던 과일 노점, 바다에서 수영을 하고 난 뒤 종종 들렀던 아이스크림 집, 포르투갈어 단어장으로 쓸 작은 노트를 샀던 문방구, 정든 접시밥집, 그리고 코코넛 파는 아저씨와 길 건너 펼쳐진 바다와 작별인사를 한다. 머무는 동안 부지런히 돌아다닌 익숙한 골목. 사우바도르는 또 오고 싶은 마음도 들지만 막상 빨리 떠나고 싶기도 한 묘한 도시다. 점심시간이 조금 지난 식당에서 평범한 점심을 먹는다. 쌀과 콩, 약간의 샐러드와 파스타, 늘 먹던 음식인데도 떠난다고 생각하니 특별하게 느껴진다. 이런 일상의 메뉴는 이제 정말 이곳에 와야지 먹을 수 있겠지.

　돌아와서 부엌 찬장을 정리한다. 녹차와 멘도사Mendoza에서 사온 말린 토마토, 티 스트레이너와 얇은 도마, 앞치마를 챙겨 넣는다. 재래시장에서 산 나무절구도. 밥 먹을 때마다 먹던 칠리소스는 두고 가자. 그렇게 내 물건들을 정리하고 나니 그동안 이곳에서 뭘 하고 지냈

는지 갑자기 기억이 나지 않는다.

아마도 너무 많은 일을 겪어서 그럴 테지. 끊임없이 이어진 음악과 춤. 카니발, 그 안에서 자유롭게 나를 풀어놓아보려 했던 날들. 본 적도 없는 수많은 생소한 식재료들과 열대의 음식들. 매일같이 새로운 것을 보고 맛보고 배웠는데 슈트케이스를 앞에 두고 차를 기다리는 지금, 아무것도 떠오르지 않는다. 아름답고 정열적이었던 카니발의 행렬도, 귀와 몸, 마음까지 울리던 음악들도 기억에 없다. 단지 바다에서 몇 시간이고 앉아 있던, 진공상태처럼 조용했던 시간만 머릿속에 가득할 뿐이다. 이곳에서 난 그동안 무엇을 했던 걸까?

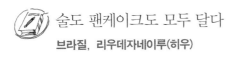

술도 팬케이크도 모두 달다
브라질, 리우데자네이루(히우)

제일 앞줄에 앉은 그리스 아주머니가 "이봐요, 기사양반. 당신이 마시는 거, 그거 포도주지?" 하고 운전사에게 나무라듯 말했다. "물이에요, 물." 운전사는 처음에는 웃으며 얼버무렸지만 머지않아 "아줌마도 좀 마셔봐요"라며 잔에 포도주를 따르고 치즈를 잘라서 아주머니에게 내밀었다. 그리고 어찌어찌하다 보니 우리를 비롯한 승객 모두가 앞에 모여 앉아 포도주를 마시고 치즈를 우물거리는 사태가 벌어진 것이다. 차장은 술이 거나하게 취해서 사슴 가죽이라도 벗길 수 있을 만큼 예리한 나이프로 치즈를 잘라 승객들에게 나눠주었는데 버스가 흔들릴 때마다. 그 칼날 끝이 맨 앞에 앉아 있는 영국인 노부부의 코앞에서 왔다 갔다 한다. 그들은 서로 어깨를 기댄 채 어색

275

한 미소를 띠며 식은땀을 흘리고 있다. 이제 운전사는 도로는 거의 보지도 않고 있다. 신이 나서 노래를 부르고 농담을 하며 하하하하 하고 웃고 있다. 길은 여전히 험악하고 구불구불 휘어 있다.

그러나 그날 먹은 포도주와 치즈는 이번 여행에서 먹었던 어떤 치즈나 포도주보다도 맛있었다. 이것은 과장이 아니다. 정말 믿기 어려울 정도로 맛이 있었다. 결코 비싼 포도주는 아니고 어느 시골 농가에서 직접 만든 포도주인데도 눈이 번쩍 뜨일 정도로 맛있는 것이다. 내가 지금까지 그리스에서 먹고 마신 모든 음식들과 술들이 다 한심하게 생각될 만큼 기가 막힌 맛이었다.

— 앞의 책, 265~266쪽

다시 돌아온 히우. 작년 12월에 머물 때는 크리스마스 시즌이라 재래시장을 구경하지 못했는데 지금은 구경하기 딱 좋다. 제대로 시장 구경에 나서기로 작정하고, 마릴레니 커플과 함께 주말 내내 열리는 노천시장 사우 크리스토바우São Cristóvão로 간다. 이 둘의 목적은 라이브 포호Forro 음악에 맞춰 밤새 춤을 추는 것이고, 내 계획은, 당연하지만 밤새 시장을 돌아다니며 춤도 추고, 신기한 음식이 있으면 사먹어 보는 것이다.

춤을 추는 두 사람을 내버려두고 천천히 시장을 산책한다. 하지만 정말 밤이 깊어야 제대로 불이 붙는 곳인지, 아직 문을 열지 않은 가게들도 있고 아카라제*를 파는 바이아Bahia 사람들은 이제야 덴데 오일** 솥에 불을 붙이고 있다. 파고지 삼바***를 연주하는 그룹도 악기를 조율하고 있을 뿐, 연주를 시작하려면 두어 시간 더 기다려야 한

단다. 시장에서 파는 음식은 바이아의 음식이 대부분이다.

그렇게 돌아다니다가 익숙한 삼바가 나오는 가게 앞에 멈춰 섰다. 토비아스라는 사람이 운영하는 카이피링야Caipirinha 바. 칵테일 쇼를 하듯이 마이크에 대고 "알레그리아"Alegria(기쁘다, 좋다는 뜻)를 거푸 외치며 술을 만들어 손님들에게 건넨다. 라임과 카샤사cachaca(사탕수수로 만든 브라질의 전통 럼주), 설탕 그리고 얼음. 즐겁게 노래하며 춤 추듯 칵테일을 만드는 아저씨를 보는 것도 즐겁고, 내 입에는 조금 달게 느껴지는 술도 맛있다. Alegria! 슬며시 걱정이 되기 시작한다. '왠지 오늘은 빨리 취할 것 같은데…' 아니나 다를까, 독하고 단 술, 아름

* Acarajé 불린 쥐눈이콩과 양파, 마늘 등을 넣고 갈아 튀긴 다음 매운 칠리소스와 샐러드를 끼워 먹는 브라질 바이아의 전통 음식.
**Dendé oil 바이아의 대표적인 식재료 중 하나. 코코넛의 일종인 덴데의 주홍빛 과육에서 나오는 기름으로 모든 바이아 음식에 조금씩 들어간다.
***pagode samba 1970년대 중반에 시작된 삼바의 개혁운동의 결과 탄생한 음악. '파고지'란 삼바를 연주하는 모임 혹은 파티를 뜻하는 말로 누구나 둘러앉아 같이 노래하고 연주하며 즐길 수 있는 삼바를 말한다.

다운 삼바 음악, 거기에 춤까지 추고 나니 토비아스 아저씨 앞에서 술을 마시던 몇몇과 금방 친구가 되어 흠뻑 취하고 말았다. 나는 그들과 함께 비틀거리는 걸음으로 다시 시장 구경을 나섰다. 그들이 먼 곳에서 온 친구에게 꼭 사주고 싶다며 끌고 간 곳은 팬케이크 가게다. 뭘 먹겠냐고 묻지도 않고 주문하더니 눈처럼 희고 뜨거운 팬케이크를 건넨다. "시장 구경하다 배고플 때는 이게 최고야."

무슨 음식일까 싶어 조심스럽게 한입 베어 먹고 나서 정신을 차리니, 내 두 손엔 이미 팬케이크를 만들기 위한 신선한 타피오카 가루가 들려 있었다. 상큼하게 채 썬 코코넛이 가득 들어가고 가운데에는 연유가 뿌려져 있는 팬케이크 비주Biju. 아삭한 식감과 단맛에 놀란 내가 "베이주Beijo?"라고 크게 묻자 모두 웃는다(알고 보니 베이주는 키스라는 뜻이었다). "아니 베이주가 아니라 비주라고. 너 두 달 동안 바이아에 있었다면서 금방 만든 비주를 안 먹어봤단 말이야?"

아하, 얇게 여러 모양으로 말려놓은 그 비주? 내 기억으로, 바삭하게 마른 비주도 버터를 살짝 발라 데우면 꽤 맛있긴 했지만 이렇게 금방 만든 신선한 비주하고는 차원이 다른 음식이다. 친구 엄마한테 요리강습도 받고 재래시장도 자주 돌아다녔는데 도대체 이 세상에서 가장 맛있는 음식을 브라질을 떠나기 이틀 전에야 먹게 되다니. 맙소사, 이 신선한 타피오카와 코코넛은 아르헨티나로 가면 제대로 구할 수도 없을 텐데, 상사병 제대로 걸리겠는걸.

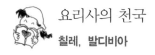

요리사의 천국
칠레, 발디비아

우리는 보통 때는 근처 슈퍼마켓에서 장을 보지만, 지금처럼 한꺼번에 많은 양의 생선과 식료품을 구입할 때는 대개 미르비오 다리(폰테 미르비오)에 있는 노천 시장으로 간다. (…)

미르비오 다리에서 무솔리니 시대의 잔영이 남아 있는 플라미니오 다리까지는, 강을 따라서 우에노의 재래시장처럼 식료품과 의류를 파는 가게들이 죽 늘어서 있다. 채소는 신선하고 종류도 다양하다. 그래서 근처에 사는 주부들이 시장바구니를 들고 몰려든다. (…)

이 시장 근처에는 맛있는 음식가게가 많다. 150엔(1천5백 리라)이면 제법 크고 따끈따끈한 피자를 먹을 수 있는 입식 피자집이 있다. "미레 첸퀘(1천5백)" 하고 외치면 딱 1천5백 리라어치의 피자를 잘라 오븐에 따끈하게 데워 준다. 200엔 정도면 꽤 배부르게 먹을 수 있다. 그 옆에는 항상 노동자나 군인들로 북적이는 값싼 레스토랑이 있다. 웨이터의 눈초리와 매너가 몹시 나쁘고 가끔 가게 안에서 악취가 나기도 하지만 맛은 나쁘지 않다. 그런가 하면 이탈리아에서는 드물게 정통 안심 스테이크를 먹을 수 있는 멋진 레스토랑도 있다. 이곳은 조용하고 웨이터도 친절하고, 난로에서는 파닥파닥 불꽃이 타오르고 있다. 시장 입구에 있는 바르에서, 서서 마시는 커피도 향기롭고 맛있다. 어느 나라나 마찬가지지만 활기찬 시장 근처에는 반드시 맛있는 음식가게가 즐비하다. 니시키코지錦小路도 그렇고 쓰키지築地도 그렇다.

— 앞의 책, 334~335쪽

　숙소에서 페리아 플루비알Feria Fluvial까지는 걸어서 15분 정도 걸린
다. 은행이며 사무실이 밀집해 있는 센트로가 있지만, 적어도 내 생각
엔 발디비아Valdivia 사람들은 이 노천시장을 도시의 중심으로 생각하
는 듯했다. 그리고 나에게도 강을 끼고 있는 이 매력적인 시장이 발디
비아의 중심이었다. 시장 옆으로 흐르는 강 위에는 바다사자들이 넓
은 나무판자 위에 한가롭게 누워 있고, 배고픈 녀석들은 생선을 다듬
는 상인들 뒤에 얌전히 앉아 기다리다가 생선 대가리와 껍질을 받아
먹는다. 강 위에 놓인 다리엔 니에블라Niebla로 가는 버스들이 지나가
고 강가를 따라 수국과 장미가 잔뜩 피어 있다. 프로 장사꾼들은 새
벽시장에 이미 다녀갔고, 아침부터 시장에 몰려드는 사람들은 주로
관광객과 주부들이다. 관광객처럼 보이기 싫어 장바구니를 들고 가긴
했지만 먹음직스럽다 못해 아름답기까지 한 식재료에 정신이 팔려서
연신 카메라를 들이대느라 관광객 티를 제대로 내고 말았다.
　그렇게 시장 구경을 이틀 정도 하다가 이 신선한 재료들로 뭐라도 만들어봐야겠다 싶어 정말 장을 보러 갔다. 메뉴는 마늘과 토마토, 바질이 들어간 간단한 스파게티와 연한 버터 레터스 샐러드(올리브 오일과 양념들은 호스텔 주방에서 빌리기로 했다), 그리고 칠레에 도착해서부터 계속 만들어보고 싶었던 레몬 드레싱의 과일 샐러드로 정했다. 메모지와 볼펜까지 동원해가며 서툰 스페인어로 동네 아줌마처럼 흥정해서 장을 보고, 싸고 질 좋은 백포도주도 한 병 샀다. 체리, 딸기, 구스베리, 레몬, 샐러드 야채들. 인심 좋은 시장 상인들 덕에 양손이 벌써 묵직하다. 장바구니를 들고 점심을 먹기 위해 발디비아에 머무는 동안 늘 가던 해산물 식당에 들어간다. 홍합찜이나 전복 그라탕, 생선살 수프 같은 따뜻한 전채 중에서 하나를 고르고, 메인으로는 그날그날 시장에서 가져와 만드는 생선 뫼니에르나 찜, 구이 중 하나를 선택한다. 값도 저렴하고 맛도 좋다. 그날 물이 좋지 않은 생선은 메뉴에서 아예 제외된다. 모든 음식은 이곳 주방에서 평생 생선요리를 해온 아주머니의 능숙한 솜씨가 느껴지는 깔끔한 맛을 자랑한다. 여

발디비아에서 만든 과일 샐러드

기에다 19세기 발디비아에 정착해 발전시킨 독일인들의 유산인 쿤스트만Kunstman 맥주를 곁들이면 더할 나위 없이 완벽한 식사가 된다. 싸고 맛있는 레스토랑과 신선한 농수산물로 가득한 재래시장처럼 살 맛 나는 곳이 또 있을까?

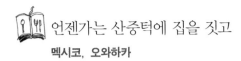

언젠가는 산중턱에 집을 짓고
멕시코, 오와하카

저녁 무렵 여관 근처를 산책하려니 강아지 사미가 신이 나서 뒤쫓아왔다. 좁은 농로를 걸어가자 길은 깊은 숲속으로 계속 뻗어 있다. 숲속은 너무 조용해서 바스락바스락 낙엽 밟는 소리가 들릴 뿐이다. 부드러운 햇살이 녹음에 물들어 발밑에 어른거렸다. 바구니를 메고 버섯을 따러 다니는 아저씨를 만났다. "안녕하세요!"라고 우렁찬 목소리로 인사를 한다. 여관 주인 애기로는, 이 숲속에는 토끼며 멧돼지 같은 동물들이 많이 살고 있어서 밤이 되면 포도나 살구를 먹으러 온다고 한다. 그 정도로 깊은 숲이다. 사미는 저 앞으로 홀쩍 달아났다가는 다시 돌아와 우리가 있는 것을 확인하고는 다시 앞쪽으로 뛰어간다. 아주 평화롭고 조용하여 사람의 마음을 어지럽히는 요소는 아무것도 없다. 이런 곳에 살 수 있으면 좋겠다는 생각이 절로 든다. 이런 곳에서는 일도 잘될 것 같다.

아침이 되면 부인은 졸린 눈을 비비며 마을까지 차를 몰고 가서 아침식사에 쓸 재료를 사온다. 그리고 신선하고 푸짐한 아침식사를 마련해준다. 빵집 아궁이에서 막 구워낸 크라상과 롤빵. 커다란 접시에 가지런히 담긴 여러 종류의 치즈와 햄. 막 낳은 달걀로 만든 스크램블 에그. 유리병에 가득한 생과일주스. 커피. 프루트칵테일. 뜰에서 딴 과일들. 애플파이. 나는 아침에 일어나면 바로 공복을 느끼는 체질이라 비교적 아침을 듬뿍 먹는 편인데도 이곳의 아침식사는 도저히 다 먹을 수가 없었다. 하지만 무척 맛이 있어서 부인에게 서양 배와 애플파이를 도시락으로 싸달라고 부탁했다.

여관을 나설 때, 여러 가지로 고마웠습니다. 아주 즐거웠어요, 라고 인사하자 부인은 무척 기쁜 표정이 되었다. 그러나 우리가 다음에 이곳을 다시 찾을 때도 그녀가 여전히 여관을 경영하고 있기는 어려울 것 같다. 왜냐하면 그렇게 훌륭한 아침식사를 준비하는 것만 해도 상당한 중노동이기 때문이다. 우리도 옛날에 한 7년쯤 장사를 해봐서 손님을 상대하는 일이 얼마나 힘든지 잘 안다. 손님이 기뻐하는 모습을 보는 건 참으로 보람 있는 일이지만 손님을 기쁘게 하기 위해서는 이만저만 고생을 해야 하는 게 아니기 때문이다.

— 앞의 책, 437~438쪽

오와하카Oaxaca 센트로에서 멀지 않은 이곳 비야다 인Villada Inn은 관광지와는 좀 떨어져 있는 언덕 위의 호스텔이다. 높은 곳에 있다보니 오와하카 시내는 물론, 산으로 둘러싸인 오와하카 중심부의 아름다운 풍광도 즐길 수 있다. 먹을거리가 풍부하기로 유명한 오와하카의 시장을 구경하러 시내에 나가는 날도 있지만, 나는 대부분의 시간을 호스텔 안에서 보냈다. 넓은 멕시코 스타일의 집에 구석구석 해먹과 그네를 달아놓아 쉬거나 책을 볼 수 있는 곳도 아기자기하게 많았고, 무엇보다 부활절 휴가가 끝난 뒤라 손님이 거의 없어 방해받지 않고 조용한 시간을 보낼 수 있었다. 오와하카의 건조한 풍경은 묘하게 마음을 건드리는데, 메마른 곳이다보니 피어 있는 꽃과 나무들이 더 사랑스럽다. 이곳이라면 마음 놓고 쉴 수 있겠는걸. 저기 보이는 산중턱에 작은 집을 짓고 살아도 좋겠어… 무엇보다 호스텔에 머무는 이들을 모두 가족같이 만들어버리는 재능이 있는 주인 가족의 배려가 따듯하다. 여행을 하며 지친 몸과 마음을 추스른 것은 물론, 글을 쓰는 나를 위해 주인아저씨가 몰래 방에 가져다놓은 책걸상에 앉아 지난 넉 달간의 여행을 정리하기도 했다.

비야다의 안주인은 훌리July 아줌마다. 멕시코의 어머니와 할머니들이 그렇듯 요리를 좋아하고, 몇 시간을 이야기해도 절대 지치지 않으며, 부엌에서 요리를 하고 있지 않으면 바느질을 하거나 마당을 쓸고 있다. 놀라운 것은 훌리 아줌마가 팔이 하나밖에 없다는 사실이다. 사고로 팔 하나를 잃었다는데, 아줌마는 마치 태어날 때부터 그랬던 것처럼 너무나 능숙하게 모든 일을 해낸다. 아줌마가 뭔가 일거리를 손에 들고 나타날 때마다 만화영화 〈이상한 나라의 앨리스〉에 나오는 도마뱀 노래가 배경음악으로 깔리는 듯한 착각이 들었다. "도마뱀 도마뱀, 무슨 일이든 척척 해낸다…" ♪♫~

이 살림의 여왕 앞에서 요리사라고 부끄럽게 고백한 덕에 난 자유롭게 부엌에 출입할 수 있었다. 새벽에 일어나 살사소스를 만들기 위해 숯불에 포블라노 고추를 굽는 부엌식구들을 돕기도 하고, 한 손으로 차를 모는 훌리 아줌마를 따라 장을 보러 가기도 했다. 아침은 언제나 토마토와 고추, 코리앤더가 들어간 멕시코식 스크램블 에그와 백퍼센트 옥수수 토르티야였다. 토르티야는 아줌마의 딸인 후아니타가 아침마다 단골집에 가서 금방 구워낸 뜨거운 것을 사온다. 여기에 콩과 오렌지주스, 방금 숯불에 구워 껍질을 벗긴 다음 푸른 토마토와 함께 다져 만든 그린 살사를 곁들인다. 이보다 완벽한 아침식사가 또 있을까? 부엌 창 너머로는 산과 마을이 그림처럼 펼쳐져 있고, 코끝엔 토마토와 함께 볶아지는 달걀의 고소한 향, 파스타 수프에 집어넣은 시원한 민트 향, 핫 초콜릿에 섞인 시나몬의 희미한 향까지 다양한 향이 섞여 들어온다. 고요한 평화와 휴식, 올바른 섭생이 있는 이곳은, 내가 알고 있는 가장 완벽한 쉼터다.

열흘 동안 머물고 떠나는 날 온 가족이 아침 일찍 일어나 나를 배웅했다. 무슨 일이 있어도 다시 돌아오고 싶다. 가능하다면 오랫동안 머물고 싶다. 그때까지 이 가족이 행복하고 건강해야 할 텐데.

처음으로 산 노란 커버의 『먼 북소리』는 1998년 스페인 여행을 하다 잃어버렸다. 워낙 좋아하던 책이라 무거워도 여행길에 가지고 나섰는데, 아마 그라나다에서 마드리드로 야간열차를 타고 가다가 침

대칸에 두고 내린 것 같다. 물론 그 책에는 스페
인에 관한 내용은 하나도 나오지 않는다. 하지만
쉽게 잠들기 힘든 기차 침대칸에서 몇 장씩 읽
고, 여행에 대한 짧은 단상을 적어두며 끼적거린
스케치를 끼워두었는데, 여행 막바지에 책을 잃
어버리니 여행의 기억들이 다 사라진 듯 허전하고 서운했다. 그로부
터 십 년 뒤, 남미를 여행할 땐 『먼 북소리』를 가져가지 않았지만, 스
페인 여행에서 그랬듯이 책의 내용과 내 여행의 일상이 겹치는 곳을
기억해내고 메모를 해두었다. 누군가의 여행 기록이 내 것과 비슷하
게 공명하는 것을 보면 신기하고 마음이 뭉클해진다.

　십 년 전 스물다섯 살의 여행스케치가 어떠했는지는 가물가물하지
만 한 가지는 또렷하게 기억난다. 언제, 어디서일지는 몰라도 떠나야
한다는 소리가 계속 들려오면 주저 없이 짐을 꾸려야 한다고. 꼭 그렇
게 살아야 한다고.

(1인분 기준)
파스타(스파게티 또는 링귀니) 90g
돼지호박(주키니) 1/3개
가지 작은 것 1/2개
양파 1/2개
토마토 1개(찰 토마토가 아닌 살이 단단한 것으로)
오레가노 1/4티스푼
소금, 후추, 올리브 오일
장식용 레몬 약간

1 토마토는 끓는 물에 데쳐 껍질을 벗겨놓고 파스타 면을 삶는다.

2 토마토는 십자칼집을 내어 끓는 물에 데친 다음 차가운 물에 담가 껍질을 벗긴
다. 호박과 가지, 양파와 토마토를 모두 비슷한 크기의 작은 주사위 모양으로
잘라 준비한다. 호박 씨 있는 부분은 파내고 사용할 것.

3 뜨거운 프라이팬에 올리브 오일을 두르고 양파를 볶는다. 30초 정도 볶다가 가
지와 호박을 넣고 1분 정도 익힌 다음 토마토를 넣어 저어준다. 소금, 후추, 오
레가노를 넣을 것.

4 뜨거운 면을 만들어둔 소스에 버무리고 레몬 조각을 곁들인다.

나만의
부엌에서
글쓰기

버지니아 울프 자기만의 방

(…) 스프가 나왔어요. 평범한 육즙 스프였어요. 안에는 환상을 불러일으킬 만한 것이 아무것도 없었어요. 그 투명한 액체를 통해 접시 바닥에 있을지 모르는 무늬를 볼 수도 있었을 거예요. 그러나 무늬는 없었어요. 접시는 수수했어요. 이어서 쇠고기와 야채, 그리고 감자와 함께 나왔지요. 이 검소한 삼위일체는 질퍽한 시장에 있는 소의 궁둥이와 가장자리가 노랗게 오그라진 싹양배추, 그리고 월요일 아침에 값을 깎으며 흥정하는 망태기를 걸친 아낙네들을 생각나게 했어요. 제공된 음식은 충분했고, 탄광 광부들은 확실히 이보다 못한 음식 앞에 앉아 있을 터이니, 인간의 일용할 양식에 대해 불평할 이유는 없었어요. 말린 자두와 커스터드가 나왔어요. 커스터드로 기분이 좀 풀렸더라도, 말린 자두는 무정한 야채(과일이 아녜요)이며, 수전노의 심장처럼 힘줄이 많고, 80년 동안 와인과 안락함을 거부하면서 가난한 자들에게도 나눠주지 않았던 구두쇠의 혈관 속에나 흐를 법한 액체를 배출한다고 누군가 투덜거린다면, 세상에는 말린 자두조차 감사한 마음으로 받아드는 사람이 있다는 것을 되새겨보아야만 해요. 다음에는 비스킷과 치즈가 나왔고, 물병을 아낌없이 쭉 돌렸어요. 비스킷이란 게 원래 건조한 것이지만, 이 비스킷들은 속까지 별나게 팍팍했기 때문이지요. 그게 다였어요. 식사는 끝났어요. (…) 손님이나 방문객(…)이 "저녁식사가 영 별로였어요"라고 말한다거나, "우리끼리만 여기서 식사할 수 없었을까요"라고(…) 말할 수 있을까요? 내가 그 비슷한 말을 했더라면, 낯선

사람에게는 화려하고 당당한 모습만 보여주는 그럴듯한 집의 내밀한 경제 사정을 염탐한 셈이 되었을 거예요. 아뇨, 그런 말은 한마디도 할 수 없었어요. 실제로 대화는 잠시 시들해졌지요. 인간이라는 존재의 틀은 본시 마음과 몸, 두뇌가 모두 함께 어울려 있는 것이지 분리된 칸막이 안에 제각각 들어가 있는 게 아녜요. 그건 백만 년이 지난다 해도 확실한 거잖아요. 그러니까 양질의 저녁식사는 훌륭한 대화를 나누기 위한 아주 중요한 요소예요. 식사를 잘하지 않으면 생각도, 사랑도 잘할 수 없으며 잠도 잘 들지 못해요. 소고기와 말린 자두로는 척추 속에 있는 등불이 켜지지 않아요.

— 버지니아 울프, 『자기만의 방』, 32~34쪽

강연을 모은 에세이 『자기만의 방』은, 여성의 자유—몸의 자유보다 지적인 자유—에 대해, 그녀 이전의 여성 작가였던 브론테 자매나 제인 오스틴의 작품들에 대해, 그리고 위에서 인용한 남녀대학 오찬 메뉴의 차이점과 같은 당대의 문학적 이슈와 사회적 문제까지 여러 가지 주제를 소화하고 있는 버지니아 울프의 대표작 중 하나다. 여성들이 지적인 자유를 얻기 위해서는 금전적인 자유(고정수입)와 혼자서 생각의 범위를 넓혀갈 자신만의 방이 있어야 한다는 말은 오랜 시간이 흐른 지금 읽어도 고개를 끄덕이게 만든다. 이 책이 나온 지 80여 년의 세월이 흘렀지만, 그 세월 동안 우리는 과연 그녀의 시대보다 더 성장했을까, 문득 반성하게 된다. 자기만의 방에 대한 언급 이외에도 글은 어떻게 써야 하는지, 어떤 자세로 써야 하는지, 어떻게 여성 작가가 글로써 자신의 마음을 표현할 수 있는지, 남성과 여성이 어떻게 조화롭게 살 수 있는지에 대해 자연스럽게 흘리가는 대로 이야기해주고 있다. 의식의 흐름에 따라 이어나가는 모양새가 강연 원고라기보다는 이야기라고 하는 게 더 어울리는 글이다.

나의 어린 시절

'자기만의 방'과 '척추에 불을 켜주는 음식'에 대해 이야기하기 전에 나는 먼저 27년 전 나의 방으로 되돌아가야 한다. 나만의 방이라고는 할 수 없지만 틈만 나면 올라갔던 이층의 큰방엔 여고시절 철학교수와 국어선생님을 꿈꾸던 두 고모의 책들과, 엄마가 할부외판원에게서 산 학습만화들과 세계명작들이 어지럽게 섞여 있었다. 그 옆에는 오래된 LP판과 내겐 조금 높아서 의자 위에 방석을 여러 개 겹치고 앉아야 했던 원목책상, 아빠에게 늘 틀어달라고 졸랐던 옛날 라디오 프로그램들을 녹음한 릴 테이프 등이 있었다. 옛날에 지은 일본식 집이라 바닥엔 다다미가 깔려 있어 온돌방과 달리 냉기가 흘렀지만, 학교에서 돌아오면 늘 엄마가 밥 먹으라고 부를 때까지 틀어박혀 얼른 숙제를 하고 문주란이나 샘 쿡, 비틀즈의 LP판을 틀어놓고 책을 읽었다.

내가 어린 시절을 보낸 원효로 1가 한 모퉁이는 놀이터 하나 없는 삭막한 곳이었다. 1980년대 초 윤 노파 살인사건*이 일어난 골목이었

* 1981년 8월 서울 원효로에서 일어난 살인사건, 집부인 윤 노파와 가정부, 윤 노파의 양녀가 숨진 채 발견되었는데, 윤 노파의 조카며느리가 범인으로 검거되어 재판을 받았다. 하지만 고문에 의한 허위 자백임이 밝혀져 무죄로 풀려났다.

고, 출판사와 인쇄소, 철근을 자르는 공장들이 늘어서 있어 늘 시끄럽고 아이들이 놀기에는 위험하기까지 한 곳이었다. 가끔 철문을 잠근 출판사 옆 담에 매달려 무슨 책이 나오나 구경하려다가 아저씨에게 야단을 맞기도 하고 인쇄소에서 제본하고 남은 두꺼운 파지들을 받아다가 잘록한 허리에, 눈에는 각종 도형이 가득하고, 드레스는 거의 180도로 펴지는 공주들을 잔뜩 그려 잘라서 놀기도 했지만 대부분의 시간은 낮고 넓은 창틀 위에 무릎을 세우고 앉아 책을 읽었다. 놀 곳이 없다는 것을 핑계 삼아 그때부터 나는 혼자 시간을 보내는 데 익숙해지는 법을 배운 셈이다.

여덟 살쯤이던가, 장맛비가 연달아 퍼붓던 초여름 그날도 그랬다. 살짝 어둡지만 책은 읽을 만했던 오후, 낡은 책장을 뒤적거리다 발견한 버지니아 울프의 책. 젖은 걸레로 먼지를 닦아내고 늘 그랬듯 창틀에 자리를 잡았다. 고모들은 항상 책을 읽으며 마음에 드는 구절이 있으면 망설임 없이 펜으로 줄을 그어놓는 버릇이 있었는데 그날 펼친 책에도 밑줄이 많이 그어져 있었다. 밑줄이 많이 쳐진 책은 이해하기가 무척 힘들었는데, 뭔지 모르게 멋있는 글이라는 생각이 들기도 했다. 특히 루이제 린저, 전혜린, 프랑수아즈 사강, 이덕희의 책들에는 두세 번씩 그은 밑줄들이 가득했다.

지금도 집중하지 않으면 난해하게 느껴지는 『자기만의 방』을 어린이였던 내가 제대로 이해했을 리 없다. 단지 밑줄을 그어놓은 부분을 중심으로 읽어가다가 내 눈에 띈 부분은, "잘 먹지 않으면 다 잘하지 못한다", "쇠고기와 말린 자두로는 척추에 불이 켜지지 않는다" 등의 대복이었다. 그 부분을 읽는 순간 내 척추와 머리에 정말 불이 켜졌다. '어떤 좋은 것'을 위해서는 척추에 불이 켜져야 한다! 그 구절이 평생 내 삶에서 어떤 중요한 결정을 내릴 때마다 주문 같은 역할을 할 줄은 그땐 미처 몰랐다.

버지니아 울프 하면, 어린 시절의 그녀의 책을 처음 만났던 기억과 함께 영화 〈디 아워스The Hours〉의 니콜 키드먼이 떠오른다. 한창 바쁜 메이드에게 쪄서 시럽에 절인 생강을 사오라며 리치몬드에서 런던 가는 기차시간표를 무표정하게 읊조리던 그녀. 특히 생강케이크를 굽거나 스콘에 따뜻한 생강 마멀레이드를 곁들일 때는 그 모습이 더욱 선명하다. 또한 요리공부를 하며 런던에 머물던 시절 대영박물관을 갈 때마다 스쳤던 러셀 스퀘어와 블룸즈버리 스퀘어가 있는 블룸즈버리 구역, 피카딜리의 포트넘 앤 메이슨에 진열되어 있던 화려한 블룸즈버리 햄퍼Hamper*도 더불어 생각난다. 절인 생강과 당밀, 각종 향신료 향을 풍기는 절임 과일들이 진열되어 있는 포트넘 앤 메이슨의 풍경보다 더 영국적인 게 또 있을까?

생강과 버지니아 울프… 강한 힘과 열기를 갖고 있는 생강과 지적인 힘과 척추에 불을 붙여줄 무엇인가를 항상 원했던 버지니아. 당대의 지식인들, 친구들과 함께 집이나 공원에서 열띤 토론을 벌였을 그녀의 애프터눈티 테이블에도 포트넘 앤 메이슨에서 산 과자나 절인 생

---

*Hamper 피크닉용 왕골 바구니. 와인과 음식을 넣은 선물세트를 지칭하기도 한다.

강, 좋은 품질의 홍차가 올랐을까? 아니면 아침에 먹고 남은 굳은 빵 한쪽을 홍차에 곁들이는 가난한 지식인이었을까? 가난했다 하더라도 그녀가 글로 보여준 날카로운 안목과 앞서가는 생각들을 보면 음식에도 까다롭고 좋은 취향을 갖고 있었을 것 같다.

영화에서 그녀가 잠도 잘 자지 않고 잘 먹지도 않고 담배만 연신 피워대는 장면을 보며 항상 달콤한 생강을 차와 함께 곁들일 줄 아는 그녀가 왜 그렇게 우울해하고 고통스러워했을까 궁금했다. 스스로가 다시 미쳐간다고 생각하는 순간 외투 주머니에 돌을 가득 넣고 강으로 뛰어든 그녀는 정말 그 어떤 것으로도 위안받고 치료받을 수 없었던 걸까? 달콤한 음식도, 친구들과의 대화도, 헌신적으로 옆을 지키는 남편조차 왜 그녀에게 불을 붙여줄 수 없었을까?

하지만 그녀 덕분에 지금까지 난 척추에 불이 켜지는 순간들을 위해 살아왔다. 그때 버지니아의 글 한 구절을 읽었을 때 막연하게 느꼈던 척추의 열기, 그런 느낌을 위해서라면 무엇이든 해야 한다는 생각으로 일하고, 직업을 선택하고, 결정을 내렸다. 지금 내가 하고 있는 일이, 먹고 있는 음식이, 사랑하는 사람이 나에게 불을 켜줄 수 있는 존재인지 끊임없이 의심을 가지고 질문을 했다. 항상 뜨겁고 싶었기에 불이 꺼져가는 기운이 느껴지면 주저하지 않고 뭐든지 찾아 몰두하고, 사람들을 만나고, 춤을 추고, 음악을 듣고, 여행을 떠났다. 그래서일까, 끝내 불을 다 피우지 못하고 차갑게 식어버린 그녀를 생각하면 마음이 아프다. 그리고 미안해진다.

요리를 만들고 사랑하고 이별하고 글을 쓰면서 내가 지금 잘하고

있는지 불안할 때, 늦은 밤 부엌 테이블 위에 작은 스탠드를 켜고, 어린 시절 창틀에 앉았을 때처럼 무릎을 세우고 앉아 그 시절 만났던 버지니아를 다시 불러낸다. 그녀를 실제로 만날 수 있다면 설탕에 절인 생강을 넣은 마멀레이드를 곁들여 따뜻한 스콘을 굽고 홍차를 함께 마시고 싶다. 배가 고프다고 하면 로즈마리와 소금을 뿌려가며 쇠고기를 맛있게 굽고, 디저트로는 그녀가 끔찍하게 생각하는 말린 자두를 와인 시럽에 충분히 조려 부드러운 라이스 푸딩에 곁들여주고 싶다. 만약 그녀가 잘 먹는다면, 조심스럽게 이것저것 물어보고 싶다.

"내가 꽤 자신 있게 끓일 수 있는 밀크티인데, 맛이 어때요?"

"이 정도의 쇠고기요리와 말린 자두 콩포트*라면 당신의 척추에도 불이 켜지지 않을까요?"

그리고 고백하고 싶다. 이렇게 오랜 시간이 지났는데도 '자기만의 방'에 대한 글을 볼 때마다 뜨끔해진다고, 열심히 노력하고 살아왔는

* compote 설탕에 절인 과일.

데도 아직까지 좋은 글을 쓰기 위한 나만의 방을 가질 만큼 독립하지 못한 게 부끄럽다고. 좋은 글만 쓰고 좋은 글만 보고 사람들을 위한 요리를 만들기에는 헤쳐 나가야 하는 현실적인 문제들이 너무나 많다고. 세상은 이토록 발전해 없는 것이 없을 만큼 풍족한데, 왜 나는 당신이 80년 전 "제발 이 둘만이라도"라고 외친 것조차 가지지 못한 건지. 정말 불가능하고 어려운 일이라고 투덜거리는 내게 그녀가 해주는 대답은 항상 똑같다.

(…) 우리가 또 한 세기를 산다면—개인으로서 살아가는 각각의 짧은 일생이 아니라 진정한 삶인 공동의 삶을 말하고 있는 거예요—그리고 각자 연간 5백 파운드와 자기만의 방을 갖는다면, 자유의 습성과 생각하는 바를 정확하게 쓸 수 있는 용기를 갖는다면, 공동 거실에서 조금 벗어나 인간을 늘 서로와의 관계가 아닌 실재와의 관계 속에서 본다면, 또한 하늘과 나무, 무엇이든 간에 그 자체로 존재할 수 있다면, 어느 누구도 시야를 가려서는 안 되기에 밀턴의 악령을 간과해버린다면, 매달릴 팔은 없지만 홀로 가며 우리의 관계가 단지 남성과 여성의 세계만이 아니라 실재의 세계와 연관되어 있다는 사실을 직시한다면, 그때 기회는 올 것이며 셰익스피어의 누이였던 죽은 시인이 빈번하게 내던졌던 육체를 걸치게 되리라고 나는 믿어요. (…)

— 앞의 책, 209쪽

자유의 습성, 생각하는 바를 정확하게 쓸 수 있는 용기, 어쩌면 이 두 가지야말로 자기만의 방이나 경제적인 독립보다 더 중요한 것이 아널까? 사실, 지구 어디라도 자신의 글을 쓸 수 있는 곳이라면 곧 자기만의 방이 될 수 있다는 것을 난 깨닫고 있다. 그리고 내게는 그 어떤 방보다 부엌 테이블이 가장 편안하고 행복한 곳이라는 것도 잘 알고 있다.

좋은 글을 쓸 수 있는 용기를 가지고 있는지는 아직 잘 모르겠지만 내가 맛있는 요리를 만들어 사람들과 나누었을 때 느끼는 행복과 안정된 기분을 글을 쓰면서도 느낀다. 좋은 글을 쓰고 싶다는 생각, 그 막연한 희망으로 글을 쓰다보면, 내가 버지니아의 글을 보고 그랬었던 것처럼, 나의 글로 누군가의 척추에 불을 붙여줄 수 있는 기회가 올까?

기회가 왔으면 좋겠다.

아니 이미 기회는 가까이 왔고, 내가 아름답게 키울 일만 남았다고 믿고 싶다.

손녀딸이 여행지에서 가져본
'자기만의 방'

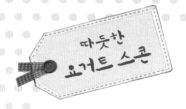

중력분 250g
베이킹파우더 3티스푼
소금 1/4티스푼
차가운 버터 깍둑썰기해서 90g
플레인 요거트 200g

1. 중력분과 소금, 베이킹파우더는 모두 섞어 한 번 체에 쳐놓는다. 오븐은 230도로 예열한다.

2. 잘게 썬 버터를 가루 재료 안에 넣고 손으로 비벼 더 잘게 부순다. 빵가루 같은 상태로 만들 것. 분쇄기가 있다면 가루 재료와 버터를 넣고 갈아주면 된다.

3. 요거트를 넣고 잘 저어 대충 한 덩어리의 반죽으로 만든다. 되도록 손을 대지 말고 고무주걱이나 스패출러로 작업할 것.

4. 밀가루를 뿌려가며 반죽하다가 밀대로 밀어 두께 2cm 두께, 너비 5cm가 되도록 한 뒤 둥근 커터기로 자르거나 칼로 자른다(사방이 골고루 부풀 수 있도록 두께가 고른지 신경 쓰며 밀어줄 것).

5. 예열된 오븐의 중간 단에 넣어 윗면이 갈색이 되도록 10분 정도 구워준다. 잼이나 마멀레이드를 곁들여 따끈할 때 먹는다.

※ 영국식 설탕에 절인 생강(한약 먹을 때 먹는 편강과는 완전히 다른 식재료)은 구하기가 힘들다. 가끔 생강이 들어간 마멀레이드를 먹고 싶을 때는 생강차(가루 아님)를 오렌지 마멀레이드에 조금 섞어 먹는다. 생 생강을 으깨거나 채 썰어서 잼과 섞으면 잼이 금방 상하게 되므로 이미 달게 만들어진 차를 섞는 것이 안전하다.

인용문헌

무라카미 하루키 지음, 김진욱 옮김, 『세계의 끝과 하드보일드 원더랜드』(전2권), 문학
사상사, 1996

이광수 지음, 『흙』, 문학과지성사, 2005

무라카미 류 지음, 양억관 옮김, 『달콤한 악마가 내 안으로 들어왔다』, 작가정신,
2007(재판6쇄)

기 드 모파상 지음, 김용훈 옮김, 『비곗덩어리』, 신원문화사, 2004

오미시마 유키오·오에 겐자부로 지음, 이원섭·이호철 옮김, 『사랑의 목마름/잔치가
끝나고/성적 인간』, 중앙일보사, 1988(제4판)

김연수 지음, 『꾿빠이, 이상』, 문학동네, 2001

빌헬름 하우프 지음, 한기상·김윤희 옮김, 『난쟁이 무크』, 창비, 1995

발터 벤야민 지음, 반성완 편역, 『발터 벤야민의 문예이론』, 민음사, 1983

토마스 불핀치 지음, 권혁순 옮김, 『그리스 로마 신화』, 범우사, 1987(제12판)

미시마 유키오 지음, 송태욱 옮김, 『사랑의 갈증』, 서커스, 2007

윌리엄 스타이론 지음, 김병철 옮김, 『어둠 속에 누워』, 중앙일보사, 1982

서머싯 몸 지음, 송무 옮김, 『달과 6펜스』, 민음사, 2000

현진건·나도향 지음, 『적도·운수 좋은 날·환희·물레방아 외』(한국현대문학전집4), 삼성
출판사, 1982(중쇄)

라오서 지음, 최영애 옮김, 『루어투어 시앙쯔』, 도서출판 통나무, 1986(이 책은 절판되
었다. 대신에 제목을 달리 하여 『낙타 샹즈』(심규호·유소영 옮김, 황소자리, 2008)라는 책이 출
간되어 있으니 참고할 것)

아베 야로 지음, 조은정 옮김, 『심야식당』, 미우, 2008

찰스 디킨스 지음, 김세미 옮김, 『크리스마스 캐럴』, 문예출판사, 2006

무라카미 하루키 지음, 김진욱 옮김, 『그러나 즐겁게 살고 싶다』, 문학사상사, 1996

에리히 레마르크 지음, 홍경호 옮김, 『개선문』, 범우사, 1988

진 웹스터 지음, 서현정 옮김, 『키다리 아저씨』, 대교베텔스만, 2003

폴 빌리어드 지음, 류해욱 옮김, 『위그든 씨의 사탕가게』, 문예출판사, 2007

알렉산드르 뒤마 피스 지음, 공세영 옮김, 『춘희』, 하늘정원, 2006

오브리 데이비스 지음, 문정실 옮김, 『단추수프』, 국민서관, 2000

이자크 디네센 지음, 추미옥 옮김, 『바베트의 만찬』, 문학동네, 2003

하시다 스가코 지음, 김균 옮김, 『오싱』(전6권), 청조사, 2008(개정3판)

권정생 지음, 『몽실 언니』, 창비, 2008(개정3판)

레이몬드 카버 지음, 안종설 옮김, 『사랑에 대해서 말할 때 우리들이 하는 이야기』,
    도서출판 집사재, 1996(개정판)

요시모토 바나나 지음, 김난주 옮김, 『키친』, 민음사, 1999

라우라 에스키벨 지음, 권미선 옮김, 『달콤 쌉싸름한 초콜릿』, 민음사, 2004

아만다 헤서 지음, 박여영·조희정 옮김, 『미스터 라떼』, 크림슨, 2008

피터 메일 지음, 강주헌 옮김, 『나의 프로방스』, 효형출판, 2004

피터 게더스 지음, 조동섭 옮김, 『프로방스에 간 고양이』, media2.0,. 2006(개정판)

타샤 튜더 지음, 공경희 옮김, 『타샤의 식탁』, 윌북, 2008

헬렌 니어링 지음, 공경희 옮김, 『헬렌 니어링의 소박한 밥상』, 디자인하우스, 2001

무라카미 하루키 지음, 유유정 옮김, 『무라카미 하루키 단편 걸작선』, 문학사상사,
    1992

장정일 지음, 『햄버거에 대한 명상』, 민음사, 1990(제5판)

츠쯔이 토모미 지음, 한성례 옮김, 『먹는 여자』, 이룸, 2004

호메로스 지음, 김병철 옮김, 『오딧세이아』, 혜원출판사, 1992

조반니 보카치오 지음, 장지연 옮김, 『데카메론』, 서해문집, 2007

무라카미 하루키 지음, 윤성원 옮김, 『먼 북소리』, 문학사상사, 2004

버지니아 울프 지음, 김정란 옮김, 『자기만의 방』, 대교베텔스만, 2007